очарование

# Тара О'Делл

# Прекрасная саксонка

РОМАН

АСТ
ИЗДАТЕЛЬСТВО
МОСКВА
2003

УДК 821.111(73)
ББК 84 (7Сое)
О-41

Серия основана в 1996 году

Tara O'Dell
THE SAXON'S DAUGHTER
1998

*Перевод с английского В.Н. Матюшиной*

*Серийное оформление Е.Н. Волченко*

*В оформлении обложки использована работа, предоставленная агентством Александра Корженевского.*

Печатается с разрешения издательства
Zebra Books an imprint of Kensington Publishing Corp.
c/o Toymania LLC.

Подписано в печать 04.01.2003. Формат 84×108 1/32.
Усл. печ. л. 18,48. Тираж 5000 экз. Заказ № 4338.

**О'Делл Т.**

О-41 Прекрасная саксонка: Роман / Т. О'Делл; Пер. с англ. В.Н. Матюшиной. — М.: ООО «Издательство АСТ», 2003. — 350, [2] с. — (Очарование).

ISBN 5-17-018284-8

Юная, гордая Эдива, поклявшаяся без жалости мстить захватчикам-норманнам, не признавала над собой ничьей власти и не верила в любовь. Могла ли прекрасная саксонка предположить, что однажды пойдет к брачному алтарю с норманнским рыцарем Жобером де Бреврином? Конечно же, нет! И уж тем более не могла Эдива подозревать, что человек, которого она считала жестоким чудовищем, однажды станет для нее не просто супругом, но мужчиной, покорившим ее душу и тело, мужчиной, принесшим ей самый драгоценный в мире дар — дар Любви…

УДК 821.111(73)
ББК 84 (7Сое)

## *Глава 1*

*Англия, 1067 год*

— Всех повесить! — Жобер де Бревриен окинул сердитым взглядом горстку захваченных в плен саксов.

Стоявший рядом с ним Алан Форней, его помощник, озадаченно потер подбородок.

— Всех? — с сомнением переспросил он.

Жобер взглянул на перепачканных грязью пленников. Они были, пожалуй, слишком молоды для воинов. Вон тому безусому юнцу наверняка еще ни разу не приходилось бриться... Вдруг он заметил ненависть в голубых глаз мальчишки. Шевельнувшаяся в душе жалость сразу исчезла. Из волчат вырастают волки. Нет, он ни одного не оставит в живых. Ни одного!..

— Всех, — решительно подтвердил Жобер.

Круто повернувшись, он направился к усадьбе. Алан, кажется, не одобряет такой расправы. Король Вильгельм приказал бы вместо казни отрубить каждому руку или ногу. Поэтому он и получил прозвище Калечащий.

Жобер стиснул зубы. Лучше уж повесить, чем искалечить и оставить в живых. К тому же не придется прижигать культи. Это работа противная и требует много времени. А у его людей и без того немало дел. Надо стеречь запасы продовольствия и уводить с пастбищ скот, пока его не угнали саксы.

Жобер слышал мычание коров. Его люди перегоняли стадо в расположенный у реки загон.

Где-то завизжала женщина. Жобер вспомнил, что послал солдат обыскать деревню. Он предупредил их, чтобы они не очень-то пугали и не увечили оставшихся вилланов*. Если одни станут калеками, а другие от страха убегут в лес, кто тогда будет работать?

Жобер взглянул на холмы, высившиеся на восточной окраине поместья, частично окруженного бревенчатой стеной. А с юга и с запада поля огибала река. «Можно держать оборону», — подумал Жобер. Он углубит ров у подножия холма, а деревянное ограждение заменит каменным. Так будет надежнее.

Взгляд его скользнул по склону холма и устремился в долину. Там бродили тучные белые овцы, ниже золотилась стерня на полях, с которых убрали ячмень и пшеницу, а дальше, до серебристой нити реки, лежали все еще зеленые луга.

Горела на солнце яркими осенними красками листва — дубовые и березовые рощи окаймляли долину.

Щедрая земля. Здесь было вдоволь корма для домашнего скота, в лесах было полно зверья и птиц, в реке водилась всякая рыба. У Жобера даже голова закружилась от радости. Ему так повезло! Король Вильгельм сдержал обещание. Оправдались все

---

* Крепостные, которые несли барщину и другие повинности в пользу помещика; вилланство возникло до нормандского завоевания и существовало в Англии до XV–XVI вв. — *Здесь и далее примеч. пер.*

надежды. Жобер был рад. Для него, безземельного рыцаря, Англия казалась райским местом.

Щурясь от яркого солнца, он взглянул в ту сторону, где виднелась усадьба — небольшой замок под черепичной крышей и другие строения.

Оксбери — так называлось поместье по-саксонски.

Жобер подошел к усадьбе. Деревянные стены почернели от непогоды и времени, ров вокруг крепости был наполовину засыпан камнями. Казалось, бурные события последнего года обошли Оксбери стороной. Очень уж мирный вид был у этого местечка.

Когда Жобер перебрался через ров, один из его людей доложил:

— Все спокойно, милорд. Похоже, все ушли отсюда. Или где-то прячутся.

Жобер кивнул и вытащил из ножен меч, жестом приказав рыцарю сделать то же самое. Он не забыл о засаде, устроенной в лесу. Тогда один из его людей вовремя заметил лучников, спрятавшихся на деревьях, и, закричав, предупредил об опасности. Но они лишились хорошего коня, попавшего в расставленную коварными саксами ловушку.

Жобер не имел права на ошибку. Нельзя недооценивать своего противника.

Мечом он ткнул в створки незапертых ворот. Ворота заскрипели и открылись. Рыцари осторожно вошли во двор крепости.

В пыли копались куры. Возле одной из построек расположилась свинья с поросятами. Больше не было заметно никаких признаков жизни.

Жобер глубоко вздохнул. Неужели они овладели крепостью с такой легкостью?

Указав на сарай, он приказал обыскать его.

В сарае рыцари обнаружили два десятка женщин и нескольких детей, сгрудившихся у дальней стены. Молча они смотрели на завоевателей. Их глаза наполнились ужасом. Заплакал ребенок, нарушив тишину.

— Что будем с ними делать? — спросил солдат по имени Хеймо.

Жобер сдвинул на затылок шлем и обратился к саксам:

— Меня зовут Жобер Бревриен. Именем короля Вильгельма Нормандского я заявляю свое право на владение этой землей. Теперь вы будете служить мне.

Люди смотрели на него так, будто не понимали его слов. А как они могли понять? Конечно, их король Эдуард Исповедник пригласил ко двору немало нормандских феодалов. Но в стране, за пределами королевского двора, попрежнему говорили только по-саксонски.

— Обыщите остальные помещения, — приказал Жобер. — Мне нужно знать, сколько человек здесь осталось.

В конюшне обнаружили старика, он прятался в стойле. А при обыске амбаров, полных зерна, были найдены несколько мальчишек. Наверное, это были слуги — грумы. В пристройке к кухне прятались под столами судомойки.

Жобер направился к входу в господский дом, но тут кто-то окликнул его. Он оглянулся.

Через двор к нему торопливо шел Алан.

— Ну что, всех казнили? — с усмешкой спросил Жобер.

— Нет, не всех, — качнул головой Алан. — Среди пленных оказалась женщина.

Жобер представил грязных оборванцев, которых они выволокли из леса. Ни одной женщины среди них он не заметил.

— Что нам с ней делать? — спросил Алан. — Не можем же мы повесить женщину, пусть даже саксонку.

— Отдайте ее мне, — вмешался в разговор Хеймо. Его карие глаза заблестели. — Я наполню эту саксонскую сучку семенем настоящего викинга.

— Не хватает только, чтобы мои люди передрались из-за женщины, — сказал Жобер.

— Если мы приняли ее за мужчину, едва ли на нее потянет еще кого-то, — возразил Хеймо.

Жобер вложил меч в ножны. Пожалуй, придется самому взглянуть на необычного пленника. Не нужны ему никакие осложнения. Все его мысли были заняты только что обретенной собственностью.

Они вышли за ворота и спустились с холма. Жобер рассказал Алану о том, что увидел в крепости:

— Там только женщины, дети и старики. И несколько мальчишек, но им еще рано воевать. Отряд, с которым мы столкнулись в лесу, это, наверное, то, что осталось от войска королевского дружинника.

— Значит, нам повезло. К вечеру все мятежники будут висеть на деревьях.

Жобер покачал головой:

— Вожакам удалось скрыться. — Он обвел широким жестом одетый в осенний багрянец лес. — Бьюсь об заклад, что даже сейчас они наблюдают за нами и ждут удобного случая, чтобы напасть.

— Дураки они, если не сдадутся.

— Дураки? — Жобер удивленно поднял рыжеватые брови. — Потому что не хотят, чтобы мы их повесили? Ведь они считают нас захватчиками.

— Эти люди поддержали Гарольда, поэтому лишились своих прав, — возразил Алан.

Жобер вспомнил, как недавно размышлял о том, что саксы едва ли могли выбирать, кого им поддерживать.

На опушке леса его солдаты уже приступили к казни. Двоих пленников повесили, вынули из петли, и теперь их тела лежали под деревом.

Остальные — еще живые, — связанные веревкой друг с другом, представляли собой жалкое зрелище. Только один воин сидел распрямив плечи, с гордо поднятой головой. Жобер догадался, что это и есть женщина.

Он обманулся, приняв ее за юношу. Лицо женщины было покрыто таким слоем грязи, что никто не взялся бы определить, хороша она собой или безобразна.

Приказав одному из своих людей поставить пленницу на ноги, он подошел ближе, чтобы как следует разглядеть ее.

Она оказалась довольно высокой. Одежда не могла скрыть, что ее хорошо сложенное тело было красивым и крепким. В голубых глазах горела ненависть.

Жобер не знал, как поступить с этой гордой саксонкой. Он встретился взглядом с Аланом.

— Отведи ее в крепость и посади в подвал.

Алан велел двум солдатам отвязать женщину от остальных пленников. Как только ее освободили от веревки, она набросилась на своих врагов. Солдаты едва усмирили ее. Один из них схватил женщину за толстую косу, которая прежде была спрятана под одеждой, и с силой потянул вниз. Голова непокорной пленницы откинулась назад. Другой солдат ткнул ее кулаком в спину, приказав идти с ними.

Она прошла мимо Жобера, пронзив его, словно кинжалом, взглядом пылавших яростью синих глаз.

* * *

Нормандские рыцари, собравшись вокруг очага, ужинали солониной и сухарями, извлеченными из своих седельных сумок. Еду запивали водой. Они еще не успели отыскать в крепости запасы эля, а привезенного из Нормандии вина почти не осталось. Несмотря на обилие продовольственных запасов, им пока не удалось заставить перепуганных саксонок приготовить им еду, а на то, чтобы поджарить мясо убитой ими свиньи, у них не хватало времени.

Жобер сунул руку под доспехи и почесал зудящее тело. Вот бы принять горячую ванну! Он разрешил своим людям пойти к реке, и те успели искупаться до ужина.

В комнате наверху он видел большую деревянную лохань для купания. Роскошь обстановки удивила его: большая кровать резного дерева, портьеры, украшенные изящной вышивкой, высокий деревянный сундук и комод, в ящики которого он не успел заглянуть. Семья саксонского лорда, видимо, поспешно бежала, услышав о приближении норманнов, и не успела почти ничего захватить с собой.

Интересно, подумал Жобер, есть ли среди захваченных в плен кто-нибудь из этой семьи? Все саксы с их золотистыми волосами казались ему на одно лицо. Он слышал, что когда-то они были отличными воинами. Но, как показала битва при Гастингсе*, саксы были значительно хуже вооружены, чем люди лорда Вильгельма, к тому же у них не было кавалерии. Теперь они покорены, и их можно использовать только на полевых работах или в качестве слуг.

Жобер вдруг подумал о женщине. Почему он не смог убить эту бродяжку? Куда ее поместили его люди?

---

* Битва состоялась в 1066 г. Герцог Нормандии Вильгельм разбил войска англосаксонского короля Гарольда II и занял английский престол.

Его мысли неожиданно прервал женский визг. Визжала одна из кухарок. Два полураздетых рыцаря гонялись за ней по всему залу. Светлые волосы женщины рассыпались по плечам. Ее лицо раскраснелось, глаза наполнились страхом.

Жобер нахмурился, но ничего не сказал. Жестокость была неизбежна. Если бы эта женщина была поумнее, то покорилась бы тому рыцарю, который был ей больше по вкусу, и уговорила бы его взять ее под свою защиту.

Один из рыцарей в конце концов поймал женщину. Попав в его ручищи, она затихла, хотя выглядела как птичка, угодившая в силок. Рыцарь не повалил ее тут же, а повел в дальний угол зала, что-то говоря ей успокаивающим тоном. Рыцаря звали Адам д'Обри. Было известно, что он умеет обращаться с женщинами.

Жобер вздохнул. Ему еще предстояло проверить посты, выставленные для охраны крепости. Нельзя расслабляться. В лесах скрывается много саксов.

В зал вошел молодой рыцарь по имени Роб. Он, широко улыбаясь, поставил на стол корзинку с яблоками.

— Где ты их нашел? — удивился Жобер.

— В подвале, куда посадили пленницу. Там много всяких припасов. Зимой нам будет что есть.

При напоминании о женщине у Жобера что-то сжалось внутри.

— Ее развязали?

Роб покачал головой:

— Она так сопротивлялась, что мы не решились развязать ее. Эту чертовку закрыли в подземелье. Там сыро и темно. Но так ей и надо. Оттуда не убежит.

«Лучше бы ей убежать», — подумал Жобер и удивился такой странной мысли.

Мужчины жадно расхватали яблоки, он тоже взял одно. Оно оказалось сочным и необыкновенно вкусным.

Жобер сделал обход крепостной стены. Стражники были на своих постах, все в приподнятом настроении. Их радовало, что теперь этой землей владеют норманны.

Поговорив немного с солдатами, Жобер вернулся в зал, а потом поднялся по лестнице в спальню бывшего хозяина замка. Он лег на широкую кровать, покрытую синим шелковым покрывалом, и только теперь почувствовал, что устал. День был тяжелым. Его отряд наткнулся на засаду в лесу. Пришлось сражаться. Часть саксов была захвачена в плен. Однако многим удалось бежать, в том числе, как он подозревал, и вожакам. Удивительно, что они бросили женщину. Кто она такая? Любовница какого-нибудь воина? Нет, для этого она слишком горда. Вспомнив, как полыхали ненавистью ее синие глаза и как смело она себя вела, он проникся к ней уважением.

Потом Жобер стал думать о том, что необходимо сделать до наступления зимы. Перегнать с дальних пастбищ скот, заготовить побольше дров... Он довольно улыбнулся, представив амбары, полные золотого зерна. В крепости много яблок, капусты, сушеного гороха и других овощей. Голодать его люди не будут. Нужно только заставить саксонских женщин заняться хозяйством. Но прежде следует научиться как-то объясняться с ними.

Тьма кромешная. Из гнилой соломы вылез червяк и ползет по его телу. У него затекли руки и ноги, а запястья и щиколотки невыносимо болят от стягивающих их веревок. Он обречен умереть и превратиться в грязь здесь, на каменном полу.

Ему трудно дышать, сердце бешено колотится. Он открывает рот, чтобы крикнуть. Но никто не услышит его крик...

Вздрогнув, Жобер резко сел в постели. Пот струился по его телу. Осознав, где находится, он с облегчением почувствовал, как охвативший его ужас постепенно проходит.

Почему ему привиделся этот кошмар? Может быть, из-за мыслей о пленнице, связанной и брошенной в сырое подземелье?

Жобер напомнил себе, что она враг. Она участвовала в нападении и, если бы смогла, не задумываясь убила бы его или любого другого норманна.

Но она женщина... Ей, должно быть, очень страшно лежать там, внизу, в полной темноте. Пожалуй, ее подвергли слишком жестокому наказанию. Ведь если задуматься, то она всего лишь пыталась защитить свой дом.

Жобер встал с кровати. Он спал нагим, чтобы не пачкать тонкое, чистое постельное белье. Натянув на себя штаны и сапоги, на которых засохла налипшая грязь, он взглянул на меч. Оружие поблескивало в лунном свете, проникавшем сквозь незакрытые ставни окна.

Нет необходимости брать его с собой. Ведь он собирается всего лишь найти подвал и вытащить оттуда женщину. Он переведет ее на ночь в конюшню или в какой-нибудь сарай, а утром решит, что с ней делать дальше.

Жобер осторожно спустился по лестнице в зал, где храпели спавшие на лавках солдаты. Возле двери он прихватил с собой факел, вставленный в скобу на стене.

Снаружи луна заливала все вокруг серебряным светом. Жобер крадучись обошел замок и направился к старому амбару на каменном фундаменте. Именно под ним находился подвал, где хранились запасы продовольствия.

Отыскав дверцу, он сделал глубокий вдох и поднял ее. При лунном свете он разглядел ступени лестницы, ведущей вниз. Его прошиб пот, потому что он всегда боялся маленьких закрытых помещений. Поборов страх, он стал спускаться в подземелье. Внизу коридор раздваивался. Жобер свернул вправо.

Коридор привел его в хранилище. Здесь были горы яблок, корзины с луком, капустой. С удовольствием взглянув на все это изобилие, Жобер вышел и направился в другую сторону. Коридор стал у́же и ниже. Лишь согнувшись, он смог войти в тесную клетушку.

Голова женщины свешивалась на грудь, и ему показалось, что она мертва. Осветив факелом ее лицо, он заметил, что она вздрогнула. Глаза ее открылись и уставились на него. Во взгляде не было и намека на страх. Только ненависть.

Ему не хотелось прикасаться к ней. Кому в здравом уме придет в голову брать в руки гадюку?

Но выхода не было. Укрепив факел в нише на стене, Жобер осторожно подошел. Взяв женщину за плечо, он попробовал поднять ее на ноги.

Она встала, но потеряла равновесие и повалилась на него. Он помог ей выпрямиться. Она снова покачнулась. «Наверное, у нее затекли ноги», — подумал он. И в этот момент она попыталась его укусить. Он разозлился и ударил ее. Она рухнула на землю и потеряла сознание.

Жобер хотел было уйти, но жалость взяла верх. Он решительно приблизился к пленнице и, схватив ее, ловко вскинул обмякшее тело на плечо.

Выбравшись наружу, Жобер некоторое время стоял, размышляя, что делать дальше. Можно было бросить ее здесь, во дворе. Она придет в себя и, конечно, сбежит. Глупо, что он вообще думает об этом. Какое ему дело? Он все-таки воин, а не какой-нибудь придворный щеголь. Ухаживание за дамами — это не для него. К тому же дерзкая саксонка совсем не похожа на нежных дам, которых прославляют трубадуры. Она опасна.

Вздохнув, Жобер двинулся дальше. Проходя мимо конюшни, он подумал, не оставить ли женщину там. Но тогда ее быстро обнаружат его люди.

Взгляд остановился на сторожевой башне у ворот крепостной стены. Часового не было видно. Возможно, он заснул на посту. «Потом выясню», — подумал Жобер и решил отнести пленницу в дом.

Тяжело дыша, он осторожно шел по темному залу между спящими людьми. Один из рыцарей вдруг поднял голову и строго произнес: «Кто идет?»

— Бревриен.

Рыцарь что-то проворчал и снова заснул. Жобер был этому рад. Он и сам не понимал, что делает. И уж конечно, ему не хотелось объяснять кому-нибудь свой безумный поступок.

Добравшись до спальни, Жобер быстро подошел к кровати и сбросил на нее свою ношу. Он с облегчением вздохнул: его безумное приключение наконец закончилось.

Но что делать теперь с этой злючкой, которую он спас? Взглянув на ее неподвижное тело, он вспомнил вдруг, что уже много недель в его постели не было женщины. Его губы растянулись в ухмылке. Она, кажется, не дурна, эта саксонка. Молодая, сильная... конечно, она не так приятна, как та кареглазая девушка, по которой он тосковал. Часто во время военного похода он вспоминал о Дамарис. Она, наверное, уже вышла замуж. Ведь он давно покинул Нормандию. Значит, нужно забыть о ней.

Жобер со вздохом стянул с себя сапоги и, нагнувшись над кроватью, перекатил тело пленницы на другой край. Потом он лег сам, вытянулся на кровати и почти сразу заснул.

## *Глава 2*

Эдива пошевелилась и прикусила губу от боли. Болело все тело, особенно плечи — оттого, что руки были связаны за спиной. Братья предупреждали ее, что норманны будут жестоко обращаться с ней, если она попадет в плен. Но пусть даже ее подвергнут пыткам, она никогда не покорится нормандским свиньям. Никогда!

Мужчина, лежавший рядом с ней на кровати, перевернулся на другой бок. Постель прогнулась под ним. Эдива скатилась к нему, ее груди уперлись в его плечо. Ей так захотелось укусить своего мучителя! Но она понимала, что это глупо. Он снова ударит ее. А со связанными руками она не сможет защититься.

Интересно, почему он принес ее сюда, вытащив из темницы среди ночи? Конечно, намеревался изнасиловать. Что еще ему нужно?.. Однако не сделал этого. Наверное, хотел дождаться, пока она придет в себя.

Может, она показалась ему непривлекательной? Братья не раз, поддразнивая ее, говорили, что она «сущее наказание, а не женщина» и что ни один мужчина не заинтересуется такой «воительницей». Вот и хорошо. Если этот норманн оставит ее в покое, то она найдет возможность осуществить задуманное. Она перережет ему горло, как только удастся добраться до оружия!

Стараясь не стонать, Эдива попыталась отодвинуться от ненавистного врага. Как ужасно чувствовать себя беспомощной! В подземелье ей было лучше. Конечно, там было сыро и холодно. Но она не испытывала позора. Теперь она лежит на кровати, связанная как поросенок, приготовленный к закланию в Мартынов день.

Наверное, она должна благодарить судьбу за то, что ее не повесили. Наблюдать за казнью было страшно. Только норманны могли придумать для своих врагов такую позорную смерть вместо того, чтобы дать им возможность погибнуть в бою и сохранить свою честь.

Эдива понимала, что ей нужно остаться в живых, чтобы отомстить. Она должна обдумать свои действия. Возможно, ей даже придется покориться, если этот норманн вздумает изнасиловать ее.

Она не знала, сможет ли выдержать это. Он будет лапать ее, войдет в нее... А ей хочется выцарапать ему глаза!

Но у нее не было выбора. Хотя она и сильная, он — сильнее. Такой мускулистый, с мощными руками и ногами. Да он убьет ее одним ударом, если пожелает!

Негодяй! Ублюдок!

Словно почувствовав ее ненависть, норманн пошевелился и что-то пробормотал во сне. Эдива еще больше отодвинулась от него. Она могла теперь как следует рассмотреть своего врага в утреннем свете, проникавшем через окно. У него не было бороды. Длинные волосы напоминали мех лисы.

Ему было, пожалуй, чуть больше двадцати лет. Во сне его лицо не казалось мрачным и злым, теперь оно было даже приятным. Густые золотистые ресницы, красивый нос — не те безобразные клювы, которые она видела у норманнов. Вот только рот немного великоват, но губы... они были такими манящими, что Эдиву вдруг охватило волнение.

Взгляд ее скользнул ниже. Сердце ее забилось сильнее, потому что она увидела мощный голый торс красивого мускулистого мужчины. Золотистые волоски покрывали широкую грудь и живот, спускались вниз и скрывались под поясом штанов.

Эдива от отвращения сморщила нос. Штаны были грязными. Но ведь и ее одежда не лучше. Целую неделю она и ее соплеменники скрывались в лесу, поджидая норманнов. Ели холодную пищу, не решаясь разжигать костры. Спали на кучах сухих листьев.

При приближении врагов она вымазалась грязью, чтобы никто не признал в ней женщину. Так вначале и было, когда ее захватили в плен. И она оказалась бы повешенной. Но нормандский солдат, освобождая очередного пленника от веревки, чтобы вести его на казнь, сказал ей, сидевшей рядом, что-то злое и с силой ткнул кулаком в грудь. Он сразу понял, что перед ним женщина, и на его лице отразилось удивление. Он неожиданно улыбнулся и потрогал ее груди.

Сначала она испугалась, но быстро овладела собой и плюнула ему в лицо. Он расхохотался, как будто она отпустила остроумную шутку. Позже ее увели от остальных пленных. И что теперь с ней будет? Она не могла покориться врагу.

Эдива снова окинула взглядом лежащего рядом мужчину. Душа наполнилась ненавистью. Если он захочет взять ее, то пусть не надеется на легкую победу!

Она пошевелилась. Руки у нее онемели. Как бороться со связанными руками? Вздохнув, она закрыла глаза. Надо постараться отдохнуть. Ей потребуются силы.

Жобер проснулся на кровати в спальне саксонского господского дома, а не на скамье в нижнем зале. Неудивительно, что он долго спал. Солнце поднялось уже высоко.

Рядом с ним лежала женщина. Она спала. Воспоминание о совершенном ночью безумном поступке тревожило его. Он сдвинулся на край кровати и, сев, принялся разглядывать чужеземку. При дневном свете она выглядела значительно лучше. У нее были полные губы. А волосы, если их помыть и расчесать, наверняка оказались бы изумительными. Она лежала на боку. Ее рубашка натянулась так, что обозначились округлые груди.

Он протянул руку, чтобы потрогать грудь, но сразу же остановил себя. Черт возьми, о чем он думает? Он вовсе не хочет этой коварной саксонки.

Женщина открыла глаза. Удивление на ее лице быстро сменилось отвращением.

Они какое-то время смотрели друг на друга в упор. Кто-то постучал в дверь. Жобер встал, чтобы открыть ее.

— С тобой все в порядке? — спросил Роб, входя в комнату. — Ты никогда не спал так долго. Люди хотели узнать... — Тут он крепко выругался, увидев женщину. — Что она здесь делает?

— Она моя пленница.

Роб снова взглянул на саксонку.

— Ты оставил ее связанной?

— Иначе я не смог бы спать. Ночью она убила бы меня моим же мечом.

Роб удивленно приподнял брови:

— Но почему она здесь? Насколько я помню, ты приказал бросить ее в темницу, чтобы там она и сгнила.

— Я передумал, — ответил Жобер.

Он взял со стула свою грязную рубаху.

— Черт возьми, мне необходимо помыться и выстирать одежду. — Он показал на сундук, стоящий в углу. — Послушай, Роб, поищи-ка там какую-нибудь одежду.

— Для тебя? — Роб с сомнением покачал головой, открывая сундук. — Едва ли такая найдется. Иногда встречаются саксы хорошего роста, но гигантов я среди них не видел. — Покопавшись в куче одежды, он вытащил дамское платье, отделанное изящной вышивкой. — Боже! Здесь лежат роскошные вещи! Такой искусной вышивки я не видел с тех пор, как мы покинули Руан. — Он поднял вверх малиновое платье. — Таких, наверное, нет даже у фрейлин самой герцогини Матильды.

— Теперь она — королева Англии Матильда.

Жобер подошел к Робу и взял из его рук платье. Он подумал о том, как хорошо бы оно выглядело на Дамарис. Но едва ли ему суждено когда-нибудь снова увидеть ее.

— Мы здесь не для того, чтобы любоваться женскими платьями. — Жобер отбросил в сторону платье и указал Робу на сундук. — Поищем там.

Они вдвоем принялись перебирать одежду. Там было много женской одежды, но они нашли также льняное нижнее белье и мужские рубашки из дорогих тканей. Роб поднял в руке одну, особенно нарядную, из зеленого сарканета, искусно расшитую золотой нитью.

— Может быть, эта? Она довольно большая.

Жобер презрительно фыркнул:

— Уж не думаешь ли ты, что я буду в такой одежде забивать скот или сражаться с мятежниками? Это я смогу надеть, когда лорд Вильгельм посетит нас.

— Король Вильгельм, — поправил его Роб.

Жоберу надоело копаться в сундуке.

— Что за странный народ эти саксы! Одежда у них пригодна только для праздников. Нет ни добротной обуви, ни простой шерстяной одежды. Мне казалось, что эти места славятся своими шерстяными тканями.

— Тебе, господин, следовало бы приодеться в Лондоне, — с упреком сказал Роб. — Ведь всю одежду для тебя приходится подгонять по фигуре.

Жобер презрительно пнул кучу одежды. Конечно, Роб прав. Но он истратил все деньги на покупку короткой кольчуги для себя и броши из слоновой кости с ониксом для Дамарис.

Некоторое время спустя отец прислал ему немного денег, но покупать одежду было уже поздно, да он и не вспомнил о ней. Ему хотелось побыстрее вступить во владение поместьем, которое пожаловал ему король Вильгельм.

К нему вернулось радостное настроение. Он уже не был безземельным младшим сыном. Он стал настоящим лордом. И все теперь — земля, господский дом, даже эта куча одежды на полу — принадлежит ему.

Жобер наклонился, собрал разбросанную одежду и неуклюже засунул в сундук.

— Ладно, — сказал он. — Придумаю что-нибудь другое. Может, мне подойдет одежда кого-либо из казненных.

— Неужели ты станешь носить одежду мертвеца?

— Но ведь я беру себе доспехи и оружие убитых, почему же не воспользоваться и остальным, если мне это нужно?

— А с женщиной что делать? — спросил Роб.

Они одновременно взглянули на кровать.

— Она может быть нам полезна, — сказал Жобер.

— Каким образом? Никто не будет платить выкуп за саксонку.

— Мы можем использовать ее, чтобы заманить в ловушку мятежников.

— Если они не пытаются спасти других, зачем им приходить за ней?

— Возможно, есть кто-то, кому она дорога. Он попытается освободить ее. А пока она моя пленница.

Роб с сомнением покачал головой:

— Если ее не развяжут, тебе придется кормить ее. Едва ли мы сможем высвободить человека для этой работы.

Жобер стиснул зубы. Роб прав. Он поступил глупо, спасая эту женщину. Пусть бы ее лучше повесили с остальными пленными, несмотря на протесты Алана.

— Я скоро спущусь вниз, — сказал он Робу. — Собери во дворе всех, кто не на посту.

Роб ушел. Жобер надел перевязь для меча и снова взглянул на женщину. Выражение ее лица не изменилось. Всем своим видом она выказывала неповиновение. Однако было заметно, что ей больно и вообще, наверное, не по себе. У нее, как и у всех людей, есть кое-какие потребности.

Взяв кинжал, Жобер приблизился к кровати. У пленницы в глазах появился страх, что доставило ему некоторое удовлетворение. Пусть уж лучше она боится его. Это поубавит у нее наглости.

Он поднес кинжал к ее горлу и коснулся острием гладкой кожи.

В следующее мгновение в душе Жобера шевельнулась жалость. «Все-таки она ведет себя храбро», — подумал он. Ее ресницы слегка дрожали. Он никогда не видел прежде таких длинных ресниц.

Жобер поставил пленницу на колени и обхватил ее тело, чтобы разрезать веревку, которой были связаны за спиной ее руки. Она судорожно втянула в себя воздух и подавила стон. Он невольно посочувствовал ей. Еще долго она будет испытывать боль в онемевших руках и плечах.

Надо было развязать ее еще ночью. И привязать к кровати.

Он представил себе эту соблазнительную картину: широко раскинутые руки и ноги саксонки привязаны к четырем столбикам, поддерживающим полог кровати.

Нет, он не позволит своим мыслям принять такое направление. Она пленница, и за нее можно получить выкуп. А если нет?

Тогда почему он ее держит? Жобер быстро нашел ответ. Потому что не знает, что с ней делать дальше. Дважды сохранив ей жизнь, он выставит себя полным дураком, если убьет ее теперь.

Да и зачем убивать, если в этом нет необходимости? Тем более — женщину. Конечно, она не в его вкусе, но, несомненно, не лишена привлекательности. Чем дольше он смотрел на нее, тем сильнее разгоралось в нем желание. Он представил себе, как сопротивляется, а потом затихает тело этой амазонки под его телом...

А что делать с ней потом, когда он удовлетворит свое желание? Пожалуй, будет нелегко ее приручить, сделать из нее послушную, надежную служанку. Возможно, ее даже придется побить разок-другой, чтобы научить уму-разуму.

Нет, все это было Жоберу не по душе. Он оставит ее в покое. Тогда она поймет, как ей повезло, и покорится.

Он вышел из комнаты и запер за собой дверь.

Как только норманн ушел, Эдива осторожно поднялась с кровати и, с трудом преодолевая боль во всем теле, добралась до сундука, стоявшего в углу. Она принялась разглаживать и аккуратно складывать одежду, небрежно засунутую туда чужаками. На ее глазах выступили слезы. Свиньи! Не ценят то, что им досталось.

Нет, она не права. Они же восхищались искусной вышивкой. Они сравнивали ее мастерство с мастерством нормандских благородных дам.

Воспоминание об этом ничуть не уменьшило ее возмущения. Ведь одежда в ящиках комода принадлежала ей! Она была хозяйкой Оксбери!

У нее защемило сердце. Ее отец погиб в битве при Стамфорд-Бридже, старший брат — во время сражения при Гастингсе. Это случилось в прошлом году. А годом раньше мать умерла от лихорадки. Из всей семьи остались только Бьернвольд, Годрик, Элнот и она.

Ее братья вынуждены прятаться в лесах, а эта нормандская свинья спит в родительской постели и распоряжается их собственностью, как будто имеет на это право!

Гнев и горе охватили ее, но она не позволила себе расслабиться. Эдива направилась к маленькому сундучку. Там под куском грубой ткани лежал кинжал с рукояткой, украшенной драгоценными камнями, короткий меч с золотой змейкой на эфесе, небольшой простой нож тоже хранился в этом сундуке.

Эдива взяла в руки кинжал и нож. У нее участилось дыхание. Когда норманн рылся в сундуке, она вспомнила о сундучке с оружием. Теперь она сможет отомстить захватчикам.

Эдива спрятала кинжал в углублении в стене, прикрытом гобеленом, а нож — в постели. Потом она легла и принялась обдумывать, как действовать дальше. Ей нужно будет изобразить покорность. Но как только норманн попытается влезть на нее, она всадит ему нож в горло. Он ослабеет от потери крови, а рана не позволит ему крикнуть и позвать на помощь.

Жестокая расправа. Но норманны этого заслуживают. Они — чужеземцы, захватчики! Они вторглись в Англию и установили здесь свои порядки. Будь они прокляты!

Как только норманны узнают, что их предводитель мертв, ее казнят. Едва ли удастся сбежать, но попытаться можно. Спрятаться где-нибудь после убийства, выждать время, а потом убежать.

Нет, ее все равно поймают. У Эдивы мороз пробежал по коже. Хватит ли у нее храбрости вынести пытки и надругательства?

А что будет с ее людьми? Ослепленные жаждой мести, норманны могут сровнять с землей поместье, сжечь деревню, перебить всех жителей. Ей рассказывали, во что они превратили земли вокруг Лондона после битвы при Гастингсе.

Разве может она обречь на гибель жителей деревни и верных слуг, которые служили ее отцу и отцу ее отца?

А посоветоваться не с кем. Ах, если бы братья были рядом! Они бы смогли защитить ее. С детства никому не давали в обиду свою сестренку. Правда, сами часто над ней подшучивали. Кроме Элнота. Он такой добрый. При мысли о младшем брате у нее защемило сердце. Надо что-то сделать, чтобы помочь ему.

Эдива подошла к окну, увидела своих врагов и решилась. Несмотря на риск, она сделает то, что задумала. Она должна убить норманна.

## Глава 3

— Думаешь, кто-нибудь из наших людей знает, как управляться с мельницей?

Жобер вопросительно уставился на Роба. Юный рыцарь показал на пристройку к кухне.

— Ты велел мне заставить женщин печь хлеб, но нет муки. Есть много пшеницы, но немолотой. Я спрашивал в деревне, но там никто не умеет управляться с мельницей.

— Черт бы их побрал! — Жобер взглянул в сторону ворот. — Неужели они убили мельника? Совсем ничего не соображают! Ведь я приказал не трогать тех, кто владеет ремеслами.

— Нет, мельника не убили, — сказал Роб, — просто он упрямится. Отказывается работать. Насколько я понял, кто-то из наших изнасиловал его жену, и теперь ему все равно, оставят его в живых или убьют. Я сам приставил меч к его глотке, но он и глазом не моргнул. Если мы его убьем, нам от этого легче не будет.

— Надо применить пытки, — пробормотал Жобер. — Пытать его до тех пор, пока не согласится служить нам.

«Проклятые упрямые саксы, — думал Жобер. Вместе с Робом и еще одним солдатом они шли в деревню. — На каждом шагу проявляют неповиновение своим новым хозяевам. Что за безмозглый народ! Не все ли им равно, кому служить — нормандскому или саксонскому помещику?»

Прежде казалось, что управлять этими людьми будет легко и просто. Они видели, как он вешал мятежников. Неужели не понимают, что их ждет такая же участь, если они продолжат противиться его воле?

В деревне стояла зловещая тишина. Не было слышно ни лая собак, ни плача детей. Только над несколькими домиками вился едва заметный дымок. Похоже, что от населения деревни не осталось и половины.

Жобер выругался себе под нос, пожалев, что не подумал оставить стражу для охраны деревни. Но саксы в конце концов вернутся. Не такие они дураки, чтобы предпочесть замерзнуть зимой в лесу, лишь бы не служить ему.

А как быть сейчас? Ему нужны умелые руки, чтобы забивать скот и заготавливать на зиму мясо. Чтобы готовить пищу для его людей. Чтобы варить эль и сбивать масло. Чтобы ловить рыбу.

Если заставить его людей выполнять такую работу, они будут ворчать и в конце концов уйдут от него искать лучшей доли. Сейчас для воинов в Англии полным-полно возможностей. Он сохранит свое войско только в том случае, если сможет чем-нибудь заинтересовать их. Он обязан позаботиться о том, чтобы у них была сытая и веселая жизнь.

Аккуратный деревянный дом мельника стоял у реки неподалеку от мельницы. Немного помедлив перед входом, Жобер вытащил из ножен меч и, нагнув голову, вошел в дом.

В тусклом свете он разглядел человека средних лет, сидевшего у огня. Тот настороженно посмотрел на Жобера и перевел взгляд на женщину, чем-то занимавшуюся в углу.

— Это его жена, — пояснил Роб.

— Ее покалечили? — спросил Жобер.

— Нет. Но она миловидная и совсем молоденькая, в дочери ему годится. — Роб пожал плечами. — Наверное, мельник боится, что она теперь предпочтет ему сильных, здоровых норманнов.

Жобер взглянул на мельника. Проще всего было бы припугнуть его и сказать, что с ним сделают, если он откажется молоть зерно. Но как объяснить это, если мельник все равно не понимает его языка?

— Не удалось найти никого из саксов, кто говорил бы на нашем языке? — обратился он к Робу.

— Нет, милорд. Мне кажется, некоторые понимают наш язык, но не признаются в этом.

Жобер кивнул. Лукавые, коварные сукины дети! Так бы и вздернул их всех на деревьях. И начал все заново, поселив здесь хороших, надежных крестьян из Нормандии. Взглянув на упрямо выпяченный, заросший седой щетиной подбородок мельника, он пришел в ярость и заорал:

— Взять его!

Роб и солдат схватили мельника за руки и поволокли из дома. Жобер направился к реке. Он приказал вести мельника за ним.

Внутри мельницы было душно. На полу лежали пустые мешки и большие плетеные решета. На стенах висели мерные ковши.

— Ведите его наверх! — крикнул Жобер.

Все поднялись по лестнице на верхний этаж. Жобер велел Робу повернуть ворот и открыть шлюз. Послышался шум воды. Кивнув в сторону механизма, ворочающего огромные жернова, он приказал привязать к нему мельника за руки.

— Зачем это? — удивленно спросил Роб.

— Как только водяное колесо начнет вращаться, ему оторвет руки. Надеюсь, он поймет, что разумнее будет согласиться работать на нас.

Мельника привязали к водяному колесу. Он что-то пробормотал. Колесо начало поворачиваться, глаза крестьянина округлились от ужаса. Он умоляюще взглянул на Жобера.

— Ну, будешь повиноваться? — спросил Жобер.

Наверное, по его тону мельник понял смысл слов, потому что, услышав зловещий скрип колеса, отчаянно закивал головой.

— Освободите его, — приказал Жобер. — Принесите зерно да проследите, чтобы он хорошо работал.

Он вышел из мельницы и спустился к запруде. Берег зарос ивняком и ольшаником, на поверхности воды плавали опавшие листья. Жобер глубоко вдохнул запах земли и влажной зелени.

Он пошел вдоль берега реки. Среди скал виднелись глубокие озера. Должно быть, там водятся форель и судак. Надо послать на рыбалку деревенских ребятишек, а женщин заставить плести неводы. Соленая и вяленая рыба будет зимой хорошей пищей для его людей.

Но он ничего не сможет сделать, если не найдет подход к саксам. Силой мало чего добьешься.

Со стороны мельницы подошли Роб и солдат.

— Может, нам остаться и последить за ним? Вдруг этот упрямец отравит зерно? Теперь он нас ненавидит еще сильнее и захочет отомстить.

Жобер обдумал такую возможность. Нет, мельник, должно быть, понял, что проиграл.

— Оставьте его, — сказал он. — Думаю, он больше не причинит нам беспокойства.

Они возвращались через деревню. Окинув взглядом притихшие домишки, Жобер прищурил глаза. Возможно, мельник, испугавшись, убедит остальных саксов в том, что сопротивление бесполезно.

В этот день неприятности следовали одна за другой. Его люди отказывались выполнять порученную им работу. Почему они должны собирать хворост и заботиться о корме для коней? Неужели, кроме них, некому таскать мешки с зерном из амбара на мельницу? Они что — прибыли на новую землю, чтобы кормить здесь скот?

Не жаловались только те, кому было поручено наблюдать за работой женщин на кухне. Когда Жобер зашел туда, чтобы проверить, как идет работа, он понял, почему от них не поступает жалоб.

В кухне было дымно и жарко, но вместо аппетитного запаха готовящейся пищи пахло чем-то горелым. Кухарки и судомойки, раздетые почти донага, визжали от удовольствия. Две из них лежали поперек широкого стола. Обнаженный до пояса солдат слизывал что-то с сосков одной девицы, с другой забавлялся его товарищ. Еще двое воинов Жобера держали в объятиях по девице.

На Жобера никто не обратил внимания. Он некоторое время наблюдал за происходящим. Потом громко произнес:

— Черт! Да вы здесь отлично устроились!

В кухне стало тихо.

— Милорд... — пробормотал один из рыцарей.

— Вижу, вы нашли с саксами общий язык, — сказал Жобер. — Надеюсь, на ужин будет горячая еда.

— Да, милорд, — тихо ответил все тот же рыцарь — он был здесь за старшего.

Жобер повернулся и вышел из кухни. Он не осуждал поведения своих людей. Пусть развлекутся. Главное, чтобы все были довольны — и его воины, и местные жители. Тогда наконец-то будет порядок.

При виде полуголых женщин на кухне Жобер вспомнил о своей пленнице. Пожалуй, она не отдалась бы кому-либо легко, как эти кухарки. Те были готовы сделать что угодно, лишь бы заслужить хорошее отношение своих завоевателей. Но саксонка, запертая в его спальне, отличалась от них. Нет, конечно, она не такая. И что это ему вздумалось спасать ее?

Его мысли прервал чей-то голос. От ворот к нему спешил Алан.

— Милорд, скорее! Саксы уводят наш скот!

Крепко выругавшись, Жобер побежал вместе с ним.

Что-то происходит. Эдива смотрела из окна на опустевший двор. Некоторое время назад слышались крики вооружающихся людей. Теперь все стихло.

Ее охватило отчаяние. Возможно, братья напали на норманнов. Ей бы надо быть рядом с ними. Она отлично стреляла из лука. Спрятавшись в ветвях деревьев, она смогла бы многих врагов отправить на тот свет своими стрелами. И тем способствовала бы освобождению Англии.

А вместо этого она сидит в своем доме, под замком. Предводитель норманнов не прислал ей еды и сам не явился.

Эдива стиснула зубы. Ее угнетало осознание своей беспомощности. Вот если бы она была мужчиной... Ей не пришлось бы терпеть унизительного положения пленницы. Либо она была бы убита, либо сражалась бы рука об руку со своими братьями.

В душе поднялось привычное негодование. За что Господь ее наказал? Она была такой же храброй и сильной, как многие мужчины, но ей не позволяли делать то, что делали они. Она выросла среди мальчишек. Они вместе рыбачили, охотились, стреляли из лука, дрались. Потом, когда ей исполнилось четырнадцать лет, тело, к несчастью, предало ее. Груди у нее все росли и росли. Даже если она стягивала их, насколько могла вытерпеть, они все же, к ее возмущению, выпирали под платьем.

Все остальное в ее жизни тоже изменилось. Большинство мальчишек не желали теперь бороться и драться с ней, а те, кто не возражал, нередко пытались, повалив ее, поцеловать.

Ее снисходительный отец вдруг стал требовать, чтобы она не носилась по лестницам со своими братьями, а оставалась с женщинами и помогала им заниматься всякими скучными делами.

Хотя ее душа протестовала против такой несправедливости, она тем не менее старалась как следует выполнять свои обязанности. Она научилась варить мыло и лить свечи, наблюдать за разделкой туш и заготовкой мяса, дубить кожи и чистить шерсть. Прясть и ткать она научилась в раннем детстве, а теперь еще овладела искусством белошвейки и вышивальщицы.

Нельзя сказать, что она делала это без удовольствия. Она выполняла женскую работу с таким же рвением, с каким старалась не уступать в ловкости своим братьям. Ей хотелось, чтобы отец гордился ею.

Но ее отец погиб раньше, чем смог надеть великолепную зеленую тунику, искусно расшитую золотой нитью по вороту и рукавам. Теперь эта одежда досталась злому норманну.

Эдива взглянула на сундук, где лежала туника, и подумала, не уничтожить ли ее, пока не вернулся завоеватель. Ей будет невыносимо видеть, как он надевает одежду, сделанную ее руками.

Эдива повернулась спиной к окну. Нет, она не сдастся. Ее братьям, возможно, еще удастся выгнать норманнов из Оксбери. Если бы они смогли заманить врагов в лес и там их перебить...

Она вздохнула. Ничего не выйдет. Потеряно так много людей. У братьев осталось теперь мало шансов победить норманнов. Враги лучше вооружены и их больше, гораздо больше. Одолеть норманнов можно только хитростью.

Если бы это поняли ее братья! Она с горечью подумала, что, вполне возможно, именно в этот момент они затевают еще одну обреченную на провал вылазку. Ах, если бы она могла помочь им...

Во дворе раздались голоса. Она подбежала к окну, надеясь увидеть соотечественников, победно входивших во двор крепости. Но увидела только ненавистных завоевателей.

Эдива вздохнула, потом прислушалась, чтобы узнать, о чем они говорят. Она понимала язык, на котором говорили завоеватели, о чем те пока не догадывались. Это давало ей преимущество, которое она намеревалась использовать в дальнейшем. Теперь она была благодарна отцу. Когда-то он настоял на том, чтобы дочь освоила этот язык.

Голоса зазвучали ближе. Эдива улыбнулась, поняв, что норманны расстроены. Стадо разбрелось, и много скота потерялось в лесу. Командир был в ярости. Она слышала, как он грубо кричал на своих людей.

Эдива мысленно похвалила своих братьев за сообразительность. Если невозможно победить врага в открытом бою, то вполне можно сделать его существование здесь невыносимым, особенно с наступлением зимы. Если норманнам осложнить жизнь, то они, возможно, уйдут из Оксбери.

Она сделает то, что от нее зависит, решила Эдива. Если ей удастся убить предводителя, норманны, растерявшись, не захотят оставаться в Оксбери. Она окинула взглядом спальню, подумав о припрятанном оружии. Не следует спешить. Наступит момент, и она нанесет норманну смертельный удар.

## *Глава 4*

— Что случилось? — спросил Уилл, испуганно глядя на забрызганную грязью одежду своего хозяина.

— Упал, — едва сдерживая негодование, ответил Жобер. — Во всем виноваты проклятые саксы!

Он начал снимать с себя жилет. Оруженосец бросился ему помогать.

— Оказывается, эти саксы такие коварные! — заметил юноша.

— Если бы мы были полностью вооружены, то погнались бы за ними в лес.

— Да, жаль, что часть скота потеряли.

Жобер досадливо стиснул зубы. Половина стада разбежалась. То, что должно быть у них на столах, теперь съедят мятежники. Придется усилить охрану стада.

— Но саксы все равно будут голодать этой зимой, — сказал Алан, входя в конюшню. — Нам нужно только набраться терпения и подождать. Когда их лесная жизнь станет невыносимой, они приползут к воротам крепости и будут умолять принять их назад.

— С удовольствием посмотрел бы, как они ползут, — проворчал Жобер. — Уж я бы заставил их изваляться в грязи, как это только что сделали мы.

Алан хохотнул:

— Да уж, было на что посмотреть, когда мы гонялись за коровами.

— Черт побери, ты всегда веселишься в неподходящий момент! — Жобер сердито взглянул на него. — Если бы мы не стали ловить скот, у нас не осталось бы теперь ничего. Мне совсем не хочется зимой питаться одним хлебом!

— Никто не спорит, — сказал в ответ Алан. — Уж больно ты сердит, Жобер.

— Если бы я помылся да хорошо поел, то не был бы таким сердитым.

— А пусть тебя помоет девица, которую мы взяли в плен.

Жобер удивленно поднял брови.

— Почему бы нет? — спросил Алан. — Она, как и все другие, должна делать что-нибудь полезное.

Повернулась дверная ручка, и в комнату вошел норманн. Эдива попятилась к кровати. Вся ее бравада исчезла, уступив место страху.

Норманн на нее даже не взглянул. Он приказал какому-то юноше и двум солдатам вытащить из угла комнаты большую лохань для купания. Другие солдаты принялись таскать ведрами горячую воду.

Эдива затаив дыхание наблюдала за этими приготовлениями. Обнаженный до пояса норманн был еще грязнее, чем накануне. И все же она не ожидала, что он станет мыться при ней.

Норманн начал стаскивать с себя штаны. Эдива отвела взгляд в сторону, не зная, на что решиться. Солдаты суетились вокруг своего господина. Заметили бы они, если бы она улизнула?

Эдива, стараясь не привлекать внимания, осторожно двинулась к двери, едва касаясь босыми ногами плетеных циновок, устилавших пол. При мысли о возможной свободе ее сердце готово было выскочить из груди.

В это мгновение раздался сердитый голос норманна:

— Не спеши, дорогая. Я хочу, чтобы ты меня вымыла.

Эдива застыла на месте, но потом заставила себя сделать еще шаг, чтобы они не догадались, что она знает их язык. Второй шаг ей сделать не удалось, потому что его рука ухватилась за ее косу. Он произнес угрожающим голосом:

— Не спеши, я сказал!

Он крепко держал ее за волосы, и ей пришла в голову страшная мысль: а вдруг он изнасилует ее на глазах у остальных или отдаст им на потеху? Уж лучше бы ее повесили, чем такое! Эдива вспомнила о припрятанном оружии. Если потребуется, она заколет себя кинжалом, чтобы лишить норманна возможности получить удовольствие.

Он дернул ее за косу. Эдиве пришлось повернуть голову и взглянуть на него. Он уставился на нее своими зелеными глазами. Она хотела было с вызовом что-то сказать ему, но передумала. Пожалуй, лучше будет изобразить покорность. А как только он утратит бдительность, тут-то она и воспользуется удобным случаем.

Заметив перемену в ее настроении, он усмехнулся и, отпустив ее косу, тихо пробормотал:

— Ага, вот так-то лучше.

Жестом отпустив мужчин, он уселся на скамейку и принялся стягивать сапоги.

Эдива украдкой взглянула на то место, где за гобеленом был спрятан кинжал. Нет, еще не время. Пусть он заберется в лохань.

Она схватилась рукой за свою грязную тунику. Мысль о том, чтобы переодеться, приходила ей в голову. Но в комнате не было одежды, подходящей для того, что она задумала сделать. Глупо было бы портить тонкое белье или шелковое платье, совершая в них убийство.

Нет, не убийство. Справедливое возмездие. Его соплеменники убили ее брата, а сам он приказал повесить людей, которых она знала всю свою жизнь. Она все еще видит перед собой их искаженные страданием лица. Она заставит мерзкого норманна заплатить за его злодеяния.

— Подойди ближе, дорогуша. Намыль мне спину.

Он уже залез в лохань и сидел, повернувшись к ней лицом и слегка улыбаясь.

Эдива вспомнила, что решила притвориться покорной. Но ей хотелось сунуть его голову под воду, чтобы не видеть мерзкой ухмылки.

Заметив, что она не торопится выполнять приказание, он перестал улыбаться.

— Не испытывай моего терпения, саксонка! Бери мыло, или я рассержусь. — Он показал рукой на деревянную миску с мылом, стоявшую на столе, и властным жестом велел принести ее.

Она не двинулась с места, хотя понимала, что было бы разумнее подчиниться.

Он поднялся на ноги, вода струйками стекала с его красивого тела. Эдива невольно засмотрелась на норманна. Взгляд остановился на его мужском естестве. Волосы там были тоже рыжие. Она не могла отвести глаз от того, что увидела впервые в жизни.

Он вылез из лохани и, схватив за руку, подтащил к себе. Она попыталась вырваться, но он крепко держал ее.

— Слушай меня, гордячка! Я спас тебе жизнь. Где же твоя благодарность? Ты можешь хотя бы вымыть меня?

Эдива чуть не задохнулась от его запаха. От него пахло лошадьми, грязью и едким мужским потом.

Он оттолкнул ее и снова показал на миску с мылом, а потом залез в лохань и стал ждать.

Она нерешительно подошла к столу, взяла мыло и приблизилась к лохани.

Когда Эдива намыливала ему спину, руки у нее дрожали. Она подумала, что, если не унять дрожь, трудно будет нанести ему смертельный удар. Она вдруг осознала, что сейчас сложилась очень благоприятная ситуация. Ее враг перед ней — голый и без оружия. Все, что ей требуется сделать, это достать кинжал и вонзить его туда, куда нужно.

Она откинула в сторону пряди его длинных волос, чтобы намылить плечи. Твердое, гладкое тело под ее пальцами напомнило ей о его силе и мужественности.

Она намылила его, стараясь не думать о том, что делает и что намеревается сделать. Страшно было представить, как его тело лежит холодное и бездыханное, залитое кровью...

— У тебя нежные руки, — сказал он вдруг, заставив ее вздрогнуть. — Не как у воительницы, а как у благородной дамы. Может быть, я кое в чем ошибался на твой счет. — Он схватил ее за руку. — Ты сейчас не такая уж злая, саксонка.

Она вырвалась из его рук и попятилась. Он задумчиво и чуть насмешливо взглянул на нее.

— Воды, — сказал норманн, показав на ведро с чистой водой. — Окати меня чистой водой.

Эдива растерялась. Как же достать кинжал, если он на нее все время смотрит?

Она взяла ведро и вылила воду ему на голову. Отплевываясь, он запустил руки в волосы.

— Ну и грязен же я. Вымой-ка мне волосы, дорогуша. — Он показал руками, что ей следует намылить ему волосы.

Она зачерпнула еще пригоршню мыла.

Волосы у него были густые, и, чтобы намылить их, потребовалось немало времени. Он откинулся на край лохани и закрыл глаза.

У Эдивы бешено заколотилось сердце. Сейчас! Сейчас, пока у него намылены волосы!

Она бросила взгляд на ведра с водой, стоявшие недалеко от тайника, где был спрятан кинжал. Он подумает, что она пошла за чистой водой, а она достанет оружие.

Сделав глубокий вдох, Эдива направилась в сторону гобелена. Подойдя к ведрам, она с тревогой оглянулась на норманна. Он сидел расслабившись, с закрытыми глазами.

Она отыскала кинжал и торопливо засунула его за пояс, которым была подвязана ее туника, потом схватила ведро и подошла к лохани.

Взглянув на широкие, мускулистые плечи норманна, на которых поблескивали водяные капли, она засомневалась: вонзить кинжал ему в горло или лучше в спину?

— Поторапливайся, дорогуша, — прервал ее мысли норманн. — Смой мыло чистой водой.

Эдива окатила водой его голову. Трясущимися руками она поставила ведро и потянулась за кинжалом.

— Еще, — приказал, отфыркиваясь, норманн. — Мне мыло попало в глаза!

«Нанеси удар, пока твой враг ослеплен!» — приказывал Эдиве разум, но тело отказалось подчиняться. Ей еще никогда не приходилось убивать человека. Она была в смятении.

Снова спрятав кинжал за пояс, она принесла и вылила на чужака еще одно ведро воды.

Норманн смахнул рукой воду с лица и откинулся на край лохани.

— Боже мой, как хорошо чувствовать себя чистым!

Эдива отступила на шаг. Она упустила свой шанс. Такого удобного случая убить врага ей может больше никогда не представиться. Ее переполняло презрение к себе.

— Принеси полотенце. Я вытрусь.

Властный тон возродил ее ненависть. Уж не хочет ли он, чтобы она прислуживала ему, как рабыня?

Она осталась стоять на месте, и он удивленно обернулся к ней.

— В чем дело, дорогуша? — Он показал на полотенце. — Принеси его мне, и я вытрусь.

Эдива не шелохнулась. Пусть даже у нее не хватило смелости убить его, но прислуживать ему она не будет, ни за что!

Норманн откинул с лица мокрые волосы и пристально посмотрел на нее. Потом решительно встал. Вода струйками потекла по его крепкому чистому телу.

— Я еще раз прошу тебя — принеси мне полотенце.

Эдива продолжала молча смотреть на него. Она сегодня струсила один раз, но больше это не повторится.

Он быстро выбрался из лохани и схватил ее за плечи.

— Что на тебя нашло, саксонка? Иногда ты ведешь себя, как злющая ведьма. — Он слегка встряхнул ее. — Разве не понятно, что у тебя нет выбора? Разве ты не видишь...

В этот момент кинжал со звоном упал на пол. Эдива сжалась от страха. Она слышала, как он шумно втянул воздух. Осмелившись взглянуть на него, Эдива встретилась с холодным взглядом его зеленых глаз.

— Злодейка! Ты замышляла убить меня, не так ли?

Он шипел ей в лицо, вселяя в нее ужас. Собрав все силы, она вырвалась из его рук и попятилась к двери.

Норманн медленно приближался к ней. Она поняла, что ей не убежать, и решила поднять валявшийся на полу кинжал. Он поймал ее за тунику. Она попыталась вырваться, но не смогла. Ей осталось только вцепиться ему в лицо ногтями. Он стал трясти ее с такой силой, что она лишилась чувств.

Когда Эдива пришла в себя, норманн все еще крепко держал ее своими сильными руками.

— Перестань сопротивляться, — спокойно сказал он. — Тебе все равно не убежать.

Эдива перевела дыхание. Что бы он ни говорил, она не сдастся. Он мерзкий, грубый норманн, и она никогда не подчинится ему!

Жобер заглянул в полные ненависти глаза женщины, и его охватило раздражение. Никогда еще ни один пленник не причинял ему такого беспокойства. Может быть, ее следует избить, чтобы она покорилась?

Нет, ничто, наверное, не остановит ее, и она по-прежнему будет ждать удобного случая, чтобы его убить. Он вспомнил, как лежал в лохани с закрытыми глазами. Почему она не воспользовалась этим удобным случаем? Может быть, ее женская природа воспротивилась тому, что она замыслила?

И все же ему придется подавить ее волю. Победить ее, подчинить, заставить со всей беспощадной ясностью осознать, что она беспомощна перед ним. А она продолжает смотреть на него дерзко. Руки сжаты в кулаки, спина прямая. Да, такая в любое мгновение может нанести удар.

Он восхищался ее храбростью. Если бы у Гарольда Годвинсона в армии было побольше мужчин, похожих на нее, саксам никогда не пришлось бы...

— Черт! — взвыл Жобер, когда женщина неожиданно ударила его коленом в пах.

Удар был несильным, но тем не менее болезненным. Он согнулся пополам, с трудом переводя дыхание. Когда боль стала стихать, он увидел, что женщина стоит в нескольких шагах от него с кинжалом в руке.

Жобер рассвирепел. Эта ведьма пыталась покалечить его! Она об этом пожалеет!

Он набросился на нее. Кинжал полетел в другой конец комнаты. Охнув, она упала на пол, но он бесцеремонно схватил ее, дотащил до лохани и бросил в мыльную воду, подняв тучу брызг. Потом он вылил на нее ведро воды. Она пыталась подняться. Тогда он наклонился и, схватив ее за косу, окунул голову в воду. Один, два, три раза. И вдруг остановился. Его удивило, каким приятным оказалось ее очистившееся от грязи лицо.

Мокрая туника облепила ее груди, и они притянули к себе его взгляд.

У него пропало желание наказывать ее. Да она, кажется, уже испугалась. Этого достаточно. Жобер понял, что вел себя глупо. Зачем мучить девчонку, если есть более приятное средство, чтобы усмирить ее?

Довольный собой, он обошел лохань и встал у нее за спиной. Ее плечи вздрогнули. Она в страхе повернула голову. «Боится, что задушу?» — подумал Жобер.

Он распустил ее косу и намылил влажные волосы. Шагнув к ведру с чистой водой, он обратил внимание на то, как изменилось выражение ее лица. Исчезла злость. Она вдруг притихла.

Пытаясь скрыть возбуждение, Жобер плеснул ей на голову воды, но на сей раз сделал это осторожно. Потом поставил ее на ноги и последний раз окатил остатками воды.

С грохотом поставив на пол пустое ведро, Жобер внимательно посмотрел на свою пленницу. Длинные распущенные волосы, хотя и мокрые, еще больше подчеркивали ее женственность. Туника прилипла к ней как вторая кожа, обрисовывая груди и треугольник между бедер. Быстрым движением он снял с нее мокрую одежду и бросил на пол.

Ее груди и живот были похожи на персики, соски напоминали готовые распуститься розы. Светлый треугольник волос между бедер был подобен райским вратам — что и говорить, она его здорово возбуждала!

Кровь стучала в висках, во рту пересохло. Он притянул ее к себе и провел пальцами по гладким плечам, изящным, но сильным предплечьям. Потом положил руку на стройную девичью талию. Руки поднялись вверх, и пальцы ощутили приятные округлости ее грудей.

Шелковистая кожа, влажная плоть... Он наклонился, чтобы поцеловать ее, и увидел в ее глазах страх.

Жобер сразу отстранился. Никогда еще он не брал женщину, которая его не желала. Что за удовольствие — овладеть перепуганной девчонкой? Он умеет расположить к себе любую женщину.

Подхватив пленницу на руки, он двинулся к кровати. Опустив ее на шелковое покрывало, лег рядом с ней и поцеловал. Она замерла, красивое тело напряглось. Он добрался до ее груди и принялся ласкать губами соски. По телу саксонки пробежала дрожь.

Рука его скользнула вниз по ее животу. Пальцы нежно теребили золотистые завитки волос. Их цвет завораживал его. Он неторопливо раздвинул ее бедра. Она резко втянула в себя воздух. Продолжая ласкать шелковистые, нежные складки кожи, он взглянул ей в лицо.

В луче полуденного солнца что-то блеснуло. Жобер резко отпрянул. Проклятая чертовка! Он старается ублажить ее, а она тем временем только и ждет, чтобы вонзить в него нож!

Жобер попытался отнять у нее оружие, но порезал ладонь. Крепко выругавшись, он схватил ее за запястье и сжал его так, что она выронила нож.

Из раны на синее покрывало капала кровь. Сжав в кулак окровавленную руку, он поднял ее над головой.

Эдива замерла от страха. Ну, теперь он наверняка убьет ее.

## *Глава 5*

Под взглядом зеленых, как мох, глаз норманна Эдива вжалась в постель. Она зажмурилась, ожидая удара.

Удара не последовало, только заскрипела кровать.

Когда она осмелилась и приоткрыла глаза, он стоял в дальнем углу комнаты и облизывал рану.

Эдива вздрогнула, осознав, что была на волоске от смерти. Она горестно вздохнула. Ее клятва отомстить казалась сейчас глупостью. Она рисковала жизнью, но ничего не добилась.

Эдива не хотела умирать. Ей хотелось жить, рожать детей, ощущать землю под босыми ногами, лучи солнца на своей коже. Или об этом слишком поздно мечтать?

Она видела, как он разорвал полотенце и перевязал им руку. Потом снова подошел к кровати и уставился на нее. Она чувствовала себя как беспомощный заяц под взглядом волка.

Здоровой рукой он отбросил с лица влажные пряди. Эдива никогда не видела таких красивых волос — цвета осенних кленовых листьев. Их необычный цвет делал особенно привлекательными его зеленоватые глаза.

Он был удивительно спокоен. А ведь только что кричал, готов был убить. Эдива подумала, что такой, как сейчас — холодный, властный, — он пугает ее еще больше.

Жобер долго смотрел на нее в упор, потом наклонился и поднял лежавший на полу нож. Эдива решила встретить смерть достойно и не закрыла глаза. В этот момент в душе у нее не было даже ненависти. А чужак прошел по комнате и, подняв с пола еще и кинжал, швырнул оружие в полуоткрытое окно. Взглянув на нее, он подошел к сундуку и начал рыться в нем.

Эдива испытала облегчение, словно смертник, получивший отсрочку приговора. Значит, он все-таки не собирается сейчас убивать ее?

Она медленно поднялась и села в постели, боясь привлечь его внимание, но он даже не посмотрел на нее. Он что-то искал. Эдива вспомнила, что там спрятан меч. Если норманн его не найдет, то она еще раз попытается убить злодея. Если сможет.

Он удовлетворенно хмыкнул, взяв простое льняное одеяние. Эдива узнала отцовскую, разорванную у ворота, старую тунику, которую мать почему-то сохранила.

Норманн натянул на себя тунику. Закатав короткие рукава, он оглядел себя. Туника едва прикрывала его бедра.

Он взял свои штаны и, хорошенько прополоскав их в лохани, выжал, а потом отнес к окну и повесил там на крюк ставни.

Когда он потянулся вверх, чтобы закрепить ставню, край туники приподнялся, обнажив его ягодицы. Вид сильного красивого тела норманна вызвал в душе Эдивы странное беспокойство. Она заставила себя отвернуться, но тут же решила, что глупо проявлять такую слабость, и снова взглянула на своего врага.

Он взял полотенце и, пропустив его у себя между ног, завязал концы на талии. Эдива с удивлением наблюдала за его действиями. Потом норманн уселся на скамейку и, взяв сапоги, постучал один о другой. Комки грязи разлетались по деревянному полу, вызывая раздражение у Эдивы. Что он себе позволяет? Кто, интересно, будет убирать за ним? Может, он лорд и привык, что ему прислуживают?

Очистив сапоги от грязи, он надел и зашнуровал их. Странное зрелище! Рослый мужчина в короткой и тесноватой тунике, едва прикрывающей бедра, на правой руке — повязка с кровавым пятном, на голых ногах — только сапоги. Неужели он рискнет выйти из комнаты в таком виде?

Чужак подошел к двери и, что-то сказав стоявшему снаружи стражнику, ушел.

Его люди сидели на скамьях за столом в общем зале. Раздавались громкие голоса и смех. По раскрасневшимся лицам рыцарей и по аппетитным запахам, от которых у Жобера в душе волной колыхнулась радость, он догадался, что они наконец-то едят нормальную пищу.

Многие сразу заметили своего господина. Роб махнул ему рукой.

Он подошел и сел рядом с Робом, Аланом и Хеймо. Его оруженосец Уилл поставил перед ним кружку с элем. Женщина поднесла на блюде жареную свинину. Другая служанка принесла корзинку с хлебом.

Жобер начал с пива. Он мигом опрокинул в себя всю кружку и удовлетворенно крякнул. Наблюдавшие за ним рыцари весело зашумели.

— Ну как? — спросил Хеймо.

— Чертовски хороший эль! То, что надо! — воскликнул Жобер.

Его кружка была уже снова полна.

— Что произошло? — Роб кивнул на забинтованную руку.

Жобер покачал головой, запихивая в рот кусок мяса.

К нему повернулся Алан:

— Неужели это сделала саксонка?

Жобер отрезал еще мяса столовым ножом.

— Естественно, я не порезался, когда брился.

Алан и Роб вопросительно взглянули на него, а Хеймо спросил:

— Откуда у нее оружие?

— Я свалял дурака, оставив ее одну в комнате. Два кинжала отобрал, но, несомненно, там есть еще.

Алан присвистнул:

— Что за странные женщины у саксов!

— Не сказал бы, — усмехнулся Хеймо. — Остальные, кажется, вполне послушны. Эта — какая-то особенная.

— Как вы думаете, кто она такая? — спросил Роб. — Уж наверняка не хозяйка этого поместья. Посмотрите вокруг. — Он широким жестом обвел белые стены зала с роскошными гобеленами. — Хозяйкой этого поместья была дама, обладающая хорошим вкусом.

Жобер с наслаждением ел жареную свинину и размышлял. Действительно, откуда взялась эта чертовка? И что связывает ее с мятежниками?

— Хорошо еще, что она тебя не укусила, — усмехнувшись, сказал Хеймо. — А то отравила бы ядом, как гадюка.

Жобер даже жевать перестал, вспомнив, как эта чертовка пыталась вцепиться в него зубами, когда он тащил ее из подземелья. Зачем ему понадобилось освобождать такое злющее создание?

— Нам следовало бы привязать ее к столбу во дворе, чтобы каждый желающий мог воспользоваться ею, — сказал Хеймо. — Тогда она сразу стала бы кроткой.

Жобер нахмурился. Предложение Хеймо ему не понравилось.

Алан покачал головой:

— Ну нет, я не стал бы возиться с такой бешеной бабой, пусть даже связанной. Есть немало других женщин, которые мне больше по вкусу.

— Да уж, здесь есть девчонки покрасивее. Мне особенно нравится, что они белокурые. — Хеймо задумчиво посмотрел на женщину, которая обносила обедающих хлебом. Она застенчиво опустила глаза, но не убежала. — Можешь возиться со своей дикой кошкой, Жобер. А я предпочитаю послушных и нежных.

Как ни странно, Жобера почему-то задело их пренебрежительное отношение к его пленнице.

— Вы не видели, какая она стала, когда отмылась, — сказал он. — Она такая же хорошенькая, как любая из них, только крупнее.

Он представил себе на мгновение полные груди саксонки и почувствовал шевеление у себя внизу, под полотенцем.

— Видно, ты слишком долго хранил верность своей нормандской возлюбленной, если эта дикарка горячит тебе кровь, — сказал Алан. — Боже милосердный! Она напала на тебя с ножом! Девушка не должна даже знать, как обращаться с оружием!

Жобер напрягся. Жаль, что Алану известно о его отношениях с Дамарис.

— Что ты с ней сделал после того, как отобрал оружие? — спросил Хеймо.

Жобер смутился. Если бы на него напал пленный мужчина, он убил бы его на месте. Но женщина... он даже не подумал снова связать ее.

— А что я мог сделать? — сказал Жобер. — Вот Алан утверждает, что нельзя казнить женщину.

— Почему бы тогда ее не высечь в наказание за то, что подняла на тебя руку? — предложил Хеймо. — Можно сделать это за крепостной стеной. Пусть увидят крестьяне и те, кто скрывается в лесу. Возможно, это заставило бы мятежников обнаружить себя.

Жобер, представив безобразную картину порки, решительно сказал:

— Нет. Я поступлю с ней так, как считаю нужным.

Эдива, расчесывая волосы, думала о норманне. Как намерен он поступить с ней?

Вспомнив о коротком мече, она хотела было перепрятать его, но потом решила оставить на прежнем месте. Да и сможет ли она убить этого странного чужака?

Дверь со скрипом распахнулась. Эдива продолжала расчесывать волосы. Он приблизился к ней. Из-под завесы волос она видела лишь носки его изношенных сапог. Этот норманн, хоть и командует немалым войском, одевается словно нищий.

— Я принес тебе еду, — сказал он, держа в руках деревянное блюдо с жареным мясом, хлебом и луком.

Эдива уловила аппетитный запах. Она сразу почувствовала, как сильно голодна. Но ее гордость! Принять пищу из рук врага?

Хотелось швырнуть блюдо с едой ему в лицо. Но... не умрет ли она потом голодной смертью, если он, разозлившись, прикажет не давать ей больше пищи?..

Он поднес блюдо к ее носу. Эдива стиснула зубы. Не такая уж она бесхарактерная!

— М-м-м, вкусно. Видишь? — Он откусил кусочек и громко причмокнул губами.

Она с такой силой сжала гребень, что зубцы впились в ладонь. Ей хотелось ударить этого самодовольного иноземца, чтобы его ухмылка исчезла, а лицо исказилось от боли.

Он поднес к ее губам кусочек мяса. Рот у нее наполнился слюной, и она ее проглотила. Нужно разглядывать его длинные сильные пальцы, нужно о чем-то думать, лишь бы не чувствовать запах сочного мяса, которым он ее соблазнял.

— Я тебя приручу, — сказал он. — Вот увидишь.

Эдива закрыла глаза. Она не ела два дня. Прежде ей рассказывали, что можно голодать и дольше. Все дело в силе воли.

Она внезапно открыла глаза и, выставив вперед руку, задела блюдо. Часть пищи оказалась на полу. Зачем она это сделала? Что теперь будет?

Эдива подняла голову и как-то виновато посмотрела чужаку в лицо. Взгляд его зеленых глаз был задумчивым и спокойным.

Почему бы ему и не быть спокойным? Ведь он уже поел. Насытился тем, что дает ее земля!

Руки у нее сжались в кулаки. В душе снова вспыхнула ярость.

— Ах, какая ты упрямая кошка, — сказал Жобер и мысленно добавил: «красивая моя кошечка».

Волны золотистых волос, матовая кожа — она была великолепна! Он даже засомневался, ее ли он принес из подземелья? Но взгляд васильковых глаз был все таким же холодным, и так же упрямо приподнят подбородок. Ему еще никогда не приходилось встречать такую волевую, такую сильную женщину. Неужели он и впрямь думал, что стоит предложить ей мяса, как она тут же станет послушной? Ее упрямства, наверное, не переломить, даже если морить ее голодом в течение нескольких дней.

Надо найти какой-то другой способ сломить ее волю. Вспомнилось предложение Хеймо высечь ее. Но Жобер отказался от этого еще поспешнее, чем в первый раз. Он хотел заставить эту женщину подчиниться ему, но не жестокостью.

Тогда как этого добиться? Как заставить эту злючку признать поражение? Ведь она всего-навсего женщина. Если она сдастся, никто ее за это не осудит. Женщину с малых лет учат подчиняться, уступать, знать свое место.

Презрительная гримаса на ее лице напомнила ему, какой «уступчивой» она была до сих пор.

Ну и женщина! А ведь ее полные розовые губки предназначены для поцелуев, стройная шея и мягкое тело созданы для ласк.

Она сменила одежду, но почему-то выбрала старое платье. Его удивило это. Неужели побоялась, что он рассердится? Могла бы надеть что-нибудь нарядное. Но простенькое платье было ей к лицу. Она была так хороша, что возбуждала его и без каких-либо украшений.

Жобер вздохнул и поставил блюдо с остатками пищи на столик рядом с кроватью. Пусть вдыхает аппетитный запах и мучается.

Взяв в руки прикрепленную к поясу флягу, он сделал большой глоток. Она наблюдала, глядя на него с вызовом. Рука ее все еще сжимала гребень.

Он поднес флягу к ее носу и позволил вдохнуть аромат вина, которое они привезли с собой из Нормандии.

Она судорожно втянула воздух. Несмотря на железную волю, тело может в конце концов ее предать. Плоть всегда оказывается слабее духа.

Жоберу хотелось погладить ее нежную кожу, проверить, мягки ли ее чистые волосы. И как хотелось ему ощутить своими губами вкус ее капризных губ!

Она, кажется, почувствовала, что у него изменилось настроение, и сосредоточила внимание не на фляге, а на его лице. Уж не догадалась ли она, что его мысли приняли совсем другое направление?

Жобер неторопливо заткнул пробкой флягу и поставил ее на стол рядом с блюдом. Когда он соблазнял ее пищей, она была такой упрямой и выглядела такой самоуверенной! Однако достаточно было окинуть ее похотливым взглядом, и ей становилось не по себе.

Как он мог забыть о мощном оружии, силу которого обнаружил чуть раньше? Ее пугало его вожделение. Его ласки были причиной недавнего нападения.

Было над чем задуматься. Желание — оружие обоюдоострое. Он мог запугать ее и заставить подчиняться. Но тогда она может стать действительно опасной.

Жобер осторожно протянул руку. Она испуганно отпрянула. Он взял у нее гребень. Ее тело напряглось, как у зверя, почувствовавшего опасность. Казалось, что, если он попытается прикоснуться к ней, она выцарапает ему глаза.

А Жобер именно это и собирался сделать. Однако на сей раз он сначала убедился в том, что она безоружна.

Он медленно приблизился. Тело ее напряглось еще сильнее, взгляд стал еще более настороженным. Подойдя вплотную, он схватил ее за плечи.

Она шагнула назад и упала на кровать, охнув, когда он навалился на нее всей тяжестью. Она заерзала под ним, пытаясь высвободить руки, но он крепко держал ее за запястья.

Они лежали какое-то время тяжело дыша, глядя в глаза друг другу. Не дав ей времени отдышаться, он прикоснулся губами к ее губам. Она сжала губы и резко отвернулась, уклоняясь от поцелуя. Он приподнялся над ней, подумав, что будет разумнее привязать ее к кровати. Но для этого придется отпустить ее, а потом снова бороться, чтобы уложить. Стоит ли начинать все сначала, когда ему почти удалось заставить ее подчиниться?..

Он сел на ее бедра и осторожно переложил в здоровую руку запястья ее обеих рук.

Теперь она была целиком в его власти: руки и ноги он прижал к кровати, кусаться она тоже не сможет.

Все оказалось труднее, чем он предполагал. Каждый мускул ее тела был напряжен, в глазах — ненависть и страх. Но он намеревался напомнить ей, что она всего лишь женщина и, следовательно, уязвима гораздо больше, чем мужчина.

У него участилось дыхание, когда он окинул взглядом соблазнительно распростертое под ним тело, раскрасневшееся лицо, встрепанные волосы и высоко вздымавшуюся от борьбы грудь. Он с большим удовольствием научит ее уму-разуму.

Свободной рукой Жобер отвел с ее лица пряди золотистых волос и провел по щеке кончиками пальцев. По выражению ее глаз он понял, что его нежного прикосновения она боится больше, чем жестокости. Жобер встретился с ней взглядом, потом опустил голову и прикусил сосок, обрисовывающийся под тонкой тканью.

Она судорожно глотнула воздух. Он втянул в рот сосок вместе с тканью. Тело ее напряглось еще больше. Он попытался свободной рукой задрать подол ее платья, потом дернул, и изношенная ткань разорвалась. Она вскрикнула и обругала его по-саксонски.

Тяжело дыша, Жобер медленно провел рукой по обнажившемуся бедру. Она сжала ноги, но он, поглаживая лобок, осторожно нащупывал пальцем между бедер вход туда, куда был намерен войти.

Она глухо застонала, потом неожиданно воскликнула на его родном языке:

— Боже мой! Да остановись же ты наконец!

Жобер замер от удивления.

— Что ты сказала? — прошептал он.

В течение нескольких секунд они пристально смотрели друг на друга. Наконец он проговорил:

— Ладно, я остановлюсь, но только в том случае, если ты скажешь, откуда знаешь мой язык.

Она помедлила, а потом рассказала:

— Я всего лишь служанка. Меня привезли... из Руана... чтобы прислуживать супруге лорда. Я вышивальщица... Хозяйка хотела, чтобы я научила ее своему искусству.

— Я не раз бывал в Руане. Служанки там говорят не так, как ты.

— Моя семья... они родом из Фландрии.

— Понятно. Но и во Фландрии я бывал.

Эдива задержала дыхание, молясь про себя, чтобы норманн поверил ей.

Его зеленые глаза недоверчиво прищурились.

— Ты все понимала? — спросил он. — И мои приказания? И угрозы?

Эдива кивнула. Возможно, ей удастся обмануть его. Если этот злодей узнает, кто она на самом деле, он, конечно, использует ее как приманку. Братья захотят освободить ее и окажутся в ловушке.

Норманн покачал головой:

— Я еще никогда не видел таких дерзких служанок. И вообще таких дерзких женщин никогда не встречал.

Эдива заерзала, ощущая неудобство от того, что его рука все еще лежала на самом интимном местечке ее тела.

— Ты обещал, что остановишься, если я скажу тебе, откуда знаю твой язык.

— Я не заключаю сделок с лгуньями, — заявил он, подняв рыжеватые брови. — Тем более с пленниками.

Эдива приуныла. Она выдала свою тайну, но ничего не добилась. Он все равно не отказался от намерения взять ее!

Он некоторое время наблюдал за ней, чуть улыбаясь, потом решительно убрал свою руку.

— Наконец-то я знаю, чего ты боишься больше всего, дорогуша. Давай договоримся: я не трону тебя, если ты будешь подчиняться мне. — Он усмехнулся, обводя взглядом ее тело. — Но если ты будешь по-прежнему бороться со мной, отказываться от пищи, не выполнять мои приказы, я привяжу тебя к кровати и сделаю то, чего хочу и чего не хочешь ты. — Он улыбнулся еще шире. — У меня давненько не было женщины. Боюсь, что мне потребуется не одна, а несколько ночей, чтобы утолить голод.

От его слов у нее мурашки по спине пробежали. Но его слова давали надежду. Надежду на то, что ей удастся сберечь свою девственность.

— Ну, что скажешь? — спросил он, глядя на нее сверху вниз и так похотливо облизывая губы, что ей стало страшно. Она помнила прикосновение этих губ к своей груди. — Договорились?

Эдива молча кивнула.

Он встал и взял блюдо со стола.

— А теперь ты поешь. И выпьешь чудесного вина. Потом, если ты действительно служанка, сшей мне кое-что из одежды.

## Глава 6

Эдива раздраженно воткнула иглу в толстую шерстяную ткань.

Этакий верзила! Ей пришлось использовать почти все оставшиеся запасы ткани в матушкином сундуке, чтобы скроить одежду, подходящую для внушительной фигуры норманна. А как потом пополнить запасы? Ленивые девки, которые должны были бы прясть в прядильне, вместо этого развлекались, забыв стыд и совесть, с изголодавшимися по женщинам солдатами.

Она отодвинула от себя огромную тунику и осмотрела свою работу. Уж не думают ли эти глупые норманны, что такое поместье, как Оксбери, может жить само по себе? И что слуги и крестьяне выполняют свои обязанности без чьих-либо указаний?

Норманн беспокоился только о том, чтобы набить свой желудок! Кухарки готовили пищу. Больше им ничего не было нужно. А ведь необходимо еще прясть и ткать, лить свечи, варить мыло и делать уборку.

Трудно даже представить себе, во что они превратили теперь, должно быть, нижний зал! Наверное, на грязных циновках полно мусора, а столы покрыты слоем жира и остатками пищи. Белые стены, конечно, закоптились от дыма. И все помещение пропахло элем и мужским потом!

Эдива стиснула зубы. Ее дом загажен норманнами, и она ничего не может сделать. Сидит под замком и шьет одежду для предводителя своих врагов!

Отложив тунику, она подошла к окну. Во дворе несколько солдат упражнялись в применении холодного оружия. Служанки с интересом наблюдали за ними. Эдиве хотелось как следует отчитать их и потребовать, чтобы они немедленно принялись за работу.

Но она не могла. Белошвейки не распоряжаются прислугой. Если бы норманн узнал, что она дочь Леовайна и хозяйка Оксбери, то мог бы воспользоваться этим, чтобы заманить ее братьев в ловушку.

Правда, она боялась, что норманн уже догадался, кто она такая. Разве не изменилось его отношение к ней, как только он узнал, что она владеет его языком? Он был готов изнасиловать ее, но, услышав родную речь, пообещал не трогать, если она будет его слушаться.

С тех пор он соблюдал условия их соглашения. Он не подошел к ней близко, когда принес свою разорванную тунику, чтобы она могла снять с нее мерку. Последние несколько ночей он спал где-то в другом месте. Еду и питье ей приносил какой-то миловидный молодой рыцарь. Он относился к ней очень уважительно, как относился бы к хозяйке.

Эдива принялась расхаживать по комнате. Несмотря на то что положение ее явно улучшилось, в душе росло беспокойство. Ей было горько видеть, как запустили норманны хозяйство. Мучили тревожные мысли о братьях. Наконец, она испытывала смутное разочарование, потому что норманн с такой легкостью забыл о ней.

Уж не намерен ли он всегда держать ее в этой комнате, чтобы она шила одежду для него и его людей?

Эдива так и не поняла, почему он вытащил ее из подземелья. И почему не изнасиловал, пока она была связана и беспомощна? И уж совсем непонятно было, почему он не избил ее или даже не убил, когда она набросилась на него с кинжалом. В его действиях проявилась странная сдержанность, и это ее озадачивало.

Возможно, он просто проявляет осторожность. Надо отдать ему должное — этот мерзавец умен и весьма сообразителен! Он быстро догадался, что она больше всего боится прикосновения его рук к своему телу.

Она закрыла глаза и судорожно вздохнула. Трудно поверить, как может предать тебя собственное тело! Она понимает, что к ней прикасается враг, однако тело — пропади оно пропадом! — возбуждается и млеет от желания...

Она попыталась выбросить из головы воспоминание о его прикосновении, но оно как будто отпечаталось на теле и не желало стираться.

Эдива тяжело вздохнула. Надо перестать об этом думать и сосредоточить все мысли на побеге. Норманн постепенно утрачивает бдительность. Он убрал стражника с лестницы, и теперь между ней и свободой остается единственный барьер — кинжал, которым была заперта дверь.

Она подошла к массивной дубовой двери и попробовала ее открыть. Тяжелый металлический клинок, кажется, чуточку сдвинулся в сторону. Она надавила на дверь изо всех сил, потом отошла на шаг, чтобы повторить попытку. Шум во дворе привлек ее внимание. Вернулся норманн.

Она услышала, как он властно отдавал какие-то приказания солдатам. Эдива подошла к окну и увидела его, одетого в новые рейтузы и старую тунику. Он ходил по двору и сердито размахивал руками. Ему не нравилось, что слуги оставили работу. И он отчитывал своих людей, что те не могут заставить «проклятых саксов» работать, плохо следят за ними.

Норманн говорил о скоте и об охране поместья, но, похоже, забыл о многом другом, что следовало сделать до наступления зимы.

Она не станет напоминать ему об этом. Пусть, когда придет время, он сам обнаружит, что не осталось свечей или не хватает масла для ламп. Посидят рыцари в темном зале долгими зимними вечерами. Пусть они поживут на хлебе и капусте, потому что их хозяин не позаботился о других продовольственных припасах. Пусть они ходят босиком, потому что не удосужились выделать кожи для новых сапог.

Она почувствовала угрызения совести. Больше всего пострадают от этого крестьяне из деревни и их семьи. Они зависели от того, что производилось в мастерских поместья, потому что многого не могли производить или выращивать сами. Если она допустит, чтобы норманн полностью развалил хозяйство, если он будет по-прежнему посылать опытных ремесленников пасти скот, а прядильщиц превратит в проституток, то хуже будет в первую очередь ее соплеменникам.

Эдива вздохнула и снова принялась за шитье. Ей хотелось надеяться, что братьям удастся вернуть поместье до того, как на него обрушатся все эти несчастья. Но было бы чудом, если бы такая надежда оправдалась. Оксбери можно захватить только в том случае, если часть норманнов уйдет отсюда. Но пока ничто не свидетельствовало о том, что кто-то из рыцарей собирается покинуть крепость.

— Жобер, ты сегодня в каком-то отвратительном настроении, — сказал Алан, когда они вошли в зал. — С самого утра только и делаешь что кричишь на всех.

Жобер уселся на скамью, но сразу вскочил, почувствовав, что штаны промокли: скамья была залита пивом.

— Превратили зал в настоящий свинарник! — возмущенно воскликнул он. — Неужели здесь нет женщин, чтобы сделать уборку?

Алан щелкнул пальцами, и к ним подошла толстощекая девица. Он рукой показал на грязную скамью. Девица взяла засаленную тряпку и вытерла скамью.

— От этого она едва ли станет чище, — саркастически заметил Жобер. — Когда в последний раз устраивали стирку? Сомневаюсь, что в доме найдется хотя бы одна смена чистого белья.

Алан пожал плечами:

— Женщинами должен командовать Хеймо.

— Так позаботься о том, чтобы он выполнял свои обязанности! — сердито произнес Жобер, потом вдруг добавил: — Нет, лучше я сам с ним поговорю. Он, видимо, не понимает, что от него требуется. Он считает, что получил право спать с каждой девицей, на которую положит глаз!

— Я передам ему твои указания. По правде говоря, мне кажется, что он и сам не знает как следует, чем должны заниматься женщины. У него нет опыта управления хозяйством. Как и у каждого из нас.

Жобер уловил в голосе Алана недовольство и почувствовал раздражение. Виноваты не только его люди. Им никогда не приходилось выполнять такого рода задания. В обозе всегда были женщины, которые обстирывали рыцарей и готовили еду.

— Может, вместо Хеймо назначить Роба? — сказал Жобер. — Он не станет поощрять пьянство и распутство.

— Как прикажешь. — Алан снова пожал плечами и глотнул эля, который только что принесла служанка. — На твоем месте я не стал бы это пить, — сказал он, отодвигая от Жобера его кружку. — От него заболит живот.

— Черт бы их всех побрал! — рявкнул Жобер, стукнув кулаком по столу. — Где пивовар?

— Я послал его пасти скот.

— Что ты сказал?!

Обычно невозмутимый Алан поежился под бешеным взглядом Жобера.

— Нам не хватает людей, чтобы охранять стадо. А пивовар как раз здоровый, крепкий парень. Я подумал, что он справится с двумя обязанностями сразу. Но он, должно быть, недостаточно выдержал эль.

Жобер покачал головой. Его мечта стать хозяином процветающего поместья разбивается вдребезги из-за этих придурков! Хуже всего было то, что он не мог прогнать их, потому что это были его рыцари, его вассалы.

— Я знаю, кого здесь не хватает — домоправительницы! — сказал Алан. — Здесь требуется женская рука. Жаль, что не осталось никого из женщин, принадлежащих к семье старого лорда.

Жобер бросил быстрый взгляд на лестницу, ведущую в верхние покои.

Алан проследил за его взглядом и покачал головой:

— Уж не подумал ли ты об этой дикой кошке? Что может она понимать в управлении хозяйством?

— Она умеет шить не хуже любой из женщин, которых я знал. У меня еще никогда не было таких удобных, ладно скроенных штанов, — сказал Жобер, прикоснувшись к мягкой шерсти, обтягивающей его ноги.

— Но ты говорил, что она белошвейка из Фландрии.

Жобер фыркнул:

— Никакая она не белошвейка!

Жобер медленно поднялся по лестнице. То, что он намеревался сделать, его смущало, но у него не было выбора.

Алан сказал чистую правду. В Оксбери требовалась хозяйка — знающая, волевая женщина, которая сумеет расставить все по своим местам.

Жобер знал, сколько важной работы не делают саксы. Если так и дальше будет продолжаться, как они переживут зиму? Все поместье придет в запустение.

Он был уверен в том, что саксонка является членом семьи Леовайна. Его дочерью или младшей сестрой. Только представительница знатной и богатой семьи могла с такой дерзостью сопротивляться, отказываясь подчиниться завоевателям. Никакая служанка, никакая белошвейка и не подумала бы так вести себя.

Ему не хотелось признавать очевидное. При ней он начинал нервничать. И не только потому, что она такая умная и сообразительная. Просто он ее хотел. Он не мог избавиться от воспоминания о ее соблазнительном теле. О ее округлых грудях, гладкой матовой коже и о чудесном треугольнике золотистых волос между бедер.

Боже милосердный, он должен как-то заставить себя не думать об этом! О том, что она его бесправная пленница. И о том, что он мог бы сделать с ней все, что захочет. Если он не выбросит из головы эти соблазнительные мысли, то может напрочь забыть об условиях их соглашения и изнасиловать ее, словно дикий зверь!

Последние несколько дней он избегал ее. Спал он на скамье в общем зале, как и все остальные его люди. Носить ей пищу поручил Робу. Но ведь если он предложит ей быть хозяйкой и помогать ему в управлении поместьем, он больше не сможет держаться от нее на расстоянии. Ему придется часто разговаривать с ней, смотреть на нее. И при этом он будет мучительно думать о том, какие волшебные сокровища спрятаны под ее одеждой.

Жобер остановился перед дверью в спальню и сделал глубокий вдох. У него нет выбора. Если он хочет, чтобы его мечты сбылись и он превратился в настоящего феодала, ему придется обратиться к этой женщине за помощью.

Он вытащил кинжал из дверного косяка и, открыв дверь, шагнул в комнату. Его пленница шила возле окна. Остановившись перед ней, он сказал:

— Мне нужна твоя помощь.

Его слова озадачили Эдиву. Неужели этот жестокий человек, ставший хозяином ее поместья, просит о помощи?

— Я знаю, что ты знатная леди, и ты, конечно, имеешь представление о том, как надо вести хозяйство. Я хочу, чтобы ты взяла в свои руки управление этим поместьем, пока все здесь не пришло в упадок.

— Почему ты решил, что я знатная леди? — спросила Эдива, с трудом произнося слова, потому что у нее пересохло в горле.

Норманн на мгновение задумался, потом ответил:

— Потому что, если бы ты не считала, что это поместье принадлежит тебе по праву, ты не осмелилась бы так бороться со мной.

— Ошибаешься, я всего лишь белошвейка из Фландрии, — сказала она, стараясь казаться испуганной.

Он приблизился к ней еще на шаг, пристально глядя на нее сверху вниз зелеными глазами.

— Ты не белошвейка.

— Тебе не понравилась моя работа? Что-нибудь тебя не устраивает?

Он приблизился еще на несколько дюймов.

— Твоя работа безупречна, но мне кажется, что ты умеешь не только шить.

Она гордо вздернула подбородок:

— А зачем мне делать что-нибудь еще?

По его лицу медленно расползлась улыбка, и он, протянув руку, прикоснулся пальцами к ее щеке.

— Насколько мне помнится, я нашел средство, позволяющее добиться послушания.

Эдива едва удержалась, чтобы в испуге не отпрянуть от него. Если она откажется помочь, то он нарушит их соглашение.

— Я сошью тебе новую одежду!

Его пальцы погладили прядь ее мягких золотистых волос.

— Я хочу, чтобы ты помогла мне и в другом.

Жобер смотрел на Эдиву так долго, что сердце ее затрепетало, словно пойманная пташка. Потом он обвел рукой комнату и сказал:

— Это твой дом. Не думаю, что тебе хотелось бы видеть, как все здесь приходит в упадок. Но это может случиться, если кто-нибудь не наведет порядок. — Он снова посмотрел на нее. — Женщины тебя послушаются. Они не будут притворяться, что неправильно поняли твои указания. И не попытаются обмануть тебя, пуская в ход женские уловки. Ты знаешь, какую работу они должны выполнять. И какую работу должны выполнять мастеровые и остальные слуги. Я уверен, что благодаря тебе хозяйство снова окрепнет.

Эдива глубоко вздохнула. С одной стороны, ей очень хотелось сделать именно то, о чем он просил. С другой стороны, она все еще считала, что должна любой ценой противиться всему, что бы он ни говорил.

— Откуда ты знаешь, что они будут по-прежнему слушаться меня? Все думают... все думают, что ты сделал меня своей любовницей.

— Они будут слушаться, я в этом уверен. Даже мои люди побаиваются тебя. Сомневаюсь, что какой-нибудь слуга или крестьянин осмелится возразить тебе.

— А что я получу, если приму твое предложение? — спросила Эдива.

Жобер улыбнулся:

— Ты будешь держать в своих руках все хозяйство и добиваться процветания Оксбери. Разве этого мало?

— И ты не станешь приставать ко мне?

Он окинул ее насмешливым взглядом:

— До поры, до времени.

Эдива чуть не задохнулась от возмущения. Значит, он обманет ее! Но что она может сделать? Чем дольше удастся ей держать его на расстоянии, тем больше шансов, что братья что-нибудь придумают, чтобы захватить Оксбери и освободить ее от этого кошмара.

— А если я сбегу? — произнесла она, тоже улыбаясь.

— Тебя будет охранять один из моих людей.

— Даже ночью? Или ты будешь запирать меня на ночь?

Его зеленые глаза блеснули.

— Ночью я буду спать рядом с тобой и сам буду охранять тебя.

Эдива вышла во двор и несколько раз глубоко вдохнула свежий воздух. Наконец-то она свободна.

Хорошо бы взобраться на сторожевую башню и окинуть взглядом долину, полюбоваться красками осеннего леса и блеском реки. Но она боялась, что человек, приставленный к ней для охраны, пожалуется своему начальнику, что она хотела убежать.

Эдива посмотрела на своего стража, окинула его дерзким взглядом. Это был тот же молодой рыцарь, который приносил ей еду и питье. Он покраснел под ее взглядом, но глаза не отвел. Может быть, он понял, что она не кусается. Он очень серьезно относился к своей обязанности и всюду следовал за ней по пятам, словно преданный щенок.

— Как тебя зовут? — спросила она на понятном ему языке.

Он удивился:

— Что?

— Назови свое имя, — повторила она. — Если ты будешь всюду сопровождать меня, мне надо знать, как тебя зовут.

— Меня зовут Роб, — сказал он. — Роб Ласкаль.

— А я — Эдива.

— Эдива, — повторил он. — Где ты научилась нашему языку? Нас здесь никто не понимает.

— Мой отец привез из Нормандии женщину, чтобы она учила меня.

— Это хорошо. Теперь ты сможешь помочь нам общаться с другими саксами.

Эдива разозлилась.

— Я согласна позаботиться о том, чтобы Оксбери оставалось процветающим поместьем. Но больше я ни в чем помогать норманнам не намерена. Вы по-прежнему остаетесь моими врагами!

Молодой рыцарь растерялся, что доставило Эдиве некоторое удовлетворение. Она не будет относиться к нему слишком строго, но и вольностей тоже не допустит.

Мгновение спустя Эдива осознала всю глупость своих гордых высказываний. Зачем ей разжигать в нем подозрения? Не разумнее ли усыпить его бдительность?

— Где все девушки с кухни? — спросила она. — Где прядильщицы?

Он пожал плечами:

— Я не знаю. Некоторые, возможно, еще спят. Мужчины... — начал было он и покраснел.

— Пусть их всех пришлют ко мне, — приказала Эдива. — Скажи, чтобы привели себя в порядок. Им приказывает их хозяйка.

Роб взглянул на нее и опустил глаза. Она видела его нерешительность. Подчинится ли он ее приказанию? Ведь это означает, что на какое-то время она останется без присмотра.

— Я буду здесь, — сказала она. — Даю слово.

Скоро все женщины собрались во дворе. Некоторые даже успели заплести косы, но большинство выглядело крайне неряшливо. Конечно, ими здорово попользовались рыцари. Но она не станет ругать их. Разве у них был выбор?

— За последние дни не выполнялось много работ, которые должны быть сделаны, — сказала она. — Теперь все изменится. Прежде всего необходимо привести в порядок общий зал. Когда закончим с этим, я скажу каждой из вас, что делать дальше. До наступления зимы предстоит еще немало потрудиться.

— А как быть... с ними? — почти шепотом спросила стройная кудрявая девушка.

— Норманны больше не будут приставать к вам.

— Что-то не верится, — сказала одна из женщин. — Как вам удастся заставить их оставить нас в покое?

— Хозяин норманнов дал мне право распоряжаться в поместье. Если его люди будут приставать к вам, скажите об этом мне. И я все улажу.

— Вон как вы сошлись с этим рыжеволосым гигантом! — раздался голос Голды, девицы с глазами, как у кошки, работавшей прядильщицей. Она выступила вперед, уперев руки в крутые бедра. — Он сделал ее своей любовницей. Зачем нам ее слушаться?

Эдива напряглась. Она ведь предупреждала норманна, что такое обязательно случится.

— Я не стала его любовницей, — холодно сказала она. — И по-прежнему остаюсь твоей хозяйкой. Если ты не желаешь мне подчиняться, я прикажу тебя высечь.

Голда хмыкнула и отошла за спины других женщин.

Некоторое время все молчали, потом снова заговорила кудрявая девушка:

— Я, например, рада тому, что леди Эдива снова распоряжается нами. Я устала от приставаний грубых норманнов. Они не оставляют меня в покое... Мне страшно... Что будет со мной, если я забеременею? — спросила она и разрыдалась.

Две женщины обняли за плечи плачущую девушку. Вскоре вся толпа заливалась слезами. Эдива терпеливо ждала, пока они плакали, жаловались и утешали друг друга. Потом сказала:

— Довольно. Надо работать. А норманнов можно ругать, занимаясь уборкой.

Жобер с удовлетворением окинул взглядом общий зал. Прошел всего один день, а улучшения уже были видны. Свежие тростниковые циновки издавали аромат розмарина и лаванды, а на гладкой поверхности деревянных столов не было ни жирных пятен, ни даже крошек.

И еда была приготовлена лучше: похлебка приправлена ароматными кореньями, хлеб покрывала хрустящая корочка. У пивовара не хватило времени сварить новый эль. Но Жобер знал: Эдива поговорила с Аланом и убедила его, что некоторых работников нельзя отрывать от обязанностей, требующих особого мастерства. Алан пожаловался ему, ворча, что саксонская чертовка отбирает у них всех сильных, крепких работников.

Да, улучшений, несомненно, было немало. И благодарить за это он должен саксонку.

Жобер посмотрел в другой конец зала, где стояла хозяйка. С покрытой головой, в простом платье, она выглядела скромно и женственно, как подобает жене какого-нибудь мелкого помещика.

Но она совсем не была покорной, и он это хорошо знал. В любой момент эти ясные синие глаза могли вспыхнуть холодным огнем. А с полных губ иногда срывались такие упреки, что у него горели уши.

А ведь этой ночью ему предстояло спать с ней в одной постели!

Он сделал большую глупость, сказав об этом. Она не посмела возразить, зато на какие адские мучения обрек он себя! Он не был уверен, что сможет удержаться от искушения, хотя и дал ей слово.

На мгновение Жобер представил себе, как раздвигает ее белые бедра и погружается во влажную розовую плоть.

Он заерзал на скамье, стараясь прогнать эти соблазнительные мысли. Придется набраться терпения и подождать.

Жобер видел, как к Эдиве подошла молодая женщина. Лицо у нее было бледное, заплаканное. Эдива успокоила ее, потом взяла за рукав и легонько встряхнула. Служанка, шмыгнув носом, ушла.

Эдива продолжала наблюдать за всем, что происходит вокруг. Жобер вдруг подумал, что она, должно быть, очень устала. Подозвав оруженосца, он сказал:

— Пусть эта женщина подойдет и посидит со мной.

Жобер заметил, что она вздрогнула от неожиданности, когда оруженосец заговорил с ней, и бросила в его сторону настороженный взгляд. Он ответил ей улыбкой. Тело ее напряглось, как будто она угадала его мысли.

— Присаживайтесь, леди Эдива, — пригласил он, показывая на скамью рядом с собой.

— Для вас я не «леди», — тихо произнесла Эдива, однако опустилась на скамью.

— Поешьте, — предложил Жобер, придвигая к ней миску с похлебкой, которую только что принес оруженосец. — Вы сегодня много работали, и я очень доволен.

— Я делаю это не ради вашего одобрения!

— Но вы его заслуживаете, — сказал он, проведя рукой по новой тунике. — Вы очень искусно сшили одежду! Таких мастериц днем с огнем не найдешь. А уж о том, как ловко вы управляете слугами, и говорить нечего. За один день вы здесь сотворили чудо!

Она скрипнула зубами и с силой сжала рукоятку столового ножа. Легко было догадаться, что ей хотелось сделать.

— Ну, не буду больше отвлекать вас разговорами, чтобы вы могли спокойно поесть, — сказал он.

Она презрительно фыркнула и принялась за еду.

# Глава 7

Эдива чувствовала на себе его взгляд и не могла есть.

Она отхлебнула из стоявшей перед ней кружки и скорчила гримасу:

— Что это такое?

— Это вино, привезенное нами из Нормандии. Но его почти не осталось.

— Противное пойло!

— Все-таки лучше, чем эль, который подавали вчера вечером, — сказал он, искоса поглядывая на нее. — Мои люди отказались от него. Пивовар не дал ему вызреть.

— Уж лучше пить воду.

Он кивнул:

— Я прикажу, чтобы в спальню принесли воды.

При упоминании о спальне у Эдивы окончательно пропал аппетит. Норманн в любой момент мог предложить подняться наверх. Интересно, он спит голый? И заставит ли он ее снять одежду?

У нее разыгралось воображение. Усилием воли она заставила себя вернуться к реальности. Надо было обсудить с ним некоторые важные вопросы.

— Я пообещала женщинам, что твои люди оставят их в покое, — сказала она. — В противном случае у них не останется ни времени, ни сил, чтобы выполнять свои обязанности.

Он кивнул:

— Согласен. Хотя будет нелегко заставить их отказаться от удовольствия. Они привыкли удовлетворять свои желания где заблагорассудится.

— Ну так придется научить их обуздывать свою похоть! — запальчиво сказала Эдива. — Для того чтобы хозяйство процветало, недостаточно усилий слуг и работников, живущих за крепостной стеной. Мы не сможем ни заготовить на зиму мясо, ни обработать шерсть, ни сделать другие важные дела, если жители деревни будут бояться твоих людей. Я обычно брала из деревни молодых девушек, которые пряли и ткали всю зиму. Но в этом году они не придут, если я не смогу пообещать их родителям, что их не изнасилуют твои люди!

— Я понимаю. Мне нужна помощь деревенских жителей, — проворчал норманн. — Если они не будут ловить для нас рыбу в реке, собирать орехи в лесу и ухаживать за пчелами на пасеке, нам придется зимой довольствоваться скудной пищей. А если следующей весной они откажутся пахать и сеять, мы будем обречены на голод. Все это я знаю. Не знаю только, как убедить их, что я не желаю им зла.

— Они поверят лишь тогда, когда увидят своими глазами, что ты навел порядок. А пока твои люди насилуют женщин, мой народ не сможет доверять ни одному норманну.

— К тебе не приставал никто из моих людей? — вдруг спросил он.

— Конечно, нет. Как ты сам говорил, они меня побаиваются.

— Может быть, в этом все дело? Научи остальных женщин быть такими же злючками, как ты.

Он ее поддразнивал, Эдива была уверена в этом.

— Обещай, что поговоришь с ними. И строго прикажешь оставить моих женщин в покое.

— Договорились, — сказал он. — Пора им остепениться и вести себя, как подобает рыцарям, а не бесшабашным бродягам.

Эдива некоторое время ела молча. Она чувствовала, что норманн все еще наблюдает за ней, и ее не покидало напряжение. С каждой минутой приближалось время, когда им придется подняться наверх в спальню. Сердце у нее замирало от ужаса и одновременно от какого-то непонятного сладкого предвкушения.

Эдива сделала последний глоток кислого вина и встретилась взглядом с сидевшим рядом мужчиной.

— Готовы, миледи? — сказал он. — Я провожу вас наверх.

Он любезно помог ей подняться из-за стола и, взяв за локоть, пересек вместе с ней зал. Дойдя до лестницы, он жестом предложил ей идти впереди, а сам взял в руки факел.

Когда они вошли в спальню, норманн вставил факел в скобу на стене и стал закрывать ставни. Эдива стояла у двери в полном смятении. Всего несколько дней назад они были злейшими врагами, а теперь ели вместе и спокойно обсуждали дела. Ей хотелось бы снова ненавидеть его, замышлять убийство... Но она боялась признаться себе в том, что не смогла бы теперь его убить.

Конечно, это не означало, что они перестали быть противниками. Она помогала ему только ради Оксбери и своих соплеменников. Ведь надо было позаботиться о том, чтобы поместье было в порядке к тому времени, когда ее братья снова станут здесь хозяевами. Они найдут способ вернуть себе то, что принадлежит им по праву.

Эдива, нагнувшись над тазом с водой, вымыла лицо и руки, потом вытерлась полотенцем. Оглянувшись, она увидела, что норманн раздевается. Ее испугало, что предстоит снова увидеть его нагим. Она хорошо помнила, какое странное ощущение испытала, увидев его без одежды.

Трепеща от волнения, Эдива села на скамейку и принялась снимать ботинки и чулки. Она не могла лечь в платье, но при мысли, что останется в тоненькой сорочке, у нее пересохло во рту.

Интересно, в чем ляжет он? В нижней рубашке? В штанах? Или без всего?!

— Эдива, погаси свет, когда будешь ложиться.

Больше медлить она не могла. Если он вздумает прикоснуться к ней, она напомнит об их соглашении. Не такой он болван, чтобы рискнуть и остаться без ее помощи.

Глубоко вздохнув, Эдива сняла через голову платье и повесила его на крючок. Погасив факел, она подошла к кровати. Норманн лежал с краю. Ей нужно было перелезать через него.

Она закрыла глаза, уперлась коленом в край кровати и осторожно перекатилась на свое место. Забравшись под одеяло, она тяжело вздохнула.

Мгновение спустя послышался легкий храп. Этот звук вызвал у нее раздражение. Ей хотелось задушить его за то, что заставил ее пережить муки ожидания, а сам заснул, как будто ее и не было рядом!

Эдива лежала в темноте, уставясь в потолок. Она согласилась откликнуться на его просьбу при условии, что он оставит ее в покое. Очевидно, для него это не составляло трудности. Наверное, он считает ее такой непривлекательной, что может спать рядом с ней, не испытывая при этом ни малейшего искушения!

Угольки ее ненависти были готовы разгореться вновь. Неотесанный болван! Уж лучше бы она позволила Оксбери совсем развалиться, чем помогать ему!

Она сердито стиснула зубы. Едва ли ей удастся заснуть.

Она проснулась в самый темный час ночи. Что-то ее разбудило. Было тихо. Потом она услышала какой-то слабый шорох на лестнице.

Эдива напрягла слух. Кто может красться по лестнице в такой час? У нее сильно забилось сердце.

Шум прекратился возле двери. Эдива затаила дыхание и взглянула на лежавшего рядом мужчину. В темноте она не могла его разглядеть, но слышала спокойное, размеренное дыхание.

Норманн даже не потрудился запереть дверь. Зачем ему это делать? Внизу была его охрана. И что же — она будет тихо лежать и ждать появления непрошеного гостя?

Ну нет! Ждать она не будет!

Эдива осторожно перелезла через норманна. Когда ее ноги коснулись пола, скрипнула дверь. Она замерла. Дверь медленно открылась, и кто-то вошел в комнату. Но Эдива не могла разглядеть, кто это был.

Прошло несколько мучительных секунд. Она хотела было прижаться к стене, но задела за что-то ногой.

Сильные руки схватили ее.

— Эдива, это я, — прошептал по-саксонски знакомый голос.

Она чуть не лишилась сознания от радости. Но тут же вспомнила об опасности, и ее охватила паника.

Она перевела дыхание и прошептала:

— Что ты здесь делаешь, Годрик? Ты спятил? Здесь, на кровати, спит предводитель норманнов. Если он проснется и поднимет тревогу, тебе несдобровать.

— Хочешь, чтобы я убил его?

— Чего ты этим добьешься? — прошептала она в ответ. — Его войско заняло Оксбери. Они не уйдут, даже если он умрет.

Ее брат что-то проворчал.

Жобер вздохнул во сне и перевернулся на другой бок. Эдива схватила Годрика за руку.

— Пойдем отсюда, — прошептала она.

Они тихо вышли из спальни и прикрыли за собой дверь. Спустившись на несколько ступеней, он остановился.

— А что с Бьернвольдом и Элнотом? — спросила она. — Где они?

— С ними все хорошо. Только им надоело питаться белками и зайцами и спать на земле.

— Что вы задумали? Зачем ты пришел сюда?

— Я пришел, чтобы посмотреть, как охраняется крепость. И как ты живешь. Похоже, что с тобой хорошо обращаются, — сказал он насмешливым тоном, что вызвало у Эдивы раздражение.

— Все обстоит не так, как ты подумал. Я помогаю норманну, делаю то, что необходимо. Нельзя допустить, чтобы поместье пришло в упадок, пока вы придумаете, как его отбить у врагов. Мне пришлось позаботиться о слугах и о заготовке припасов на зиму!

— И о том, чтобы теплой была постель нормандского ублюдка. Уверен, что ты и это считаешь своей обязанностью!

— Он заставил меня спать рядом с ним!

— То, что ты его любовница, может помочь, — задумчиво сказал брат. — Ты сможешь заблаговременно сообщить нам о его планах.

— Я не любовница! — возмущенно заявила Эдива.

— Правда? Он тебя не взял?

— Нет.

— Странно, — сказал Годрик. — Может быть, он боится, что если переспит с тобой, то будет вынужден жениться на тебе? Я слышал, что завоеватель очень строг в том, что касается поведения его людей в отношении женщин.

— В таком случае почему остальные норманны этого не боятся? — сердито спросила Эдива.

— Наверное, к тем, кого Вильгельм одаривает земельными угодьями, предъявляются более высокие требования.

Эдива думала о том, что услышала от брата. Норманн не овладел ею, возможно, потому, что не хотел, чтобы его вынуждали потом жениться на ней. Она не почувствовала облегчения от слов брата.

— Жаль, что ты ему не понравилась, — сказал Годрик. — Нам бы очень помогло, если бы ты стала его любовницей.

— Черт возьми, всего минуту назад ты готов был меня презирать за то, что я делю с ним постель!

— Ну, ты не можешь меня винить. Ты спишь в теплом и сухом доме, каждый день ешь горячую пищу, тогда как мы голодаем в лесу.

— Значит, вы еще ничего не придумали?

Годрик тяжело вздохнул:

— Бьернвольд в ярости мечется по нашему лагерю, но и он не может придумать, как выгнать отсюда этих дьяволов. Я надеялся, что ты нам что-то подскажешь.

Эдива покачала головой:

— Их слишком много, а вас слишком мало. Если часть норманнов не уйдет из долины, их не одолеть.

— Или если не будет убит их предводитель.

— Тогда они уничтожат поместье и перебьют нас всех.

— И все же... — Годрик помедлил. — Ты не стала бы возражать, если бы мы убили этого ублюдка? — Он кивком головы указал на дверь, ведущую в спальню. — Это не составит большого труда. Я мог бы перерезать ему горло, пока он спит.

— Нет!

— Ты удивляешь меня, Эдива. Норманн явно не проявил к тебе интереса и не пожелал сделать своей женщиной, однако ты защищаешь его жизнь.

— Если ты убьешь его в постели, то как ты думаешь, кого за это накажут? Его люди решат, что это моих рук дело. Они расправятся со мной безжалостно, да и с остальными жителями Оксбери — тоже.

— Ты могла бы бежать со мной.

— Нет, я не обреку остальных на страдания.

— С тобой всегда было трудно договориться, сестричка. Вечно ты спорила и упрямилась. Неудивительно, что норманн тебя отверг.

Эдива шумно втянула воздух. Слова Годрика задели ее за живое. Брат, конечно, балбес, но слова его ранили душу.

— Ладно, — сказал Годрик и начал спускаться по лестнице. — Вижу, от тебя никакого толку не будет. Придется нам положиться на помощь Голды.

— Голды?

— Не ори так, дурочка. Именно Голда провела меня сюда. Она по крайней мере по-прежнему предана нам.

С этими словами Годрик растворился в темноте.

Эдива сжала кулаки. Черт бы побрал тебя, Годрик! И черт бы побрал норманна! Оба хороши! Оба способны довести ее до белого каления!

Она поднялась по лестнице и осторожно вошла в спальню. Забираясь на кровать, Эдива прислушалась к ровному дыханию норманна и возмутилась. Сегодня ночью она спасла ему жизнь. А зачем? Чтобы он использовал ее для поддержания порядка в его хозяйстве?

Зачем она будет помогать человеку, который находит ее такой неженственной, такой отталкивающей, что ему даже не хочется ее?

Из глаз неожиданно потекли слезы.

Она не плакала, когда пришла весть о победе норманнов при Гастингсе. Не плакала, когда вражеское войско показалось в долине. Она не плакала даже тогда, когда ее соотечественники умирали один за другим с петлей на шее и она думала, что вот-вот настанет ее черед.

Но теперь она плакала. Как было бы хорошо поговорить сейчас с другой женщиной. С сестрой. Или с матерью, которая умерла два года назад.

Но у нее никого не было. И полагаться ей следовало только на собственные силы. От нее зависела жизнь обитателей Оксбери — женщин и детей. Преданных, трудолюбивых крестьян. Братья никогда о них не позаботятся, потому что слишком заняты собственным выживанием. Спасать саксов должна она — Эдива, дочь лорда Леовайна.

Ему снился сон. Он знал это, потому что никогда не бывал в этом месте, по крайней мере не бывал с Дамарис. Они находились не в ухоженном тихом саду за домом ее отца, а в каком-то незнакомом осеннем лесу, среди деревьев с яркой золотистой листвой.

С ним была Дамарис. Она что-то говорила ему, глаза ее блестели, нежные губки двигались, произнося какие-то слова. Он не понимал, что она говорит. Знал лишь, что она рядом. И потянулся к ней, чтобы поцеловать.

Губы были полные, теплые, а тело горячее, живое. Он откинул голову, чтобы взглянуть на нее.

И встретился взглядом не с карими, а с васильковыми глазами. И губы были не гранатового цвета, как он помнил, а упругие, розовые. И белокурые волосы...

Саксонка. Он держал в объятиях не Дамарис, а саксонку!

Даже во сне он вздрогнул от неожиданности.

Он медленно просыпался. Глаза привыкли к темноте. Так это был сон? Да, Дамарис он мог теперь увидеть разве только во сне.

Но саксонка была рядом — свернулась калачиком у него под боком, будто хотела согреть его своим теплом. Он вспомнил вкус ее губ во сне и потянулся к ней. Но сразу же остановил себя. Ведь между ними существует соглашение, и он ни за что не нарушит свое слово, пусть даже данное саксонке.

Что за мучение! Все, наверное, думают, что он давно сделал ее своей. А он вот сгорает от желания. От такого желания, какого не испытывал ни к одной женщине, кроме Дамарис.

Нет, неправда! Он не сгорал от желания обладать Дамарис. Он ее любил, обожал, боготворил. За несколько лет она превратилась в мечту. В его фантазию.

А саксонка была реальностью. Он чувствовал ее запах — теплый и свежий, как только что скошенное сено. Естественный запах — не то что ароматические масла, которыми благоухала Дамарис.

Он подавил стон и сел в постели. Еще не рассвело, но он чувствовал, что едва ли снова заснет.

Жобер отыскал свою одежду и сапоги. Надевая шерстяную рубашку, он вспомнил, кем она сшита.

Нелегко спать в одной постели с женщиной, которой не можешь обладать. Возможно, придется ему снова запирать саксонку, а самому спать в другом месте.

Но тогда его люди могут подумать, что она ему надоела. А некоторые, возможно, начнут к ней приставать, считая, что она больше не находится под его защитой.

Представив себе, что какой-то мужчина прикасается к саксонке, он пришел в ярость. Нет, он этого не вынес бы! Если уж кому и суждено овладеть ею, так это будет он!

Она была его трофеем, символом его победы над ее народом. И он, как победитель, имеет право взять ее. Если пожелает, каждую ночь! Даже несколько раз за ночь!

А из-за этого дурацкого соглашения он вынужден жить как монах.

Жобер выругался и начал спускаться по лестнице, но замедлил шаги, почувствовав сквозняк. Где-то оставили открытыми двери и окна.

Он спустился в общий зал. Там крепко спали, растянувшись на скамьях, его люди. Казалось, все было в порядке. Но что-то его насторожило. Во сне он видел не только Дамарис. Ему снова снился кошмар, будто он находится в подземелье. На этот раз он слышал, что снаружи его темницы кто-то шептался. Один сон постепенно перешел в другой, но воспоминание о голосах осталось. Ему казалось, что с кем-то шепталась его саксонка.

Во дворе было пусто и темно. Возле конюшни тявкнула собака, потом все стихло. Он снова направился в зал.

Приближаясь к дому, Жобер вдруг заметил приоткрытое боковое окно. Это его удивило. Он свернул к сторожевой башне, чтобы узнать у стражников, не заметили ли они чего-нибудь подозрительного. Жобер взобрался по лестнице и вышел на крепостную стену. Никто его не окликнул. У него тревожно забилось сердце.

Стражники перебиты! Это набег! Он поспешил вниз, чтобы поднять тревогу, и едва не споткнулся о лежавшего на полу человека. Человек застонал и сел.

— Черт возьми, что случилось? — спросил Жобер.

— Милорд? — удивленно прохрипел Озберт.

— Да, это я, Бревриен. Говори, что произошло?!

Озберт не ответил. Густой сладковатый запах ударил в ноздри Жобера. Это было не вино, а какой-то другой, очень крепкий напиток.

Жобер пришел в ярость. Ему хотелось схватить стражника за горло и размозжить ему голову о стену.

— Где другой часовой? Или он тоже пьян?

— Милорд, — попытался объяснить Озберт, — мы не собирались напиваться. Но вино так быстро ударило в голову

— Думаешь, оно было отравлено?

— Отравлено? Нет. Зачем Голде травить нас? Просто... — он застонал, — я никогда не пробовал такого крепкого напитка. Саксы делают его из меда. Я слышал, что напиток этот крепкий, но никогда не думал, что со мной такое случится.

— Кто такая Голда?

— Ткачиха, — простонал стражник. — Такая смазливенькая.

Озберт закрыл глаза.

Жобер с отвращением смотрел на него. Уже забрезжил рассвет.

— Нужно вычистить конюшни, — сказал он, оглядывая двор. — Я хотел направить на эту работу саксов, но ты и твой товарищ сделаете эту работу вместо них.

— Чистить конюшни? Сегодня? — взмолился Озберт.

Жобер отлично понимал, почему он так приуныл. Выгребать месяцами накопившийся навоз и гнилую солому — работа неприятная в любое время. Но если у человека тяжелое похмелье, она оборачивается сущим адом.

— Принимайся за работу. А я разбужу другого стражника и сообщу ему приятную новость.

Озберт с трудом поднялся и торопливо удалился. Второго часового Жобер обнаружил неподалеку: тот храпел, прислонившись спиной к крепостной стене. Пинок под ребра быстро поставил его на ноги.

После ухода второго стражника Жобер нашел на земле пустую флягу, поднял ее и понюхал.

Медовый напиток. Жобер слышал о нем, хотя сам никогда не пробовал. Говорили, что он в несколько раз крепче вина. Зачем, интересно, потребовалось этой Голде угощать их медом именно этой ночью? Интересно! А в состоянии ли работать сама ткачиха или у нее тоже болит голова?

Жобер заглянул в помещение, где обычно ткали шерсть. Там никого не было. Он вернулся в дом и приблизился к отгороженному занавеской углу, где спали незамужние женщины. Некоторые уже проснулись и заплетали друг другу косы. Увидев его, все замерли.

— Мне нужна Голда, — сказал он.

Все покачали головами, дав ему понять, что ее здесь нет.

Он вышел во двор и заметил женщину, торопливо направлявшуюся через двор к ткацкому сараю.

Он нагнал ее и, схватив за руку, развернул лицом к себе.

На него глядели широко расставленные янтарные глаза. Прядь рыжеватых волос выбилась из-под капюшона плаща.

Смазливенькая, сказал про нее Озберт.

— Ты Голда? — спросил Жобер.

Женщина улыбнулась.

— Где ты взяла мед? Что ты сделала с часовыми?

Она продолжала улыбаться. Или ни в чем не виновата, или не боится, что он ее накажет.

Жобер отпустил ее руку. Незнание саксонского языка очень мешало ему. Вот и сейчас он не мог как следует допросить женщину.

Она призывно облизала красиво очерченные губы, и Жобер почувствовал напряжение в паху. Он подумал, не принять ли ее приглашение. Но сразу же с отвращением отпрянул от нее. Она, наверное, уже ублажила обоих стражников. Как бы он ни изголодался, у него не было желания брать эту девицу.

Эдива увидела, что норманн догнал Голду и наклонился к ней, будто прошептал на ухо что-то ласковое, потом ушел.

Она торопливо отпрянула от окна. Ей не хотелось, чтобы он заметил, как она подглядывает за ним и его любовницей.

# *Глава 8*

Эдива вышла из ткацкой и, завернув за угол, увидела норманна. Он, очевидно, только что вошел в ворота, потому что сапоги его были испачканы грязью, а волосы растрепались под порывами ветра.

Заметив, что он направился к амбарам, она вспомнила, что послала туда Голду — принести немного вайды*, чтобы приготовить краску. Она представила себе, что произойдет, если эти двое встретятся. Конечно, они найдут какое-нибудь уединенное местечко, чтобы спариться, словно животные. Уже несколько дней норманн рано вставал, и Эдива была уверена, что утром он первым делом бежал на свидание с Голдой.

Это ее не касается. Если норманну желательно утолить свою похоть с этой потаскухой, готовой на все, это его дело. Она не расскажет ему, что Голда шпионит здесь для ее братьев. Пусть он сам узнает об этом.

Она уже подошла к дому, но вдруг резко остановилась. Голда ее служанка. Если Бревриену хочется развлекаться с девками, то пусть выбирает таких, которые закончили свою работу!

Эдива направилась к амбарам. Она увидела, что норманн вышел из коптильни — он был один. Встретился с ней взглядом и улыбнулся. Она пробормотала что-то насчет трав, которые нужны для крашения, и хотела пройти мимо. Но он схватил ее за руку.

— Тебя-то мне и надо, хозяйка. Я был в загоне, там сейчас отбраковывают нагульный скот. Пора начинать за-

* Растение, используемое в качестве натурального синего красителя.

бой и заготовку мяса. Мне потребуется твоя помощь, леди Эдива. Скажи, где вы храните соль? — Его зеленые глаза пытливо смотрели на нее. — Надо заготовить мясо до наступления зимы. Если мы этого не сделаем, всему населению Оксбери придется голодать.

Он держал ее за локоть. Эдива чувствовала сквозь тунику силу его пальцев. По ее телу пробежала дрожь.

Этот разговор она оттягивала, как могла. Но он прав: необходимо сделать припасы на зиму. И она, тяжело вздохнув, сказала:

— Соль хранится под полом в часовне.

— Проводи меня туда.

Они пошли рядом, и Жобер все не отпускал ее руку. Вдруг он остановился и взглянул на небо.

— Будет буря. Бурей пахнет в воздухе.

Эдива подумала о своих братьях и других мятежниках, живущих в лесу. Плохо придется им, когда начнутся осенние дожди. А она живет в тепле и безопасности, спит в спальне Леовайна вместе с врагом.

Норманн придержал дверь часовни, ожидая, что она войдет. Но она замешкалась на пороге.

— Что случилось?

Она покачала головой и вошла внутрь.

Следом за ними ворвался холодный ветер, подняв с пола пыль. Норманн закрыл дверь, взял свечу, горевшую у входа, и зажег от нее свечи, стоявшие в подсвечниках по обе стороны нефа.

У Эдивы защемило сердце. Эта часовня была мечтой ее матери. Она хотела, чтобы у них была «настоящая» церковь, и Леовайн исполнил ее желание. Помещение было украшено красивой росписью, деревянные своды потолка — искусной резьбой, окна в форме трилистника, прорубленные высоко в выкрашенных белой краской стенах, были застеклены драгоценным розовым стеклом — каждая деталь была исполнена с таким совершенством, словно предназначалась для кафедрального собора.

Когда-то здесь был свой священник, отец Саксфрид, направленный сюда винчестерским епископом. Он умер задолго до битвы при Гастингсе, после чего произошло столько всяких событий, что заменить его так и не удалось.

С тех пор часовней не пользовались. Эдива иногда приходила помолиться, но вот уже несколько месяцев не бывала здесь.

Норманн, задрав голову, осматривал высокий сводчатый потолок. На его лице было написано восхищение, даже благоговение. Эдива почувствовала некоторую гордость. Мать оставила после себя достойное наследство.

— Ты сказала, что соль спрятана в часовне, — напомнил норманн. — Где именно?

Ей очень хотелось отказаться, но она не посмела. Непростительно вынуждать ее соплеменников обходиться зимой без мяса.

Она показала рукой на пол, выложенный в виде орнамента каменными плитами, в центре которого лежал квадратный камень.

Норманн подошел к указанному месту. Вынув кинжал, он принялся с его помощью приподнимать плоский камень. Эдива наблюдала за его работой, и ее настроение ухудшалось с каждой минутой. Не следовало говорить ему о тайнике, устроенном отцом. Надо было пойти сюда ночью одной и вынуть бочонок с солью. Что с ней происходит? Почему она продолжает помогать норманну?

Жобер громко выругался, прищемив плитой пальцы.

— Помоги мне, — сказал он.

Она опустилась на колени рядом с ним. Они вместе сдвинули в сторону каменную плиту. Он показал жестом, чтобы она достала из тайника деревянный ящик с солью.

Она попыталась, но не смогла. Он кряхтя сдвинул до конца плиту и, засунув в тайник руку, ухватился за ящик с другой стороны. Вместе они вытащили ящик и поставили на пол.

Под ящиком стояло несколько бочонков, переложенных соломой. Норманн открыл кинжалом крышку одного из них и удивленно хмыкнул. Соль. Потом его внимание переместилось на деревянный ящик.

Орудуя кинжалом, он вскрыл ящик. Внутри находилось несколько мешочков. Он стал вынимать их. Там были пергаментные свитки — дарственные, полученные от саксонских королей, которым служила ее семья.

В одном из мешочков что-то звякнуло. Жобер улыбнулся и отложил его в сторону.

Он вскрыл последний мешочек и, заглянув в него, осторожно высыпал содержимое на пол. Богатство древнего рода Леовайна поблескивало и мерцало в свете свечей: кольца, колье, кинжалы с рукоятками, украшенными драгоценными камнями, золотые пряжки и броши.

У Эдивы защемило сердце. Должно быть, ее отец спрятал здесь сокровища перед отъездом в Гастингс. И теперь они принадлежали норманнам, их врагам.

«Предательница», — шептал ей внутренний голос. Лучше уж было позволить всем им голодать зимой, чем приводить его сюда.

Она подняла глаза и увидела, что норманн смотрит на нее с выражением благоговения и благодарности. Ей хотелось плюнуть ему в лицо.

— Я не знала, что это находится здесь, — сердито прошипела она. — А если бы знала, то под пытками не сказала бы тебе об этом.

— Ну что за мегера! — воскликнул он.

Ей хотелось расплакаться. Она предала семью, выдав тайник. И все это ради человека, который считает ее настоящей мегерой.

Повернувшись, Эдива выбежала из часовни. Она запыхавшись влетела в зал и, провожаемая удивленными взглядами, поднялась по лестнице. Войдя в спальню, она с грохотом захлопнула за собой дверь. Подумала, не запереть ли ее, но потом решила, что не стоит беспокоиться. Зачем? Норманн явится не скоро, он еще долго будет любоваться привалившим ему богатством.

Эдива бросилась на кровать и зажала себе рот руками, чтобы не расплакаться. Если бы ее сейчас увидели братья, они очень удивились бы. Они считали, что она сильная. Сорвиголова — вот как они ее называли.

А она вовсе не сильная. Трудно всегда думать обо всех и стараться не показать, что тебе самой плохо.

Ах, как ей не хватало сейчас отца! Он всегда был надежной опорой. Казалось, что он надежен и вечен, как горы вокруг. Но его не стало. И она должна все заботы нести на своих плечах. Иногда она думала, что не выдержит, но разделить эту ношу было не с кем. Даже если бы ее братьям удалось вернуть Оксбери, они не стали бы помогать ей вести хозяйство в поместье. Их интересовали лишь собственные удовольствия, почет и власть. О том, чтобы Оксбери и его население благоденствовали, придется заботиться ей самой.

Она медленно поднялась и села. По крайней мере у нее есть цель в жизни: добиться процветания Оксбери, несмотря на присутствие норманнов.

Скрипнула дверь. Эдива вскочила на ноги и успела отбежать к стене.

Ей не хотелось, чтобы он заметил, как она расстроена.

— Эдива? — Жобер вошел в комнату.

Эдива, встав на колени, открыла нижний ящик комода, сделав вид, будто что-то ищет в нем.

— Леди Эдива, я хочу поговорить с тобой.

Она, не обращая на него внимания, продолжала вынимать и разглядывать куски ткани. Он подошел к ней и попытался взять за плечо. Она отпрянула от него.

— Черт побери! Я стараюсь вести себя вежливо!

Она почувствовала, что он начинает злиться. Тем лучше. Пусть поймет, что она не намерена подчиняться ему, если это ее не устраивает.

— Значит, все начинается сначала: ты не подчиняешься мне, фыркаешь на меня, как дикая кошка? — Он тяжело вздохнул. — Я не хочу, чтобы так продолжалось, Эдива. Мне надоело, что в ответ на мое почтительное отношение я не получаю должного уважения.

— Уважения?! — воскликнула Эдива, выпрямляясь. — Разве можно уважать жадного, похотливого наглеца?

— Почему ты называешь меня похотливым? Что, я не соблюдаю условия нашего соглашения? Ведь я к тебе даже не прикоснулся!

Эдива замерла. Ей очень хотелось сказать ему, что его любовница — саксонская шпионка. Но тогда ей пришлось бы рассказать, откуда ей стало известно о предательстве Голды.

Его глаза вспыхнули гневом.

— Вижу, все мои попытки наладить отношения напрасны. Пустая трата времени. Мне не следовало спасать тебя. Надо было оставить гнить в подземелье!

Он повернулся и направился к двери, но споткнулся о скамейку. Выругавшись в сердцах, он схватил скамейку и швырнул ее в стену.

— Остановись! — крикнула она. — Нечего ломать то, что тебе не принадлежит! Здесь ничего твоего нет! Все, что ты видишь в этой комнате: мебель, сундук, одежда, все драгоценности, найденные в часовне, — все это принадлежит мне! Я наследница Оксбери, и я буду распоряжаться здесь, как сочту нужным!

Он снова приблизился к ней и произнес с убийственным спокойствием:

— Ошибаетесь, леди. Король Вильгельм отдал Оксбери мне. Целиком. — Он схватил ее за рукав. — Даже вместе с тобой. Хотя, откровенно говоря, я не знаю, зачем мне может понадобиться такая злючка.

Эдива почувствовала, что постепенно успокаивается. У нее не было желания добиться его презрения. Как ни странно, но ей все-таки хотелось, чтобы он ее уважал.

Его гнев тоже, кажется, прошел. Он погладил ее руку.

— Сам не знаю зачем, но ты мне нужна, — глуховатым голосом произнес он. — Я хочу тебя всю ночь... каждое утро... каждый раз, когда вижу тебя.

По телу Эдивы прокатилась горячая волна. Она попыталась напомнить себе, что ненавидит его, но не смогла. Он подошел совсем близко, обнял ее и отыскал губами ее губы.

Поцелуй был долгий, требовательный. У Эдивы подкашивались ноги, голова кружилась. Когда он оторвался от ее губ, она едва устояла на ногах. Зрачки его глаз расширились и потемнели, он пристально взглянул на нее.

— Мне кажется, что твоя злость — лишь маска. Ты — прекрасная женщина.

Эдива судорожно глотнула воздух. Когда он смотрел на нее таким взглядом, она чувствовала себя слабой и беспомощной.

Он снова поцеловал ее, раскрыв языком ее губы. Она глухо застонала и обняла его за шею. От его тела исходили тепло и сила, а губы были горячи, как огонь. Она не могла насытиться его поцелуями... и сдалась. Когда он, взяв ее за руку, повел к кровати, она даже не пыталась сопротивляться. У нее больше не было воли. Совсем.

Он стал раздевать ее: стянул платье и, опустившись на колени, снял с ее ног ботинки. Она не двигалась. Он запустил руку под рубашку, нашел подвязки и спустил чулки. Эдива стояла, дрожа всем телом.

Ухватившись за подол рубашки, он снял ее через голову и встретился взглядом с Эдивой. Выражение лица у него стало теплым, мягким, это было не суровое лицо воина, а нежное лицо любовника.

— Эдива, моя прекрасная Эдива!

Его искреннее восхищение без следа смело остатки ее сопротивления. Словно во сне, она видела, как он склонился к ее груди. Вздохнув, она закрыла глаза. Желание, зарождаясь где-то внутри ее тела, горячими волнами поднималось к соскам.

Когда он взял сосок губами, она вскрикнула от неожиданно охватившего ее предвкушения какого-то неведомого чуда.

Он оторвался от нее, и она чуть не заплакала, испытав чувство утраты. Но тут Эдива заметила, что он раздевается, и у нее участилось дыхание. Она не забыла, как впервые увидела его голым. Каким гордым и неукротимым он ей показался! И каким загадочным. Она вспомнила, как уставилась тогда туда, куда глядеть не следовало, и что при этом почувствовала. Мучительную, сладкую боль и слабость где-то внутри.

Ей хотелось, чтобы в комнате было светло и она могла бы как следует разглядеть его мужскую красоту. Его широкие, мускулистые плечи, сильные руки и грудь, плоский живот. Ярко-рыжие волосы под мышками и на груди подчеркивали теплый оттенок его кожи.

Туника, которую он уже сбросил, лежала на полу, и он наклонился, чтобы расстегнуть сапоги. Потом снял штаны и подошел к ней. Эдива во все глаза смотрела на него, в очередной раз потрясенная громадностью его фигуры. Рядом с ним она почувствовала себя маленькой и хрупкой.

Страшно было находиться рядом с таким большим, сильным мужчиной. Но это пьянило, возбуждало.

Он медленно обвел ее взглядом, восхищаясь ею, как и она им.

— У меня еще никогда не было девственницы. Я буду нежен, Эдива, обещаю тебе.

Но она не хотела, чтобы он был излишне осторожен или сдерживал себя. Ей не терпелось вновь испытать огонь страсти, который он уже однажды разжег в ней.

Все ее тело горело, соски напряглись. Ожидание было почти невыносимым. Она раскрыла губы, глядя на него из-под полуопущенных век.

На его лице появилось удивленное выражение, ноздри затрепетали.

— Что ты со мной делаешь, женщина? Ведь я не каменный. Когда ты так на меня смотришь, я могу наброситься на тебя как зверь.

Взгляд Эдивы очень осторожно скользнул по его торсу.

Он глухо застонал, едва сдерживая себя. Потом толкнул ее на кровать и сам лег рядом. Глаза его горели страстью.

— Нет, ты не понимаешь, на что напрашиваешься, — сказал норманн.

Он склонился над ней, нетерпеливо разведя руками ее бедра. Эдива охнула, когда Жобер прикоснулся к тому самому месту, где сосредоточилось желание, и начал ласкать его пальцами. Она тихо застонала. Чем больше он ласкал ее, тем больше хотелось ей, чтобы это не прекращалось.

Эдива старалась не думать о том, какой распутницей, должно быть, выглядит. И с каким нетерпением и готовностью ждет его ее плоть.

Она открыла глаза и совсем близко увидела его лицо. Он наклонился, раздвинул языком ее губы, продолжая ласкать пальцами ее нежную влажную плоть. Потом его язык проник в ее рот, а палец скользнул глубоко в ее лоно. Ощущение потрясло ее! Она догадывалась, что это еще не все, что это только начало, и приподнимала бедра ему навстречу, отыскивая самое удобное положение в ожидании чуда. Она не заметила, как он вынул палец, только почувствовала, как что-то большое и горячее прижалось к ней в том месте. Одним рывком он вошел в нее. Эдива вскрикнула от неожиданности и боли.

— Прости, — прошептал Жобер.

Он дал ей возможность перевести дыхание, потом начал ритмично двигаться. Сначала каждое его движение вызывало боль, потом ее тело расслабилось. Боль постепенно сменилась желанием. Каждый раз, когда он погружался в нее, она замирала от удовольствия.

Жобер приподнялся над ней, выгнув шею и закрыв глаза. Его волосы рассыпались по плечам. Она подняла руку и погладила его грудь, побуждая его продолжать. Неожиданно ощутив острое наслаждение, она закрыла глаза и вцепилась руками в его плечи.

Жобер рухнул на нее, тяжело дыша и обливаясь потом.

— Боже милосердный! — прошептал он.

Она ласково поглаживала его спину, понимая, что свершилось чудо.

Мгновение спустя он скатился с нее, отдышался, повернулся на бок и вгляделся в нее сияющими зелеными глазами.

— Ты удивительная девушка, Эдива. Клянусь, у тебя в жилах не кровь, а огонь. И ты сожгла меня дотла.

Она некоторое время нежилась под его восхищенным взглядом, потом ее охватило смущение. Она представила себе последствия того, что натворила.

Что теперь будет? Она отдалась врагу. Добровольно. Страстно. Бесстыдно.

Чувство удовлетворения сменилось ужасом. Она попыталась встать с кровати. Он поймал ее за руку.

— Отдохни, полежи еще немного.

Она вырвала у него руку.

— Я должна позаботиться об ужине... Я должна... У меня много всяких дел.

Поднявшись, она почувствовала его влажное семя между бедер. Ей стало страшно: а что, если она забеременеет?

Эдива торопливо собрала свою одежду. Ей не терпелось поскорее убежать от него. Забыть о постыдном поступке, который она совершила.

Жобер сел на кровати.

— Позволь, я помогу тебе вымыться.

— Нет! Я помоюсь потом, когда сделаю все дела внизу.

Она кое-как натянула на себя платье, забыв надеть рубашку и чулки, обулась и выбежала из комнаты.

Жобер, нахмурив брови, сидел и удивлялся. Что такое нашло на Эдиву, почему она бросилась вон из спальни, словно за ней гнались демоны? Неужели она так сильно сожалела о том, что между ними произошло?

Похоже, что до этого у нее не было никаких сомнений. Он еще никогда не встречал женщины, которая отдавалась бы с такой готовностью. По правде говоря, он даже не подозревал, что женщина может быть такой страстной.

Эдива его потрясла. Ее желание было почти таким же сильным, как у него. Неужели женщина хочет заниматься любовью так же, как мужчина?!

Но страстность Эдивы странным образом сочеталась с невинностью. Она была девственницей, с трогательным изумлением открывающей для себя новую жизнь. А он, не сумев сдержать себя, причинил ей боль. Видит Бог, он не хотел этого делать. Все произошло потому, что он слишком сильно возбудился и уже не мог совладать с собой.

Жобер поморщился, вспомнив, как она вскрикнула от боли. Он пообещал ей быть осторожным и сдержал бы обещание, но она его удивила. Затрепетала от предвкушения удовольствия, когда он поцеловал ее. Позволила себя раздеть. Все говорило о том, что она, как это ни удивительно, хочет его.

Вернее, ее тело просило наслаждения. Разум и сердце, возможно, в этом не участвовали. Может быть, именно поэтому она с такой поспешностью и убежала от него.

Растревоженный этими мыслями, Жобер поднялся с кровати. Он не хотел связываться с этой женщиной. Он спас ее из жалости, а потом понял, что ему нужна ее помощь в управлении Оксбери. Но их отношения становятся день ото дня все сложнее. А теперь вот он взял ее. И обнаружил то, чего боялся. Он испытывал к Эдиве не только вожделение.

Бросив смущенный взгляд на кровать, Жобер принялся одеваться.

## Глава 9

В углу двора стояли два рыжих бычка. Неподалеку была подвешена туша только что забитого животного, и кровь стекала из нее в большой горшок. Рядом несколько мужчин стругали лучину и разводили огонь. Возле кухонной пристройки работали женщины — одни большими ножами резали мясо, другие чистили и мыли кишки для набивки колбас.

Эдива среди общего шума чувствовала себя уверенно. Она уже побывала там, где смешивали специи, которые будут добавляться в колбасный фарш, попробовала рассол для мяса. Предстояло еще убедиться, что из костей будет сварен бульон для похлебки, что содранные шкуры будут тщательно очищены, а жилы приготовлены, чтобы натягивать их в качестве тетивы на луки. Она должна проследить за тем, чтобы ничто не пропало зря.

Ей удалось уговорить нескольких деревенских жителей прийти в крепость, чтобы помочь забивать скот. Хотя они все еще чувствовали себя не очень свободно среди норманнов, но все-таки уже не шарахались от них в страхе. Двое крестьян согласились даже отпустить своих дочерей, чтобы те помогали ткать и шить в зимние месяцы. Эдива отыскала взглядом этих двух девушек и вспомнила, что обещала родителям позаботиться об их безопасности. С Эдельмой сложностей не возникнет. Это была коренастая, некрасивая девушка с добродушной круглой физиономией и тусклыми каштановыми волосами. Эдива подумала, что рыцари едва ли обратят на нее внимание. А вот Вульфгет... Эдива взглянула на девушку, усердно смешивающую специи для колбас, и вздохнула. Вульфгет была редкостной красавицей — изящной, с огромными голубыми глазами и светлыми, как лен, волосами. Эдива уже заметила, что рыцари поглядывают на нее и даже о чем-то переговариваются вполголоса.

Может быть, лучше отослать ее в деревню и попросить прислать какую-нибудь другую девушку? Но это было бы несправедливо. Вульфгет не виновата в том, что родилась такой красавицей. Просто надо не спускать с нее глаз и попросить Бревриена держать в узде своих рыцарей.

Ее норманн помогал забивать скот, придерживая головы животных, когда им перерезали горло. Это была изнурительная, грязная работа. Его лицо блестело от пота, а старые штаны и туника стали от крови такими же рыжими, как его волосы.

Эдива не могла смотреть в его сторону, потому что сразу начинала дрожать от желания прильнуть к его телу. Она не забыла ни того, что происходило между ними в спальне два дня назад, ни того, что она при этом чувствовала.

С тех пор она старательно избегала попадаться ему на глаза. Она спала внизу вместе с другими женщинами и разговаривала с ним только в случае крайней необходимости. То есть довольно часто. Такое серьезное дело, как забой скота и заготовка мяса на зиму, требовало подробного обсуждения. Для нее разговоры с ним были мучительны, но она сумела сохранить достоинство. Эдива просто сказала себе, что он враг и что она общается с ним исключительно ради блага своих людей.

К счастью, он ни разу не напомнил ей о том, что между ними произошло. Он был любезен, относился к ней уважительно. Она радовалась, но старалась понять, что за этим кроется. Может, он не питает больше никаких чувств к ней?

Конечно, так оно и было. Они вели себя как животные, но это ничуть не меняло сути отношений между ними. Они по-прежнему были врагами.

— Миледи, у нас есть еще бочки? — спросил Бревриен, прервав ее размышления. — Мясо будет готово только через несколько дней. Но я подумал, что мы могли бы прикинуть, сколько нам его потребуется засолить.

— Боже мой! — вдруг воскликнула Эдива и бросилась к амбарам. Как это она могла забыть о такой важной вещи?

Запыхавшись, она вбежала в одну из кладовых и оставила дверь приоткрытой, подперев ее палкой, чтобы снаружи проникал свет.

В кладовой стоял запах круглых вызревающих сыров, разложенных на полках вдоль стен. Эдива протиснулась между свисающими с потолка копчеными свиными боками и осторожно обошла большие кувшины с медом. За ними стояла дюжина деревянных бочек. «Маловато», — прошептала она.

Выбежав из этой кладовой, Эдива прикрыла за собой дверь и направилась в соседнюю. Потом она осмотрела и подвал. Выбравшись оттуда, Эдива увидела своего норманна.

— Что случилось? — спросил он. — Я видел, как ты убежала, но никто не знает, куда именно.

Она покачала головой:

— У нас слишком мало бочек. — Она чуть не плакала, расстроенная тем, что, как ни старалась, забыла предусмотреть такую важную вещь. — Я нашла всего две дюжины. Их не хватит даже для мяса, которое уже заложено в рассол.

Сказав это, Эдива снова убежала, бросив через плечо Жоберу:

— Скорее, надо остановить людей, пока они не закололи оставшихся животных.

— Почему? — спросил он, последовав за ней.

— Потому что тогда пропадет мясо, — с трудом переводя дыхание, ответила она. — У нас не хватает бочек, чтобы хранить его.

— Разве нельзя заставить бондаря изготовить побольше бочек?

Расстроенная Эдива покачала головой:

— На это уйдет несколько дней. К тому времени значительная часть мяса испортится.

Они выбежали во двор. Животных, предназначенных на убой, во дворе уже не было. Они опоздали. Эдива остановилась, тяжело дыша. А она-то считала себя хорошей хозяйкой! Думала, что все предусмотрела для заготовки мяса.

— Это еще не конец света, — сказал Жобер. — Можно было бы заколоть еще несколько свиней и приготовить копченую свинину. Она ничуть не хуже говядины.

— Но какой убыток! — воскликнула она.

Спокойствие норманна расстроило ее еще больше. Как могла она допустить такую оплошность?

— Постараемся, чтобы мясо не пропало, — сказал норманн. — Мы устроим праздник. Пригласи всех жителей деревни, всех, кто пожелает прийти.

Она изумленно взглянула на него.

Он пожал плечами:

— Я давно искал возможность доказать твоим соплеменникам, что совсем не жесток и что если они будут работать на меня, то останутся довольны.

Она не знала, что отвечать. Ей и в голову не приходило, что норманн может предложить что-нибудь подобное. Это была неслыханная щедрость. Даже отец устраивал праздник только на Рождество.

— Пойду прикажу, чтобы две последние туши сохранили целиком. Потом зажарим их на вертеле, — сказал Жобер.

Она проводила его задумчивым взглядом.

Норманн не переставал удивлять ее. Он оказался хорошим хозяином поместья. Ее братья не взялись бы за такую грязную работу, как забой скота. А Жобер работал бок о бок с крестьянами, не боясь унизить свое достоинство или запачкать руки.

Она наблюдала, как он помогал тащить тушу, как при этом напрягались под мокрой от пота туникой его мускулы, развевались на ветру его ярко-рыжие волосы.

Странно, в смятении думала она, он всегда делает то, что вызывает у нее одобрение, даже восхищение. Могла ли она теперь его ненавидеть, если он показал себя разумным и справедливым человеком? Будет она ненавидеть человека, который старается заслужить ее одобрение и советуется с ней?

Разумеется, она не могла питать ненависти к нему. Он нравился ей. Она, может быть, даже начинала любить его, хотя об этом было страшно подумать!

Она предала свой народ. Нет, следует вспомнить о своем долге. Заметив, что норманн приближается к ней, она попыталась разжечь в себе былую ненависть. Жобер улыбнулся ей, блеснув белыми зубами.

— Не бойся, я успел отложить туши, которые мы зажарим на празднике. А когда пиршество закончится, мы все вместе повеселимся — и саксы, и норманны. — Он протянул руку и смахнул с ее лица приставший комочек грязи. — Кстати, там начали набивать колбасы, и, кажется, нужна твоя помощь. Может быть, сходишь и посмотришь, в чем дело?

Она кивнула и, повернувшись, ушла.

Эдива шла по тропинке, огибающей деревню. Отсюда ей были видны огороды и сараи крестьян. Кое-где бродили козы да копались в грязи куры.

Она увидела рыжую кошку, выбежавшую из высокой сухой травы. Кошка не обратила на Эдиву никакого внимания — наверное, была занята охотой. Надо бы завести кошек в крепости, подумала Эдива. Не забыть бы расспросить крестьян, не родились ли где-нибудь недавно котята. Если их взять в крепость маленькими, они там приживутся и будут охранять амбары от мышей.

Жобер попросил ее сходить в деревню и передать крестьянам его приглашение на праздник. Она обрадовалась возможности подышать вольным воздухом, насладиться ароматами осени. К ее удивлению, он не послал юного Роба сопровождать ее, а позволил пойти в деревню одной.

Крестьяне слушали ее настороженно. Многие опасались, что если они войдут в крепость, то им уже не позволят оттуда уйти. «Неужели госпожа верит норманну?» — спрашивали они.

Эдива заверила их, что норманн после казни мятежников никого не обманывал и не совершал несправедливых поступков. Она также передала им его слова: Бревриен пообещал, что те, кто будет честно работать на него, останутся довольны.

Жители кивали и перешептывались между собой. Потом один крестьянин спросил, намерена ли она выйти замуж за норманна.

Вопрос застал ее врасплох. Она покраснела и пробормотала, что совсем не думала об этом.

Такой ответ их рассердил. Крестьяне принялись обсуждать, следует ли им идти на праздник к норманну, если он не желает поступить как подобает и жениться на их хозяйке.

Расстроенная Эдива наконец сказала им, что еще ничего не решено и что они поступили бы разумно, придя на праздник. Они хорошо поедят, пообещала она. Норманн зажарит не одного, а целых двух быков. От хорошего угощения трудно было отказаться. О женитьбе норманна больше никто не говорил.

Однако разговор с крестьянами взволновал Эдиву. Она решила немного прогуляться, прежде чем возвратиться в крепость.

Эдива спустилась по тропинке к реке, стараясь привести в порядок свои мысли. Ей приходится все время напоминать себе, что норманн ее враг. А крестьяне считают, что ей следовало бы выйти за него замуж! Неужели они действительно хотят, чтобы она делила постель с человеком, захватившим ее поместье и убившим их соплеменников? Чтобы она забыла о своих братьях, вынужденных скрываться в лесу?

Конечно, она уже отдала ему свою девственность. Добровольно. С большой готовностью.

Эдива покраснела. Тому, что она натворила, нет оправдания. И это уже нельзя исправить.

Крестьяне были правы. Ей следовало бы выйти замуж за норманна. Если, конечно, он этого захочет.

В чем она сомневалась. Он считал ее мегерой, чертовкой... Кто захочет жениться на подобной женщине?

Эдива так глубоко погрузилась в свои мысли, что не заметила мужчину, стоявшего среди деревьев. Он окликнул ее.

— Бьернвольд!

— Да, это я, сестренка, — насмешливо произнес он. — Удивлен, что ты узнала меня. Похоже, за последние несколько недель ты делаешь все возможное, чтобы забыть родственников.

Эдива промолчала. Хотя она и не забыла своих братьев, но предала их кое в чем другом.

Бьернвольд подошел к ней.

— Близится время, когда ты сможешь помочь нам. Я сейчас был в деревне, где все население взбудоражено новостью о празднике. Нормандский ублюдок правильно рассчитал, пытаясь проложить путь к сердцам крестьян через их желудки. Но мы тоже одобряем его затею и постараемся извлечь из этого пользу.

Бьернвольд улыбнулся, но улыбка не смягчила мрачное выражение его красивого лица.

— Норманн пригласил саксов на свой пир. Мы войдем в крепость под видом крестьян.

Эдива похолодела от ужаса, поняв, что затевает Бьернвольд.

— Это слишком рискованно, — сказала она. — В крепости много рыцарей. И вооружены они лучше. Ваши доспехи никуда не годятся по сравнению с их снаряжением.

Бьернвольд кивнул.

— Но и у нас есть преимущество, Эдива. У нас есть ты. Мы надеемся на тебя.

— Что я должна сделать? — судорожно глотая воздух, спросила Эдива.

— Придумаешь что-нибудь, чтобы все норманны собрались в зале. Дверь запрут, и их будет нетрудно перебить.

Эдиву охватил ужас:

— Но там будут женщины и дети!

Взгляд голубых глаз Бьернвольда стал холоден как лед.

— Это война, Эдива. Мы постараемся не трогать наших, но, если кого-нибудь из них убьют, тут уж ничего не поделаешь. Это единственная возможность вернуть Оксбери.

— Нет, — прошептала Эдива. — Я не стану помогать вам. Не хочу в этом участвовать.

Бьернвольд усмехнулся:

— Я говорил Годрику, что ты сошлась с норманном. Скажи, он тебя хорошо ублажает в постели? — презрительно прошептал он. — Ты кричишь от страсти, когда он влезает на тебя?

Эдива дала брату пощечину и закусила губу, пораженная своим поступком.

К ее удивлению, Бьернвольд не ударил ее, а лишь покачал головой и пошел прочь. Скоро он скрылся в лесу. У нее на глаза навернулись слезы. Братья хотели, чтобы она предала норманна. Но ее предательство станет причиной его смерти. Она не могла допустить этого. Тогда как остановить братьев, не позволить им того, что они задумали?

Предупредить норманна о том, что может произойти? Он решит, что устраивать праздник слишком рискованно, и отменит его. Деревенские жители, конечно, будут огорчены. Но если она промолчит, произойдет кровопролитие.

Эдива глубоко вздохнула и пошла по тропинке вдоль опушки, где деревья почти сбросили яркий осенний наряд. Сухая листва и лесные орехи похрустывали под ее ногами. Кусты уже стояли голые, и только на колючих ветках боярышника виднелись ярко-красные ягоды.

В мучительных раздумьях Эдива подошла к воротам крепости. Ворота были открыты настежь. Она огляделась вокруг, отыскивая взглядом норманна. И тут ее окликнул женский голос.

Эдива увидела Голду.

— Миледи, наконец-то вы вернулись, — с насмешкой в голосе сказала она. — Что вас так задержало? Норманн говорил, что вы отправились в деревню передать крестьянам приглашение на праздник.

— А где сам хозяин? — строго спросила Эдива.

Голда кокетливо прищурилась:

— Наверное, он все еще приводит в порядок свою одежду. Что за приятный денек выдался!

Эдива едва удержалась, чтобы не ударить Голду по наглой, ухмыляющейся физиономии. Она хотела было уйти, но слова Голды приковали ее к месту.

— А этот норманн, он ничего!.. Жобер рассказал мне, что у него в Нормандии есть девушка, на которой он собирается жениться. Ее зовут Дамарис де Валуа. Дочь очень богатого господина. И красавица, как сказал Жобер. Нашему милорду нравятся женщины маленькие и изящные. Смешно, правда, леди Эдива?

— Иди работать! — с трудом сдерживая гнев, приказала Эдива.

Голда, расхохотавшись, убежала.

Эдива в сердцах топнула ногой. «Жобер рассказал мне...» Значит, норманна зовут Жобер. Она уже три недели спала с ним, но не знала его имени.

Ей хотелось убить его своими руками. Но нет, она сделает кое-что получше. Она разрушит все его надежды стать настоящим хозяином Оксбери. Надо только придумать, как обезопасить женщин и детей. Бьернвольд прав: война есть война.

Хотя норманн проявил себя как справедливый и щедрый хозяин, все равно он захватчик. Он здесь чужой и не имеет права на Оксбери. Она поможет своим братьям освободить поместье от проклятых чужеземцев.

— Мне эта затея не нравится, — заявил Алан.

Они с Жобером стояли на крепостном валу возле ворот и наблюдали за тем, как в крепость прибывают саксы.

— Знаю, о чем ты думаешь, — ответил Жобер, — но отменять праздник слишком поздно. Я сказал, что будет праздник, — значит, он состоится.

— Не сомневаюсь, что у половины этих хитрых саксов в кушаках спрятаны ножи, а за голенищами сапог — кинжалы.

— В таком случае им придется сдать свое оружие. — Жобер кивком головы указал на стражников, которые обыскивали каждого, кто входил в ворота. К воротам подошла дородная пожилая женщина. Когда солдат потянулся к ней, чтобы задрать юбку, она возмущенно зашипела, словно рассерженная гусыня.

Жобер отвел взгляд. Неужели саксы считают его болваном, думая, что он позволит им пройти в крепость с оружием?

— Но мы не можем отобрать у них столовые ножи, — напомнил ему Алан. — Ими можно не только резать мясо, но и перерезать горло.

— Ты что, совсем не веришь в наших людей? Тебе кажется, что их может одолеть горстка крестьян, размахивающих ножами?

— Тем не менее мне эта затея не по душе, — проворчал Алан. — Взгляни на ту женщину, Жобер. Почему она так нервничает? Я только спросил у нее, когда будет готова пища. А она огрызнулась, словно я какой-нибудь дерзкий мальчишка.

— Ну, ты знаешь, каковы женщины. Они всегда нервничают по пустякам. Она, наверное, впервые принимает такое количество гостей и хочет, чтобы все было сделано наилучшим образом.

Алан фыркнул:

— Твое влечение к Эдиве тебя ослепляет. Обрати внимание — она часто поглядывает на ворота. Как будто ожидает, что что-то произойдет.

— Может, она хочет посмотреть, сколько пришло ее соплеменников?

— Не-ет. Она хочет убедиться, что мятежники из леса подготовились к нападению. Уверен, тут что-то затевается. Скоро сам убедишься в этом. Коварные саксы не оценили твоего дружелюбия. — Алан досадливо махнул рукой.

Эдива вышла во двор и сразу же взглянула в сторону ворот. Лицо ее выражало нетерпеливое ожидание. Теперь Жобер и сам заметил это и подошел к ней.

— Я и не подозревал, что в долине живет так много людей, — сказал он.

— Да. И я удивлена, что они все согласились прийти. Мне казалось, крестьяне побоятся, что их убьют, заманив сюда обещанием как следует накормить.

— Какой смысл мне это делать? Без них некому будет пахать и сеять весной. Это теперь мои люди. Было бы глупо уничтожать свою собственность.

— Собственность! — раздраженно повторила Эдива. — Все мы для тебя только собственность!

Жобер пристально посмотрел на нее, удивленный ее резкостью. Ему казалось, что Эдива начинает лучше относиться к нему, что она как будто смирилась со своей участью. Но может быть, Алан прав и она лишь притворяется, что смирилась? Возможно, она по-прежнему ненавидит его и жаждет его смерти?

Он взглянул на ворота, и по его спине пробежал холодок. В крепость входил сгорбленный старик, которого с обеих сторон поддерживали под руки дети. Жобер вдруг представил себе, как сгорбленная спина старика распрямляется, а посох в его руках превращается в меч. В меч, нацеленный в его сердце.

Тряхнув головой, он прогнал это видение. Его люди не дураки. Они обыскивают каждого сакса, даже старого и немощного. Если мятежники и проникнут в крепость, оружия при них не будет.

А вдруг им известен какой-нибудь тайник внутри крепости? Он вспомнил, что у Эдивы оказалось два кинжала, хотя она была заперта в спальне. Возможно, где-нибудь хранится и другое оружие. Эдива может показать мятежникам тайник, как показала ему, где хранились драгоценности.

— Эдива, ты достаточно потрудилась, — сказал он. — Ты должна занять место рядом со мной за главным столом в зале.

— Но кто проследит за тем, как угощают гостей? — спросила она, нахмурив лоб.

— Со всем остальным справятся женщины с кухни. — Он решительно взял ее за руку и повел к дому. — Поднимись наверх и переоденься. В спальне я видел много красивых платьев. Выбери какое-нибудь по своему вкусу. Я хочу, чтобы ты сегодня исполнила роль хозяйки.

Эдива спустилась вниз. На ней было платье янтарного цвета, украшенное золотой вышивкой. Талию подчеркивал поясок из золота, принадлежавший ее матери. Волосы прикрывала прозрачная накидка, поверх которой был надет обруч, украшенный топазом. Она знала, что выглядит величественно, однако напомнила себе, что сейчас не время для самолюбования. Сегодня решится судьба Оксбери.

Эдива тщательно обдумала, как ей действовать. Ее гнев, вызванный ревностью, поутих, и она поняла, что вовсе не хочет, чтобы норманна убили. Желание отомстить осталось, но не поддерживать же из-за этого затею братьев!

Конечно, она оказалась в затруднительном положении. Упустила время, чтобы предупредить норманна о намерении мятежников. Теперь он уже не сможет отменить праздник, даже если будет знать о возможном нападении. Зато когда она предупредит его о грозящей опасности, он устроит ловушку для ее братьев, и тогда погибнут они.

Единственный выход — предотвратить столкновение. Увидев одного из братьев, она скажет ему, что норманну все известно и что не следует теперь выдавать себя и нападать на его людей.

Эдива потеряла много времени одеваясь и теперь боялась, что большинство мятежников уже проникли в крепость и ждут сигнала к атаке. Спустившись в зал, она прошла вдоль столов, за которыми уже сидели жители деревни, и вышла во двор.

К счастью, норманна нигде не было видно. Эдива, стараясь не привлекать к себе внимания, приблизилась к воротам.

Двое стражников, Озберт и Пейн, обыскивали входивших крестьян.

— Я ищу мельника, — сказала она им. — Мне нужно кое-что обсудить с его женой. Вы видели их?

— Думаю, они уже в замке, — ответил Озберт.

Эдива, несколько растерявшись, кивнула. Она думала, что мельник не придет, и хотела постоять у ворот, якобы поджидая его. Что же ей еще придумать? По пути к замку она услышала тихий свист и оглянулась. У крепостной стены стоял один из воинов ее отца.

— Что скажешь, Эдива? — спросил Эрвин, когда она подошла к нему. — Собираешься ли ты помочь нам или хочешь предать нас?

Эдива покачала головой:

— Ни то ни другое. Я хочу, чтобы ты убедил Бьернвольда отказаться от задуманного. Норманн что-то заподозрил и принял меры предосторожности. Атаковать сейчас опасно. Вы погубите себя.

Эрвин мрачно усмехнулся:

— Бьернвольд уверен, что ты предашь нас, поэтому придумал кое-что другое.

Эдива разозлилась:

— Я вас не предавала и не собираюсь предавать! Просто я не хочу вашей гибели! На норманнов рискованно нападать в крепости. Их слишком много, и они хорошо вооружены.

— Зато мы хитрее, — заявил Эрвин. — И мы их одолеем, хотя ты в это и не веришь.

Молодой воин повернулся и, сгорбившись, заковылял прочь, вполне правдоподобно изображая немощного старца. У Эдивы защемило сердце. Кровопролития не избежать. Она была бессильна предотвратить его. Если предупредить норманна, он прикажет обыскать крепость, найдет мятежников, и они будут убиты.

Она медленно шла к дому, дрожа от тревоги и страха. Возле двери кто-то взял ее за руку. Оглянувшись, она встретилась взглядом с загадочными зелеными глазами норманна.

— Вот и ты, леди Эдива. Займи свое место рядом со мной за хозяйским столом. Пора начинать праздник.

## Глава 10

Когда Эдива вошла в зал, взгляды собравшихся устремились на нее. С шумом отодвинув скамьи, саксы встали, приветствуя ее как хозяйку Оксбери. У нее на глазах выступили слезы. Она расправила плечи, вспомнив, какой величественной и грациозной всегда казалась ее мать. Вот если бы она сумела стать такой!

Жена мельника присела перед ней в поклоне, когда она проходила мимо. Эдива чуть склонила голову и попыталась улыбнуться в ответ.

Она подошла к хозяйскому столу. Вспомнив о том, как сидели за этим столом ее родители, она пришла в еще большее смятение.

Норманн помог ей сесть на стул с высокой спинкой, украшенной искусной резьбой, потом сел рядом с ней.

Эдива искоса взглянула на него. Трудно было догадаться о его настроении. А вдруг Жобер видел, как она разговаривала с Эрвином? Он подумает, что она заодно с мятежниками.

Справа от нее сидел Алан. В отличие от юного Роба этот рыцарь не испытывал к ней теплых чувств. Она даже подозревала, что он ее ненавидит.

И уж конечно, он ей не доверял. Если мятежники нападут, Алан первым обвинит ее в пособничестве.

— Леди Эдива, вы выглядите великолепно.

Эдива похолодела от страха, услышав похвалу Бревриена. Она нервно отпила из великолепного бокала, стоявшего перед ней. В бокале оказался эль, а не вино. Она вопросительно взглянула на норманна.

Он пожал плечами:

— Наверное, нам следует привыкнуть пить то, что принято пить у вас. Хотя я уверен, что мои люди будут ворчать.

Эдива окинула взглядом зал. В воздухе росло напряжение, как перед грозой. Саксы, сидевшие за столами, чувствовали себя неловко. Норманны, стоявшие группами в разных концах зала, выглядели скорее как стражники, чем гости, приглашенные на праздник.

Эдива глубоко вздохнула. Если нет вина, значит, норманны не напьются и не утратят бдительности. Можно надеяться, что затея ее братьев не увенчается успехом.

Неужели она хочет стать свидетельницей гибели братьев и своих соплеменников?

Конечно, нет. И все же, все же... Она не хочет также, чтобы погиб норманн.

Интересно, поверил бы он этому, если бы узнал? Или он раз и навсегда решил, что она предательница? Если нападение саксов провалится, то что будет с ней? Норманн поверит, что она предала его? Тогда он ее убьет.

Эдива вздрогнула. И тут же почувствовала руку норманна на своем плече.

— Тебе холодно, Эдива?

Она покачала головой.

Его рука погладила рассыпанные по спине волосы.

— Мне нравятся твои золотые локоны. Они меня завораживают.

Эдива напряглась. Она не заплела косы потому, что у нее не хватило времени — торопилась выйти во двор и предупредить мятежников. Ее распущенные волосы были обманом. Ведь она уже не была девственницей.

Эдива вспомнила о коварной Далиле, которая спала с мужчиной, а потом стала виновницей его гибели.

Чтобы отвлечься от этих нерадостных мыслей, она снова окинула взглядом зал. Саксы, кажется, немного повеселели. Возможно, им было приятно, что норманн оказывает ей должное уважение. Они ведь даже хотели, чтобы она вышла за него замуж!

Оруженосец принес блюдо с жареным мясом и положил аппетитный кусок на тарелку Эдивы. Она смотрела на угощение, боясь, что не сможет проглотить ни куска.

Помимо мяса, на каждом столе появились большие блюда с тушеными овощами и корзины с хлебом.

Эдива видела, как заблестели глаза деревенских жителей при виде такого изобилия. Ради одного этого они будут преданно служить норманну.

Появление на столах пищи нарушило зловещую тишину, стоявшую в зале. Рыцари тоже уселись за столы. Саксы начали переговариваться друг с другом. Заплакал ребенок. Кто-то пошутил, и все рассмеялись. Настроение явно улучшилось.

Норманн поднялся с кубком в руке. Он возвышался над всеми, словно великан из древних преданий — рыжеволосый, зеленоглазый.

— Предлагаю выпить за мир и процветание Оксбери, — сказал Жобер.

Эдива видела, что люди радостно закивали. В этом человеке было что-то особенное. Трудно было не подчиниться его воле.

— За Оксбери, за мир и благополучие его жителей, — произнес он вдруг по-саксонски, удивив этим всех присутствующих. — И за леди Эдиву.

Саксы перешептывались, потрясенные тем, что завоеватель научился их языку. Некоторые поглядывали при этом на Эдиву, и она вспомнила, как норманн не раз просил ее произнести то или иное слово по-саксонски. Она тогда думала, что это нужно ему для общения со слугами. Ее удивило, что он запомнил слова и фразы, которым она его научила.

Люди в зале подняли кубки. Она с горечью подумала: «Он проявляет великодушие, а я отплатила ему предательством».

Жобер отрезал ножом кусочек мяса и бросил его пятнистой охотничьей собаке. Потом, улыбаясь, посмотрел на Эдиву.

Она была великолепна в янтарно-золотистом платье, красиво оттенявшем ее белокурые волосы. Ее гладкая матовая кожа, пухлые мягкие губки, округлые груди, соблазнительно обрисовывающиеся под платьем, — все вызывало в нем страстное желание. Он ощутил возбуждение, что было сейчас совсем неуместно.

Отведя от нее взгляд, Жобер вздохнул. Трудно поверить, что не так давно он принял ее за мужчину. Должно быть, он тогда плохо соображал, ослепленный яростью, вызванной засадой мятежников. Она была среди врагов, а их он не особенно разглядывал.

Однако теперь в ней не было ничего воинственного. Она была женственна. Она была прекрасна. Она была воплощением его мечты.

Неужели Алан прав и Эдива действительно хочет усыпить его бдительность и погубить?

Жобер бросил кусок мяса другой собаке и снова взглянул на Эдиву. Она сидела не поднимая глаз от своей тарелки. Наверное, старалась вести себя, как подобает настоящей леди. А может быть, она просто что-нибудь скрывает?

Ему не давало покоя предостережение Алана. Он обвел взглядом заполненный людьми зал. Все старались наесться до отвала мяса, хлеба, овощей, чтобы вспоминать об этом пиршестве всю долгую голодную зиму. Но за столами было меньше народа, чем он ожидал. Где же остальные саксы, которые на его глазах вошли в ворота крепости?

Жобер обвел взглядом своих людей, чтобы удостовериться, что никто из них не выпил лишнего.

Отсутствие вина на столах было ему на руку. Саксы — от детей до стариков — с удовольствием угощались элем из глиняных кувшинов. Но большинство его людей были вопреки обыкновению трезвы. Им не нравился горьковатый привкус излюбленного напитка саксов.

Жобер позволил себе немного расслабиться. Ему было что праздновать. Вот он сидит здесь, на хозяйском месте, в собственном доме, а рядом с ним сидит прекрасная дама...

В этот момент его внимание привлек какой-то шум в глубине зала, и его рука легла на эфес меча.

Поднявшись на ноги, он увидел двух разъяренных мужчин. Вокруг них уже собралась толпа и слышались возбужденные голоса.

Жобер поднялся из-за стола и подошел к спорщикам.

— Что происходит? — спросил он.

— Милорд, — вызвался объяснить ситуацию рыцарь по имени Жиль, — судя по всему, рыцарь Жозеф сказал что-то такое, что мельник воспринял как оскорбление. Хотя как он мог понять наш язык?

Жобер развернул сакса лицом к себе и увидел того самого человека, который не желал ему подчиниться в первые дни его пребывания в Оксбери.

— Ага, — сказал он, — значит, ты понимаешь нашу речь?

— Я тебя предупреждал, что этот мельник — большой хитрец, — сказал стоявший рядом Алан.

Жобер стиснул зубы. Придется наказать мельника. Это может испортить праздничное настроение, но ничего не поделаешь.

Чувствуя некоторую неловкость, он взглянул в сторону Эдивы. Ее за столом не было.

Жобер обвел взглядом зал. Ее не было нигде. Он насторожился и только было хотел спросить, не видел ли кто-нибудь леди Эдиву, как в зал вбежал один из рыцарей с криком: «Пожар! Кухня горит!»

— Как ты мог поджечь кухню? — яростно прошипела Эдива.

— Заткнись, Эдива! — прокричал в ответ Бьернвольд. — Нам нужно было чем-то отвлечь их. Кухню можно восстановить, так что это не имеет значения.

Они стояли в тени амбара, откуда была видна горящая кухня. Вокруг них собирались саксонские мятежники — два десятка мужчин, вооруженных крепкими палками, ножами и короткими мечами, извлеченными из старого тайника Леовайна.

Увидев их, Эдива чуть не разревелась от отчаяния. Не было ни малейшей надежды на то, что они могут победить хорошо вооруженных норманнов.

Вспомнив о поджоге кухни, Эдива рассердилась еще сильнее. Не так-то просто будет восстановить кухню! Огонь уничтожил кухонную утварь, каменную печь, разделочные доски и прочее. Ради чего?

— Лучше вам всем вернуться в лес, — сказала она. — У вас нет ни малейшего шанса победить.

— Не слушайте ее, — обратился к собравшимся Бьернвольд. — Насколько мне известно, она уже носит в своем чреве нормандского ублюдка. Да и что Эдива знает о военном деле? Ей ли говорить, что мы не сможем победить? Я считаю, что мы должны надеяться на победу!

Эдива сделала попытку воззвать к разуму своих соплеменников. Сильные руки схватили ее сзади за плечи, и знакомый голос прошептал на ухо:

— Ты нам нужна, Эдива. Иди и найди главного норманна. Когда его убьют, его люди не станут слишком яростно драться. Главное теперь, чтобы ты привела его к нам.

Оглянувшись, она увидела Годрика.

— А где Элнот? — спросила она. — Он здоров?

— Мы не взяли его с собой. С ним остались и другие юноши. Мне показалось, что так будет лучше. На случай, если мы проиграем.

Эдива закрыла глаза. Если она не убедит их в бесполезности этой затеи, саксонская кровь прольется на крепостном дворе. Надо предотвратить это.

— Я сделаю то, о чем вы просите, — сказала она Годрику.

— Вот и умница, — прошептал он.

Во дворе царила суматоха. Огонь мог перекинуться с пристройки на замок. Рыцари вместе со слугами таскали ведрами воду из колодца. Все работали не щадя сил. Нельзя было допустить дальнейшего распространения пожара.

Эдива поискала глазами норманна. Насколько она его знала, он должен находиться со своими рыцарями. Распоряжаться и поддерживать, подбадривать людей.

Она пошла к догоравшей кухне. Там дымились толстые бревна, поддерживавшие крышу. Все остальное было уничтожено огнем. Неподалеку стояли расстроенные слуги и рыцари. Среди них Эдива увидела Бьерфлад, повариху, и схватила ее за руку.

— Слава Богу, что ты не пострадала!

Лицо Бьерфлад было испачкано сажей. Она печально покачала головой:

— Мне повезло. А вот Эдельма и Вульфгет пострадали.

— Вульфгет?! — охнув, воскликнула Эдива.

Бьерфлад кивнула:

— Бедняжка надышалась дыма и потеряла сознание. А Эдельма получила ожоги, пытаясь вытащить из огня большой котел. Хозяин и один из его людей унесли их обеих в зал.

— Надо пойти к ним, — сказала Эдива.

В зале жались к стенам перепуганные жители деревни. Жена мельника схватила за рукав проходившую мимо Эдиву.

— Что с нами теперь будет?

— Ничего, — ответила Эдива. — Пожар удалось потушить. Скоро все смогут вернуться домой.

— Вы уверены? А что, если нас запрут здесь, а потом казнят?

— Не бойтесь, ничего плохого не случится.

Эдива пошла дальше, но тут ее остановил мельник.

— Солдаты не позволяют мне уйти из зала. Я опасаюсь худшего!

— Полно тебе говорить глупости. Чего ты боишься?

— Разве вы не видели, как я набросился с ножом на одного из них?

— Что за дурацкая выходка! Почему ты это сделал?

— А я не сожалею об этом! — с вызовом сказал мельник. — Я не мог позволить ему говорить такие вещи о своей жене. Что за мерзавец! Сначала изнасиловал мою жену, а потом еще насмехается надо мной!

Эдива вздохнула. Она не хотела вникать в эту историю. У нее своих забот хватает.

— Тебя, наверное, накажут за нарушение спокойствия во время праздника, — сказала она. — Я думаю, что все ограничится поркой. Тебе не следовало набрасываться на рыцаря. Радуйся, что остался жив. — Эдива перевела взгляд с разгневанного мельника на его миловидную жену. — Мы все находимся под властью норманнов. Не забывай об этом.

— А мятежники? Разве они не придут освободить нас?

Эдива встревоженно окинула взглядом зал. Рыцарей поблизости не было, но она испугалась.

— Мне ничего не известно ни о мятежниках, ни об их намерениях, — сердито прошептала она в ответ.

Эдива направилась туда, где стояли кухарки и судомойки. На скамье лежала Эдельма, прижимая к груди обожженную руку. При виде хозяйки она попыталась сесть.

— Я смазала ожог салом, — сказала девушка. — Но все равно рука очень болит.

— Лежи. — Эдива дотронулась до ее плеча. — Я принесу тебе целебную мазь, только сначала посмотрю, что с Вульфгет.

При виде Вульфгет у Эдивы защемило сердце. Девушка была бледна и дышала с трудом.

Эдива чувствовала себя виноватой. Ведь она обещала родителям девушки, что та будет здесь в безопасности. Если бы она предупредила Жобера о том, что замышляют ее братья, то, возможно, смогла бы предотвратить несчастье.

Скоро мятежники, ожидающие ее возле амбара, поймут, что она не собирается приводить к ним норманна, и начнут атаку. Она должна найти способ остановить их.

— Отдохни, — сказала Эдива несчастной девушке. — Я скоро вернусь.

Она нашла Жобера у входа в зал. Он стоял в окружении десятка рыцарей.

— Как чувствуют себя пострадавшие женщины? — спросил Жобер.

— Не очень-то хорошо.

Он сочувственно кивнул.

— А где были вы, леди Эдива? — вдруг спросил Алан. — Почему вы не тушили пожар? Ведь он угрожал вашему дому.

— Я навещала пострадавших.

— Но когда мы спасали их, вас там не было. Еще более странно, что вас даже не было в зале, когда подняли тревогу. — Он взглянул на Бревриена. — Жобер тоже заметил это, не так ли?

Норманн пристально смотрел на нее. Сейчас был самый подходящий момент, чтобы сказать ему о мятежниках. Но она не могла. Он и его люди убьют ее братьев и всех остальных.

— Мне нужно выйти из крепости, — сказала Эдива. — У жены мельника есть травы, помогающие при ожогах.

— Но в спальне наверху полно всяких целебных трав, — напомнил Жобер.

— Таких нет.

— Ты собираешься сейчас покинуть крепость? — нахмурившись, спросил Жобер.

— Хитро придумано! — воскликнул Алан. — Она уйдет из крепости, и это послужит сигналом для нападения мятежников.

— Тебе нельзя идти одной, — сказал норманн. — Это небезопасно.

— Я и не собираюсь идти одна, — ответила Эдива. — Я хотела бы, чтобы ты сопровождал меня.

— Я возьму с собой Роба и Хеймо, — сказал Жобер. — Все мы будем вооружены. Не думаю, что горстке саксов удастся с нами справиться.

— А что, если их больше, чем ты предполагаешь? Нет, милорд. Мы не можем так рисковать!

— Я с удовольствием выманил бы этих трусов из леса. Из-за них у меня нет покоя. Знаю, что они только и ждут удобного случая. Я готов сразиться с ними хоть сейчас. Побыстрее надо покончить с этим.

Эдива тяжело вздохнула. То, что она затевала, было рискованно. Норманн уйдет вместе с ней из крепости. Ведь ее братья хотят убить его. Но тогда они захватят крепость. Этого Бреврием ей никогда не простит.

— Я не могу ждать, милорд, — сказала она. — Эдельма страдает от боли. Надо побыстрее принести травы.

— Идем, — решительно произнес Жобер.

## *Глава 11*

Ночь была прохладная и ясная, на черном бархате неба были рассыпаны звезды. Оказавшись за крепостной стеной, Жобер с наслаждением вдохнул чистый воздух. Во дворе крепости еще стоял дым.

— Чертовски жаль, что сгорела кухня. — Жобер повернулся к Эдиве. — Только-только начали есть хорошую пищу...

Он не сомневался, что кухню кто-то поджег. Пожар начался не от искры или уголька, выпавшего из печи. Это, несомненно, было сделано, чтобы отвлечь внимание. Однако саксы не атаковали. Почему? Чего они хотели? Чтобы рыцари вышли из зала во двор? Нет, их хитрость заключалась в другом. Выманить рыцарей из крепости с помощью женщины, а потом нанести удар.

Он недоверчиво взглянул на Эдиву. Конечно, саксонку возмущает то, что норманны хозяйничают в ее доме. Теперь Жобер опасался, что она что-то затевает. Для того чтобы изгнать его из Оксбери, она, видимо, способна на все.

Куда Эдива ведет его? В ловушку? Если саксов будет больше десятка, он не сможет их одолеть.

Зачем он согласился идти в деревню? Зачем он идет следом за женщиной, которая, судя по всему, ведет его к гибели? Хочет убедиться, что ошибается? И что ей не безразлична его судьба?

Только какой-нибудь желторотый мальчишка-оруженосец мог бы рисковать жизнью, полагаясь на доброе сердце женщины. Так ведь это не какая-то нежная дева, а предприимчивая саксонка с бешеным характером. Нежность, которую она случайно проявила по отношению к нему, была, конечно, игрой. Почему бы ему не посмотреть правде в глаза: она его ненавидит и желает ему смерти!

Жобер взглянул на видневшийся впереди красивый силуэт Эдивы. На празднике она выглядела великолепно.

Платье теперь пропахло дымом и испачкалось. Но в свете луны она представлялась ему сказочной принцессой.

Жобер подошел к ней ближе. Он решил, что не будет больше потакать ее капризам. Она отдалась ему один раз. Он позаботится о том, чтобы это повторилось. Не будет вести себя, как обходительный, терпеливый рыцарь. Пора заставить ее принять завязавшиеся между ними отношения.

Прислушиваясь к тяжелым шагам своих людей у себя за спиной, Жобер вдруг пожалел, что взял с собой сопровождение. Ему было бы приятнее пройтись с Эдивой наедине. И кое-что обсудить.

Он остановился на тропинке. Они были уже возле деревни. Если на них нападут, то это произойдет где-то здесь и скоро.

— Идите вперед, — велел Жобер своим людям. — Обыщите все вокруг и убедитесь, что нет засады.

— А как же вы и леди?! — воскликнул Роб.

— За нас не беспокойтесь.

Рыцари исчезли в темноте. Эдива затаила дыхание. Именно этого момента она и боялась. Норманн, наверное, хочет сказать, что ее обман раскрыт.

Он подошел еще ближе и притянул ее к себе. Она чувствовала жар, исходивший от его сильного тела. Наклонившись к ней, он прошептал:

— Где мятежники? Они наблюдают за нами? Ты предашь меня после поцелуя?

Он припал губами к ее губам. Соски Эдивы немедленно напряглись, между бедер стало жарко.

Отпустив ее и отступив на шаг, он наблюдал за ней.

Она чувствовала на себе его пристальный взгляд, и ее тело откликнулось дрожью желания. Несмотря на ужасные события нынешнего вечера, ее страсть к этому человеку ничуть не уменьшилась. И утолить это мучительное до боли желание мог только он.

Ей хотелось забыть обо всех — о своих братьях, о других норманнах, о слугах и деревенских жителях. Не думать ни о ком, кроме этого рыжеволосого рыцаря. Подчиниться захватывающему чувству, которое он у нее вызывает. Ответить на страсть, которую она видела в его взгляде.

— Жобер, — прошептала она, — я не предам тебя.

Он с облегчением вздохнул и наклонил голову, чтобы снова поцеловать ее. Губы его были такие теплые, а грудь такая сильная и надежная. Она обвила руками его шею и прижалась к нему. Его бедро оказалось между ее ног, там, где и без того все горело от возбуждения. Эдива застонала.

— Счастье мое, — прошептал он между страстными поцелуями. — Больше всего я хотел бы, чтобы мы были одни и чтобы никто не смог помешать нам.

Эдива ответила, что тоже хотела бы этого.

— Жобер, — раздался голос Роба. — Ох... извините, сэр. Я обыскал деревню, все спокойно.

Жобер выпустил Эдиву из своих объятий.

— Спасибо, Роб, — сказал он и взял Эдиву за руку. — Пойдем же и отыщем эту траву, которая тебе так нужна.

Они торопливо направились к дому мельника. Один из рыцарей открыл перед Эдивой дверь, другой освещал ей дорогу факелом.

Она окинула взглядом комнату. Большинство женщин хранит целебные травы или в кухонном шкафу вместе с продуктами, или рядом с постелью. Эдива стала подниматься по скрипучей деревянной лестнице, слыша за спиной тяжелые шаги норманна.

— Тебе достаточно света? — спросил он, когда она добралась до верхней ступеньки.

— Да, вполне.

Наверху лежал соломенный тюфяк с подушками и одеялами. Рядом стоял большой сундук. Свету было все-таки маловато. Эдива открыла сундук и стала в нем рыться.

— Я нашла то, что нужно, — сказала она, показав Жоберу небольшой мешочек.

— Тогда спускайся быстрее. А то я заберусь к тебе, чтобы проверить, насколько удобна постель мельника.

— Если ты поднимешься сюда, то не сможешь разогнуться. — Эдива засмеялась. — Проткнешь головой крышу.

У ворот их встретил Алан с другими рыцарями.

— Ничего не случилось? — с беспокойством спросил он.

— Нет.

— Должно быть, что-то их напугало. Не могу поверить...

— Забудь об этом, Алан, — сказал Жобер. — Отпусти саксов. Опасность миновала, и им не терпится вернуться домой.

— Стоит обыскать их.

— Думаешь, они обокрали нас?

— Конечно. Эти мерзавцы воруют все, что плохо лежит или не приколочено гвоздями.

— Если прихватят с собой хлеба и жареного мяса, мы не обеднеем. Пусть возьмут.

— Но я говорю об оружии и ценных вещах.

Жобер обернулся к Эдиве:

— Значит, они украдут у своей госпожи. Что ты скажешь? — спросил он, глядя ей прямо в глаза. — Следует обыскать твоих людей?

Она покачала головой:

— Нет. Не думаю, что они много унесут. Люди видели твою щедрость и поверили, что ты не позволишь им зимой голодать.

— А оружие? — спросил он. — Не думаешь, что они могут украсть у нас оружие?

— Они наверняка поняли, что ты защитишь их лучше, чем они сами смогут защитить себя.

— Черт возьми, нельзя ей верить! — возмутился Алан.

— У нас нет никаких доказательств, что Эдива нас обманывала, — сказал Жобер.

— Она покинула зал до того, как подняли тревогу, и потом не объяснила, куда ходила.

Эдива замерла, испугавшись, что слова рыцаря все испортят. Но Жобер ответил:

— Ей не нужно оправдываться всякий раз, когда нужно отлучиться.

— Но, милорд...

— Разговор закончен, — заявил Жобер тоном, не допускающим возражений.

— Я пойду в зал, — сказала Эдива. — Нужно быстрее приготовить отвар из трав.

— Кстати, скажи крестьянам, что они могут вернуться в деревню.

— Как нам быть с мельником? — спросил Алан.

Жобер потер подбородок.

— Наверное, следует его наказать. Не из-за ссоры с рыцарем. Но за то, что солгал мне. — Он положил руку на плечо Эдивы. — Как вы посоветуете мне поступить, миледи? Если я проявлю к нему милосердие, может быть, он перестанет противиться моей воле?

— Прикажите своим людям оставить в покое его жену. Тогда он будет делать все, что вы захотите.

Жобер кивнул:

— Это будет непросто сделать. Жозефу, кажется, она приглянулась. Но для Оксбери важно, чтобы мельник хорошо работал. Поэтому я поговорю с Жозефом.

Эдива пошла было в дом, но свернула к амбару. Ни братьев, ни их людей там не было. Должно быть, они ушли, поняв, что она не собирается приводить к ним Жобера. На душе у нее стало легче.

Проходя мимо пожарища, она услышала тихий свист. В темноте под стеной замка стоял Годрик. У нее екнуло сердце.

— Что ты здесь делаешь? — прошептала она. — Где все остальные?

— Ушли, — с горечью ответил он. — Эти дуралеи никак не могли договориться между собой о том, что делать дальше, и мы упустили свой шанс. Почему ты нас подвела, Эдива? Если бы их предводитель оказался у нас в руках, мы без труда одолели бы их. Неужели он стал тебе дороже твоих родных братьев?

— Он сделал много хорошего для Оксбери. Если бы вы пришли и сказали, что готовы служить ему...

— Ни за что! Да я скорее умру, чем буду служить нормандским свиньям!

Эдива покачала головой. И в этот момент ее окликнул знакомый голос. Быстро повернувшись, она увидела Жобера. Он стоял в нескольких шагах от нее.

— Все в порядке? — спросил Жобер. — Ты сказала, что идешь в зал, чтобы приготовить лекарство.

— Я... я остановилась поговорить кое с кем, — растерянно пролепетала Эдива и, оглянувшись, увидела, что Годрик исчез.

— Кто это был? — спросил Жобер.

— Так, один из пастухов. Он живет не в деревне.

Жобер подошел ближе:

— Мужчина на вид крепкий и сильный. Нам такие потребуются, когда начнем весной ставить каменную крепостную стену.

— Не уверена, что он захочет служить у тебя, — сказала Эдива. — Мне кажется, парень предпочтет жить в нищете, но не станет работать на норманна.

— Жаль. Эти люди скоро поймут, что им нет места в Англии, которой правит теперь король Вильгельм.

Голос Жобера звучал спокойно, и Эдива не могла понять, поверил ли он ее объяснениям.

— Иди в дом. Тебе же надо приготовить лекарство.

В зале Эдива увидела, что Эдельме стало лучше. Она сидела на скамье и с аппетитом ела. Но состояние Вульфгет ухудшилось. Девушка сильно побледнела и с трудом дышала.

— Ну, принесли то, что нужно? — спросила Бьерфлад.

— Да, сейчас приготовим отвар. Принеси воды и поставь на огонь. А я поднимусь наверх за другими травами.

Эдива торопливо поднялась в спальню. К счастью, ее мать разбиралась в целебных свойствах трав и научила ее кое-чему. Надо взять щепотку листьев тимьяна, чтобы смягчить кашель Вульфгет, и добавить макового отвара, чтобы облегчить боль.

Эдива зажгла лампу возле кровати и направилась к шкафчику, где у матери хранились травы. Взяв нужное количество тимьяна, она вспомнила о мешочке, который взяла в доме мельника. Разглядев семена при хорошем свете, она обнаружила, что принесла тмин. Нет, угоревшей это не нужно.

Эдива засмеялась, сообразив, зачем мельник хранил тмин. Он боялся, что его миловидная молодая жена захочет более сильного, чем он, мужчину. Поэтому запасся на всякий случай средством, помогающим в такой ситуации.

Эдива стояла, не зная, что ей делать с этими семенами. Уж конечно, норманну подобное лечебное средство ни к чему! Его возможности, похоже, безграничны. Кажется, он только и думает о постели, когда на нее смотрит.

Отвар для Вульфгет приготовили быстро.

Девушка пила медленно, отдыхая между глотками. Потом глаза ее закрылись, и она, хрипло дыша, откинулась на подушку.

Эдива, нахмурив лоб, некоторое время наблюдала за ней. Мысль о том, что эта юная крестьянка может умереть, снова вызвала у нее острое чувство вины. Ведь она обещала ее родителям присмотреть за Вульфгет. Кто мог подумать, что опасность возникнет не от нормандских рыцарей, а от ее соплеменников?

Эдиву охватил гнев. Братья не учли, что от пожара могут пострадать ни в чем не повинные люди, саксонцы!

— Как она себя чувствует? — спросил, подойдя к ней, Жобер.

— У нее слабое дыхание. Если начнется жар, я едва ли смогу помочь.

— Жители деревни ушли. Меня удивило, что их так много. За столом в зале крестьян было гораздо меньше.

Эдива промолчала. Ее радовало, что братья и их люди убрались из крепости. Но, кажется, Жобер догадался о том, что затевалось. Он и ее считает участницей?..

— У тебя усталый вид, Эдива, — сказал Жобер. — Может, тебе лучше подняться в спальню?

— Ты придешь? — сглотнув подступивший к горлу комок, спросила Эдива.

Глаза его блеснули. Он тихо ответил:

— Приду позднее. У меня еще есть кое-какие дела.

Он лежал с открытыми глазами. Скамья под ним казалась невыносимо жесткой. А в спальне наверху постель была такая удобная. Он, как хозяин, имел полное право спать там, не говоря уже о праве воспользоваться другими удовольствиями, которые могло предложить Оксбери.

Глупо отказывать себе. Эта женщина явно хочет спать с ним. Даже горит желанием. Если окажется, что она коварная, лживая мерзавка, он все равно получит удовольствие.

Так почему бы ему не подняться по лестнице и не забраться в мягкую постель? Он сожмет саксонку в своих объятиях, придавит своим телом и ощутит жар у нее между бедер.

Дрожь волной прошла по его телу.

Нет, он не пойдет к ней. Алан твердит, что она предательница. Трудно в это поверить. Но возможно, разобраться во всем ему мешают чувства. Его власть в Оксбери пока слабовата. Сегодня едва удалось избежать нападения.

Жобер понял, что мятежники побывали в крепости. Он видел, как Эдива разговаривала с одним из них. С высоким, хорошо сложенным саксом. Может быть, со своим любовником?

Нет, Эдива, когда он овладел ею, была девственницей. И если даже она испытывала нежные чувства к одному из воинов своего отца, то это осталось в прошлом.

Жобер вспомнил, как растерялась Эдива, когда он обнаружил ее в тени у стены замка. Он не расслышал, о чем она говорила с саксом, но они ссорились. Может быть, Эдива убеждала мятежников отказаться от нападения? Может быть, она пыталась помочь ему, Жоберу?

Его привязанность к Дамарис чуть не стоила ему жизни. Влюбляться в женщину опасно. Тем более опасно, если эта женщина — пылкая чертовка, соплеменники которой твои смертельные враги!

Эдива была не из тех, кого можно заставить подчиниться воле завоевателя. Она будет делать то, что считает правильным, не раздумывая о последствиях. Вот почему необходимо убедить Эдиву, что самое разумное для нее — поддерживать его! Она, очевидно, сильно привязана к Оксбери и к людям, которые здесь живут. Если бы ему удалось внушить ей, что для него важнее всего благоденствие Оксбери! Тогда, возможно, она перешла бы на его сторону.

И все же Жобер не был уверен в ней. Он не мог забыть, что она связана кровным родством с некоторыми мятежниками. А кто для нее он? Пришелец, захватчик... Однако она отдалась ему по доброй воле, он нравится ей... Но не окажется ли зов крови сильнее страсти?.. И может быть, ее забота о благополучии Оксбери объясняется лишь тем, что она хочет сохранить поместье для себя.

Жобер ворочался на скамье, пытаясь улечься поудобнее.

## *Глава 12*

Эдива проснулась от стука и грохота. Она подумала, что начали сносить то, что осталось от кухни.

В окно пробивался слабый свет. Во дворе она увидела Жобера. Он отдавал распоряжения своим людям. Похоже, поднялся хозяин рано. А может быть, и вовсе не спал. Во всяком случае, в спальню он не пришел.

И это после его многообещающих слов и взглядов? Наверное, Жобер считает ее предательницей и ему неприятно находиться рядом с ней. Плохо, что он видел, как она разговаривала с Годриком. У него возникли подозрения.

Но только ли в этом дело? Ее вдруг одолели сомнения. Глупо думать, что норманн питает к ней теплые чувства. Он хотел бы заставить ее признаться в связи с мятежниками.

У нее защемило сердце. Возможно, она вообще не интересна ему. Он получил, что хотел. Лишил ее девственности — раз. Привлек к управлению поместьем — два. Добился поддержки обитателей Оксбери — три.

Эдива тяжело вздохнула и принялась одеваться. Она вдруг вспомнила разговор с Голдой. Та с насмешкой сообщила, что Жобер собирается жениться на какой-то богатой норманнке. Вот как! Значит, на родине у него есть невеста. Она будет носить его имя и родит ему детей. А пока есть Голда, любовница... Так нужна ли ему она, Эдива? Разве только для того, чтобы управлять его хозяйством и облегчать общение со слугами и жителями деревни.

Совсем приуныв, Эдива принялась расчесывать волосы. Братья когда-то смеялись над ней, говорили, что она лишена женственности и что ни один мужчина не захочет ее, разве что соблазнится ее богатым приданым. А теперь у нее даже приданого нет. Норманн завладел ее землями.

Эдива пыталась справиться с нарастающим гневом и отчаянием. Норманн переспал с ней всего один раз, и ей показалось, что ему это понравилось. Он часто говорил ей ласковые слова, а в его взгляде нельзя было не заметить искреннее восхищение. Может быть, она все-таки нравилась ему хоть немножко?

Но этого недостаточно!

Эдива отложила в сторону гребень и принялась заплетать косы. Глупо размышлять о подобных вещах, ведь у нее есть более серьезные заботы — здоровье Вульфгет... восстановление кухни...

Как только Эдива появилась в зале, к ней подошла встревоженная Бьерфлад и сообщила, что Вульфгет стало хуже. Она опасалась, что у девушки начинается лихорадка. Эдива посоветовала поить ее отваром ивовой коры. Если это не поможет, придется привести к ней знахарку.

За знахаркой Хельвенной нужно будет снова идти в деревню. Эдива не знала, как к этому отнесется Жобер. Ему, возможно, покажется странным, что она ничего не сказала о знахарке прошлой ночью, заявив, что будет сама лечить молодую крестьянку. Но Эдива просто забыла о Хельвенне. Она думала лишь о том, как увести норманна из крепости, вот и соврала про мельничиху и ее запасах целебных трав.

Эдива вышла во двор и направилась к пепелищу. Там были и крестьяне. На двух языках, чтобы ее могли понять и саксы, и норманны, она распорядилась проверить, нет ли в грудах углей и пепла сохранившейся утвари, которую можно было бы отмыть, отчистить и использовать снова.

* * *

— Уверен, что это был поджог. Кто-нибудь из саксов знает, чьих рук это дело, — сказал Алан. — Если на них как следует надавить, они все нам расскажут.

— Ты имеешь в виду пытки?

Алан пожал плечами:

— Возможно, удастся обойтись угрозами. Слуги и жители деревни дрожат от страха. Думаю, если запугать их, они выдадут мятежников.

Жобер оглядел кольчуги и шлемы, развешанные на крючках вдоль стены конюшни.

— Какая нам будет польза, если ты заставишь их говорить? — спросил он. — Ну, назовут они имена поджигателей. Но тех еще надо поймать. Что, отправляться в лес на поиски лагеря мятежников?

— Почему ты уверен, что это сделали мятежники? Поджечь кухню мог кто-нибудь из слуг или жителей деревни.

— Я знаю, что вчера мятежники были в крепости.

— Возможно, один или двое — не больше, — сказал Алан.

— Не один и не два, а все!

— Но как они смогли проникнуть сюда?

— Скажи, ты можешь отличить крестьянина от воина из дружины Леовайна? Они были здесь. Я подсчитал, сколько саксов прошло через ворота в крепость и сколько сидело в зале. Понимаешь? Лесные люди не пошли в зал.

— Чтобы не выдать себя? — уточнил Алан. — И чтобы напасть на нас?

— Верно, — подтвердил Жобер. — Враги были здесь. Они и устроили поджог.

— Но почему же они не напали на нас? — спросил Алан.

Жобер поскреб небритый подбородок.

— Не знаю. Я думал над этим всю ночь, но нашел только одно объяснение. Это Эдива убедила их уйти, отказавшись от нападения.

— Эдива, говоришь? — Алан насмешливо фыркнул. — Она что, не хотела бы освободить свой дом от нас, ненавистных норманнов?

— Эдива беспокоится за своих людей и, должно быть, понимает, что вооруженная стычка внутри крепости обернулась бы для них бедой.

— Но и мятежников она поддерживает. Я уверен, что с кем-то из них она связана кровным родством!

Жобер вздохнул и согласился с Аланом.

— Совершенно ясно, что ты к ней неравнодушен, — с сочувствием сказал Алан. — И именно поэтому ты не можешь быть беспристрастным. Это не какая-нибудь нежная дева вроде Дамарис. Вспомни, где мы нашли Эдиву. В лесу среди мятежников. Значит, она пошла воевать с нами. Теперь, думаешь, в ней что-то изменилось?

— Возможно, ты прав. Когда я вижу ее в женском платье (а особенно совсем без одежды, мысленно добавил он), я забываю о том, какой воинственной она может быть.

Алан кивнул:

— Откровенно говоря, я с опаской отношусь к саксонкам. Хотя на некоторых из них приятно посмотреть. Никогда не женился бы на саксонке, разве что приказал бы король. Когда вернусь в Руан, женюсь на какой-нибудь порядочной норманнке. — Алан рассмеялся.

Жобер подумал, что прежде тоже старался не связываться с саксонками, но ничего не получилось. В самом начале он надеялся, что благодаря Эдиве упрочит свое положение в недавно обретенном поместье. Только это его и заботило. Но за последние несколько недель все изменилось. Он страстно влюбился в Эдиву, и она заняла так много места в его мыслях и сердце, что он даже и не вспоминал о Дамарис.

— Скажи, у тебя когда-нибудь была девственница? — спросил он у Алана.

Алан покачал головой:

— Нет. Девственницу можно заполучить, только если собираешься жениться. А я пока не осмеливался даже думать об этом.

Жобер вспомнил, какое блаженство испытал в постели с Эдивой. Может быть, это показалось таким необычным, потому что она была девственницей?

Сигнал тревоги, прозвучавший у ворот, вывел его из задумчивости. Он схватился за меч и выскочил во двор. Следом за ним устремился Алан.

Эдива находилась в кладовой. Она пыталась сообразить, что люди будут есть, пока не восстановят печь. Вдруг послышался какой-то шум. Она выбежала во двор и быстро заперла дверь ключом, висевшим у нее на поясе.

Ее одолевали тревожные мысли о братьях. Неужели они напали на крепость средь бела дня? Она увидела, что несколько рыцарей, облаченных в доспехи, подъехали к воротам крепости. Жобер вышел им навстречу. Он был без кольчуги, только в тунике и штанах, которые она ему сшила. Но выглядел лорд великолепно — ростом выше всех остальных мужчин, с развевающимися на ветру длинными волосами.

Он обменялся приветствиями с гостями, когда те спешились. Оруженосцы сразу же увели коней в конюшню.

Эдива поспешила в зал. Следует ли ей тоже приветствовать гостей? Как поведет себя Бревриен? Как он ее представит им?

Усевшись в углу, она решила ждать. И вот вошли рыцари. Жобер де Бревриен предложил им сесть за стол, потом приказал служанкам принести вина. Женщины испуганно смотрели на него, не двигаясь с места.

Эдива сделала шаг вперед.

— Ах, и вы здесь, леди Эдива! — весело воскликнул Жобер. — Позаботьтесь, чтобы нашим гостям принесли вина.

— Милорд, — тихо сказала она, подойдя к нему, — кажется, вина больше нет.

— В конюшне есть еще один бочонок. Я велел своему оруженосцу припрятать его в нише, там, где развешаны наши доспехи. Скажите Уиллу, чтобы принес его вам.

— А как насчет еды? Печь разрушена, а хлеба после вчерашнего пира осталось всего несколько караваев.

— Принесите весь хлеб и все оставшееся мясо. Этого будет достаточно.

Эдива ушла, чувствуя, как у нее нарастает раздражение. Он обращался с ней, как со служанкой. Однако, с другой стороны, женщины всегда обслуживают мужчин — такова их доля. Она делает то, что делала ее мать, когда они принимали гостей.

— Это и есть дочь саксонского лорда? — спросил Айвин Мейси, когда Эдива вышла из зала.

— Да, — ответил Жобер. — И без ее помощи мне не удалось бы сделать так много за несколько недель нашего пребывания здесь. Она умелая хозяйка, к тому же довольно хорошо говорит на нашем языке.

— А ты не собираешься жениться на ней?

Вопрос привел Жобера в замешательство. Ведь он поклялся, что ни на какой другой женщине, кроме Дамарис, не женится.

— Кстати, король Вильгельм хочет, чтобы мы укрепляли свою власть на новых землях законными методами. Чтобы не возникло споров с церковью, — сказал Айвин. — Мне кажется, что женитьба на дочери Леовайна закрепила бы твое право на владение Оксбери.

Жобер кивнул. Лицо его было мрачным.

Гость усмехнулся:

— Понимаю! Ведь она — саксонка. Дикость! Невежество! Но считай этот брак просто средством достижения своей цели. А потом привезешь из Нормандии настоящую леди.

Айвин громко расхохотался, закинув назад голову.

— Леди Эдиву невежественной не назовешь, — задумчиво произнес Жобер. — По правде говоря, в хозяйстве она разбирается лучше, чем любая женщина из всех, кого я знал. А уж как искусно шьет и вышивает, как умеет рассчитать запасы еды...

— Полно тебе, не сердись, — прервал его Айвин. — Я не хотел тебя обидеть, Жобер. Если она тебе так нравится, попроси у короля Вильгельма разрешения на ней жениться.

Жобер продолжал беседовать с гостями и в то же время обдумывал слова Айвина. Взять в жены Эдиву? А что? Кажется, она не из тех, кто может предать собственного мужа. Но захочет ли она стать его женой? Не только женой, но и полноправной хозяйкой поместья, мысленно уточнил Жобер.

— Кстати, с нами приехал священник, — сообщил Айвин. — Вот отец Рейболд, которого направили сюда служить, и поможет тебе написать королю прошение.

— Но зачем прислали сюда священника?

— Вильгельм захотел, чтобы священников направили во все поместья, переданные его именем во владения норманнам.

Жобер приказал, чтобы отца Рейболда пригласили к столу.

— Лорд Бревриен, — появившись в зале, священник склонил голову перед хозяином поместья, — я направлен в Оксбери, чтобы удовлетворять духовные потребности его жителей. — Из сумки, висевшей через плечо, он извлек свиток. — Вот письмо от епископа.

Жобер взял бумагу.

— Хорошо, отец Рейболд. Добро пожаловать в Оксбери. Надеюсь, вам здесь понравится.

Священник улыбнулся, но серые глаза его остались холодными.

— Наш долг — заботиться даже о малой пичуге.

«Можно ли доверять ему?» — вдруг подумал Жобер.

В этот момент его люди внесли в зал последний бочонок с вином. Быстро наполнили кубки гостей. Жобер ждал, что слуги вот-вот внесут закуску. Эдива не показывалась. Может быть, она вообще не вернется в зал?

— Скажи, что привело тебя в Оксбери? Наверное, ты со своими людьми держишь путь на побережье?

— Нет, я приехал к тебе, Жобер, по поручению короля. В Глостершире мятежные саксы объединились с валлийцами и начали совершать набеги на земли Ральфа Беркли. Король Вильгельм хочет, чтобы ты со своими воинами помог Ральфу Беркли защитить его собственность от этих наглецов.

— Но у меня здесь тоже не спокойно, — возразил Жобер. — Вчера кто-то поджег кухню. Я уверен, что это дело рук скрывающихся в лесах саксов. Если я пошлю своих людей на помощь Беркли, то поставлю под удар свои владения.

— Король считает Глостершир самым важным и самым неспокойным местом на северной границе. А этот район он рассматривает как уже завоеванный. Король призывает на помощь не только тебя, но и всех остальных уилтширских лордов.

— Если я отправлю своих людей служить ему, некому будет защищать мою собственность.

Айвин кивнул:

— Поезжай сам, Жобер. Тогда тебе не придется брать с собой много рыцарей. Король ценит тех, кто уже проявил себя в борьбе с саксами. А у тебя такой опыт есть, Жобер де Бревриен.

Жобер задумался. Что будет лучше для Оксбери: отправить почти всех воинов или самому поехать с несколькими рыцарями?

А что будет с Эдивой? Его отъезд может многое прояснить. Если она выступит на стороне мятежников, устроит заговор против него, станет ясно, что нет никаких чувств, а просто она притворяется, мечтая изгнать его из поместья.

Прежде чем решить, жениться ли на ней, он должен знать наверняка, связана ли она с мятежниками.

— Беркли ожидает твоих рыцарей через три дня, — сказал Айвин. — Советую тебе поторопиться.

В этот момент в зал вошла Эдива. Следом за ней слуги внесли подносы с холодным мясом, корзинки с хлебом и круги овечьего сыра. Но внимание Жобера привлекла не еда, а сама Эдива. Она сменила повседневное платье на наряд из мягкой синей шерсти, цвет которого особенно красиво подчеркивал ее васильковые глаза, безупречную белую кожу и блестящие золотистые косы.

Жобер смотрел на нее, думая лишь о том, что надо немедленно попросить священника написать послание королю Вильгельму. Для него уже не имело значения, заговорщица она или нет. Он хотел эту женщину!

— Вы образцово ведете хозяйство, леди Эдива. Обитатели Оксбери должны благодарить Господа за то, что у них такая умелая хозяйка.

Эдива пробормотала слова благодарности священнику, но не поверила в его искренность. Его узкое лицо и острые серые глазки показались ей хитрыми, а манеры вкрадчивыми. Неудивительно, что Бреврием попросил ее проводить священника в часовню, а затем в его апартаменты. Похоже, что Жоберу, как и ей, было не по себе рядом с этим человеком.

— У вас отличная еда, — сказал священник, удаляя пальцем застрявшие между зубами остатки пищи. Эдива едва подавила дрожь отвращения, хотя ей было известно, что некоторые святые отцы, отрешаясь от мирской суеты, даже не моются. — Вам повезло, что огонь не затронул запасы продуктов. Пожары на кухне случаются часто. Но у вас, как я слышал, был поджог.

Эдива насторожилась, но тем не менее спокойно спросила:

— Кто вам сказал такое, святой отец?

— Один из рыцарей говорил о заговоре среди слуг. Якобы предполагалось отвлечь огнем внимание норманнов. А саксы тем временем напали бы на них внутри крепости.

— Ну, если это так, то их план не удался, — сказала Эдива, посмотрев священнику прямо в глаза.

Они подошли к часовне. Эдива открыла скрипнувшую дверь. Вставив в настенную скобу факел, она зажгла свечи.

— Здесь уютнее, чем я предполагал, — улыбнулся отец Рейболд. — Все так красиво.

— Отец постарался угодить моей матери.

Священник взглянул на Эдиву. В мерцающем свете свечей выражение его длинного лица почему-то показалось ей зловещим.

— Должно быть, вы ненавидите норманнов за то, что они отобрали у вас поместье?

Эдива насторожилась. Уж не попросил ли Жобер священника шпионить за ней?

— Новый хозяин, наверное, заставил вас спать с ним? — не получив ответа, снова спросил священник. — Этот Бревриен просто мужлан. Жаль, что король Вильгельм не отдал Оксбери кому-нибудь более достойному.

Его слова так поразили Эдиву, что она не удержалась и спросила:

— Что вы имеете в виду, святой отец?

Священник снова противно улыбнулся.

— Жобер де Бревриен — ничтожество, младший сын, у которого в Нормандии нет ни акра земли. Если бы не странная щедрость короля Вильгельма по отношению к тем, кто сражался при Гастингсе, этот Бревриен по сей день оставался бы безземельным рыцарем.

— Но он хорошо образован и благороден, — возразила Эдива. Суждения священника о Жобере возмутили ее. — И у него отличные манеры.

Священник бросил на нее сердитый взгляд:

— Не будьте дурочкой! Вы из богатой и знатной семьи. Такой человек, как Бревриен, вас не стоит.

Изумленная Эдива хотела спросить у него, что же ей делать, но тут скрипнула дверь.

Они обернулись и увидели в дверном проеме высокую фигуру Жобера де Бревриена.

Эдиву бросило в жар. Именно о нем только что шла речь. И хотя о нем отзывался нелестно священник, а не она, ей стало не по себе при его неожиданном появлении. Вдруг он подумает, что она в заговоре со священником?

— Ты показала отцу Рейболду, где он будет спать? — спросил Жобер.

— Нет, еще не успела, — ответила Эдива.

— Я сам это сделаю, — сказал Жобер. — А тебя разыскивает Бьерфлад.

Эдива направилась к выходу. Ему пришлось отступить на шаг, чтобы пропустить ее, но их руки на мгновение соприкоснулись.

Знакомая горячая волна желания прокатилась по ее телу, и лишь на полпути к замку ей удалось снова овладеть собой.

* * *

— Она настоящая красавица, не так ли? — сказал отец Рейболд, когда Эдива ушла.

Жобер кивнул. У него все еще кровь стучала в висках от возбуждения, охватившего его от прикосновения к ее руке.

— Я имею в виду — для саксонки, — добавил священник. — Красивый народ, но вероломный, коварный. Уверен, что королю еще не скоро удастся окончательно подчинить их своей власти.

Жобер настороженно взглянул на священника. Уж не сказала ли ему Эдива что-нибудь такое, что заставило его заподозрить ее в неискренности?

Отец Рейболд откашлялся:

— Мне говорили, милорд, что вы проявили щедрость по отношению к саксам. А они только и ждут удобного случая, чтобы прогнать вас отсюда. Вас это не сердит?

— Ну и как же, по-вашему, они собираются сделать это?

— В Оксбери все знают, что на кухне был поджог. Любой другой землевладелец на вашем месте не оставил бы это безнаказанным.

— Откуда мне знать, кто в этом виноват? Или вы считаете, что за проступок, совершенный несколькими людьми, должны страдать все саксы?

— Но вы обязаны подчинить своей воле население дарованных вам земель. Как известно, король Вильгельм не отличается терпимостью и может не понять вашу щепетильность в отношении тех, кто не соблюдает его законов.

Жобер с трудом сдерживал себя. Священник, похоже, занимается подстрекательством, пытается вывести его из равновесия. Зачем? Это пока было непонятно. Стараясь не выдать своего раздражения, Жобер спокойно спросил:

— Значит, вы недавно виделись с королем Вильгельмом, святой отец? И вам доподлинно известно все, о чем думает наш король?

Священник поднял голову.

— Я не имел чести находиться в присутствии короля со дня коронации. Повторяю лишь то, о чем говорят многие из его приближенных.

— Конечно, саксы не заслуживают доверия. Но ведь не все, — заметил Жобер. — Вот сейчас в лесах скрываются мятежники. Они-то готовы на все, лишь бы выгнать меня из Оксбери. Что касается крестьян, я уверен, в конце концов они признают меня как своего хозяина.

Священник пожал плечами:

— Поступайте, как считаете нужным, милорд. Надеюсь, вы не пострадаете из-за своей доверчивости. Насколько мне известно, король призывает вас помочь утихомирить саксов на севере. Надеюсь, в ваше отсутствие в поместье не произойдет ничего ужасного.

Жобер стиснул зубы. Слова священника лишь усилили одолевавшее его беспокойство. Да, неудачное время выбрал король, чтобы призвать его на службу. Еще бы недельки две, и он бы окончательно утвердил свою власть в Оксбери. А также разобрался бы в своих отношениях с Эдивой. Эта мысль напомнила ему о том, что он собирался сделать.

— Хочу поручить вам одно дело, святой отец, — сказал он. — Напишите от меня послание королю. Я прошу его разрешения на брак с леди Эдивой, чтобы укрепить свою власть в Оксбери.

* * *

— Завтра я покидаю Оксбери с отрядом воинов, чтобы помочь подавить восстание мятежников на севере.

Говоря это, Жобер внимательно наблюдал за Эдивой. Они были в спальне. Он попросил ее подняться сюда. Только здесь можно было поговорить, не опасаясь, что их кто-то услышит.

Он заметил огонек, промелькнувший в ее глазах. Удивление? Радость?

— Надолго ли ты уезжаешь?

— Я должен отслужить месяц, а если потребуется, то и больше.

Она кивнула.

— Кого ты оставишь здесь за главного?

— Сэра Алана.

На сей раз на ее лице отразилось явное неудовольствие. Или она не любила Алана, или догадывалась, что уж он-то сумеет защитить крепость, если мятежники вздумают сюда сунуться.

— Сколько человек ты берешь с собой?

«Скверно», — подумал Жобер. Ее вопрос мог означать лишь одно: она хочет определить, хорошо ли будет защищена крепость в его отсутствие.

— Я беру с собой всего десять человек. В крепости останутся сорок воинов.

Она снова кивнула. Какая сдержанная! Трудно было поверить, что они когда-то страстно занимались любовью.

Он невольно взглянул на кровать. И увидел, как вспыхнули ее щеки. Значит, она вспомнила то же самое.

— Ты хорошо управляла хозяйством. Надеюсь, ничего плохого не случится в мое отсутствие.

— Да, милорд.

Ему показалось, что в голосе ее прозвучала грусть. Неужели ей грустно, потому что он уезжает? Может быть, и для нее тот день, когда они занимались любовью, что-то значил? Он-то наверняка не сможет об этом забыть.

Жобер снова перевел взгляд на кровать. Долго же не увидит он ни Эдивы, ни этой огромной кровати. Будет спать где придется. Кровать!.. Здесь Эдива отдалась ему, прося о наслаждении. Какой жар исходил от ее прекрасного белого тела, как причудливо рассыпались по подушке ее золотистые локоны!.. Можно ли это повторить? Стоит лишь протянуть руку...

Эдива подавила тяжелый вздох. Он уезжает. Когда-то она мечтала об этом. Но теперь вместо радости испытывала грусть. При мысли о том, что она останется под суровым бдительным оком Алана и в обществе хитрого отца Рейболда, Эдиве стало не по себе.

А ее братья? Они воспримут отъезд Бревриена как сигнал к нападению на крепость. Неужели он не понимает, что ему нельзя уезжать из Оксбери?

Может быть, он устраивает ей проверку? Хочет узнать, на чьей она стороне? Вернувшись, он обнаружит, что Оксбери захватили мятежники, и тогда, несомненно, жестоко отомстит.

Его зеленые глаза потемнели. Она сразу заметила это. И все поняла. По ее телу прокатилась ответная волна желания. Если сейчас он протянет к ней руку, она не будет сопротивляться.

В этот момент раздался стук в дверь.

— Милорд, сэр Айвин просит вас спуститься вниз.

Жобер тяжело вздохнул и виновато улыбнулся.

— Я скоро вернусь, — сказал он и вышел из комнаты.

Перед тем как за ним закрылась дверь, она заметила ухмыляющуюся красивую физиономию Алана.

Эдива подошла к сундуку и рывком открыла крышку. Черт бы побрал этого Алана! Она была уверена, что этот болван нарочно помешал им. Ну что ж, когда-нибудь ему придется об этом пожалеть!

Эдива рывком сняла с себя платье и принялась расчесывать волосы.

## *Глава 13*

— Миледи, я хочу поговорить с вами, — тихо сказала Голда, склонившись к Эдиве, когда наливала ей в бокал эля за вечерней трапезой.

Эдива раздраженно передернула плечами. Ей было больно вспоминать, что Бревриен путался с этой смазливой служанкой. Он уехал так быстро, даже не зашел в спальню, чтобы попрощаться.

— Говори, — резко ответила Эдива.

Голда усмехнулась:

— Не здесь, миледи. У меня поручение от Бьернвольда.

Раздражение Эдивы сменилось тревогой.

— Где? — спросила она служанку.

— Если бы вы вышли из-за стола...

Эдива встала и направилась к камину. Они решили готовить пищу там, пока не будет восстановлена кухня. Голда, склонившись над котлом и помешивая варившиеся бобы, прошептала:

— Бьернвольд хочет поговорить с вами. Вы должны под каким-нибудь предлогом пойти в деревню. Там он вас встретит.

— Разве Бьернвольд не знает, что за мной следят? — тихо произнесла Эдива.

— Ему это известно. Но вы достаточно умны, чтобы обмануть норманнов. — Глаза Голды насмешливо блеснули.

Эдиве хотелось дать пощечину этой нахалке, но она сдержала себя.

— Скажи Бьернвольду, что я попытаюсь встретиться с ним, но для этого потребуется время.

— Не откладывайте встречу надолго. Вы же знаете, как нетерпелив ваш братец! Если вы не придете, то я должна буду, как велел Бьернвольд, пойти к сэру Алану и сказать ему, что вы помогали мятежникам.

Эдива пришла в ярость. Мало того, что эта потаскуха насмехается над ней, она еще ей и угрожает! Эдива постаралась придать лицу самоуверенное выражение.

— Ты переоцениваешь свои силы, голубушка. Алан Форней не так глуп, чтобы предпринимать какие-то действия до возвращения своего хозяина.

— Леди Эдива, вы очень плохо знаете мужчин, — промурлыкала Голда. — Этот норманн вас ненавидит. Дожидаться Жобера вы будете в подземелье.

Эдива поняла, что Голда права, и по ее спине пробежал холодок. Конечно, Алан даст волю гневу, если узнает, что она была заодно с мятежниками. Эдива пришла в ужас. Она не хотела снова испытать унижение. Разве сможет она потом смотреть в глаза людям, если будет подвергнута такому бесчестью?

Голда отправилась к столам. Эдива видела, как она склонилась к Алану, наливая ему в миску суп. Ее медового цвета коса упала на плечо норманна. Тот бросил на служанку похотливый взгляд.

Эдива поняла, что как ни неприятно, но ей придется подчиниться брату и пойти на встречу с ним. Нельзя было допустить, чтобы Голда оболгала ее.

Да ведь она и собиралась сходить в деревню. Состояние Вульфгет не улучшилось, поэтому Эдива решила обратиться за советом к знахарке.

Она подошла к столу, за которым сидел Форней.

— Сэр Алан, — обратилась она к нему, — помните ту молодую девушку, которая угорела во время пожара?

Форней кивнул, настороженно глядя на нее.

— Ей стало хуже. Я хотела бы поговорить со знахаркой, которая живет в деревне.

— Разве знахарка не может прийти сюда сама?

— У нее болят ноги. Старуха едва ходит. — Эдива помолчала и добавила: — Если вы мне не доверяете, можете пойти в деревню вместе со мной.

Он внимательно посмотрел на нее. Эдива выдержала его взгляд. Она не обманывает. Вульфгет действительно нуждается в помощи. Он сам убедится, когда увидит девушку.

Вульфгет лежала укрытая одеялом. Увидев Эдиву и Алана, она попыталась приподнять голову.

— Лежи, — сказала Эдива. — Мы пришли, чтобы помочь тебе.

Взгляд огромных фиалковых глаз Вульфгет остановился на рыцаре. Потом она перевела взгляд на Эдиву.

— Не бойся, — мягко произнесла Эдива. — Сэр Алан будет сопровождать нас. Мы пойдем в деревню к старой Хельвенне.

Слова Эдивы, похоже, не успокоили Вульфгет. Ее и без того бледное лицо побелело еще больше. Поразительно красивые глаза округлились.

Эдива взглянула на Алана.

— Она вас боится. Вы — один из тех, кто причинил много зла нашему народу.

— Я никогда не сделал бы ничего плохого такому нежному цветочку, — с улыбкой произнес он. — Скажите ей это.

Эдива недоуменно взглянула на рыцаря. Нежному цветочку? Вот как? Может быть, ему нравятся женщины хрупкие, нуждающиеся в защите?

Она снова повернулась к девушке:

— Вульфгет, ты можешь доверять мне. Я не привела бы сюда норманна, если бы думала, что он может причинить тебе зло. Ты не должна его бояться.

Девушка посмотрела на рыцаря и со вздохом откинулась на подушку.

— Она не сможет идти сама, — сказал Форней.

— Возможно, у нее хватит сил.

Форней покачал головой:

— Я понесу ее. Так будет лучше.

Он наклонился, чтобы поднять девушку. Эдива напряглась, опасаясь, что девушка разозлит его, если начнет вырываться.

Но ее опасения были напрасны. Вульфгет позволила рыцарю поднять ее, а когда он выпрямился, обвила худенькой ручкой его шею и спрятала лицо у него на груди.

— Она почти ничего не весит, — сказал Форней. — Хрупкая, словно птичка.

— Бедняжка уже много дней почти ничего не ест, — сообщила Эдива, когда они направились к выходу.

— Вы уверены, что она саксонка? Таких, как она, я здесь больше не видел.

— В ней, возможно, есть датская кровь, — предположила Эдива. — Но она родилась в Оксбери, и ее родители ничем не отличаются от прочих вилланов.

— Она девственница?

Эдиву удивил и разозлил вопрос рыцаря:

— Если ее не изнасиловали ваши люди, то она все еще девственница!

— Она не вынесла бы насилия, — задумчиво произнес Форней. — Так что скорее всего она осталась девственницей.

— Вы не собираетесь брать с собой еще кого-нибудь? — спросила Эдива, когда они подошли к воротам.

Форней поудобнее разместил у себя на руках хрупкую ношу.

— Вы думаете, в этом есть необходимость? Ваши соплеменники собираются напасть на нас?

Эдива стиснула зубы. Нет, этот человек невыносим!

— Мне неизвестны их намерения. Но мне кажется, что предосторожность не помешала бы. Бревриен, выходя за пределы крепости, всегда брал с собой охрану.

— А может быть, вы хотите выманить из крепости как можно больше норманнов?

— Думаете, я поведу вас в засаду с ней? — спросила Эдива, показав на Вульфгет. — Даже самый лучший из наших лучников не решился бы стрелять в вас, опасаясь за ее жизнь.

— Думаю, мятежников не беспокоит жизнь маленькой крестьянки, — возразил он. — Они не задумываясь принесли бы ее в жертву, если бы захотели убить меня. Это ведь из-за них она пострадала. Если бы эти разбойники не подожгли кухню...

Он прав, подумала Эдива. Ее братья и их люди пылают ненавистью к захватчикам, и им дела нет до того, что из-за них пострадает невинный.

— Я просто дала совет. А уж брать или не брать с собой сопровождение — это вам решать.

Форней пристально посмотрел на нее, как будто хотел прочесть ее мысли.

— Ладно, — сказал он наконец, — мы возьмем с собой сопровождение. Пейн! — крикнул он стражнику. — Пусть кто-нибудь сменит тебя. Ты и Вормунд пойдете с нами в деревню.

Хельвенну в деревне уважали и побаивались. Она творила чудеса — умела исцелять людей. Дом ее стоял на отшибе. Эдива видела, как норманн презрительно скривил губы при виде убогого жилища.

— О Хельвенне некому позаботиться, — объяснила Эдива. — Не судите ее строго. Она единственная, кто может вылечить Вульфгет.

Рыцарь взглянул на девушку. Она дремала у него на руках.

Эдива, пригнувшись, вошла первой. Она чуть не задохнулась от тяжелого спертого запаха, который стоял в хижине. Хельвенна — тучная старуха — лежала на тюфяке в углу. Редкие седые волосы тонкими прядями обрамляли ее круглое лицо. Но черные глаза смотрели пытливо, все замечали и ничего не упускали.

— Хельвенна, я Эдива, дочь Леовайна. Нам нужна твоя помощь.

Старуха неуклюже приподнялась и села.

— Ну и ну! — сказала она. — Ты выросла и стала прехорошенькой. — Глаза ее лукаво блеснули. — А чем ты мне заплатишь? У тебя есть золото? Хельвенна любит золото. — Знахарка захихикала.

— Она сумасшедшая, — шепотом сказал Форней, стоящий за спиной Эдивы.

— Нет, она в своем уме, как вы или я. У вас нет с собой монетки? Я забыла, что ей надо заплатить.

— Ей нужны деньги? У меня нет с собой денег. Неужели жители деревни расплачиваются с ней деньгами?

— От них она принимает пищу или дрова. Но она знает, что я могу заплатить больше. — Эдива печально вздохнула. — Надо было подумать об этом. Постойте... у меня есть серебряная пряжка. — Она сняла с пояса пряжку и протянула ее знахарке.

Старуха повертела красивую вещицу в руке, попробовала на зуб. Удовлетворенно хмыкнув, она сказала:

— Несите сюда больную.

— Она хочет, чтобы вы поднесли к ней Вульфгет, — перевела Эдива Алану слова старухи. — Положите ее на тюфяк.

Форней с большой неохотой выполнил требование.

— Не оставляйте меня, — жалобным голосом попросила Вульфгет.

— Мне все это не нравится, — заявил рыцарь. — Она явно испугана.

— Ну так останьтесь с ней.

Он опустился на колени рядом с тюфяком.

— Ты, — Хельвенна ткнула пальцем в сторону Эдивы, — оставь нас теперь.

Эдива удивилась. Наверное, Хельвенна, как и остальные жители деревни, знает, что Бьернвольд собирался встретиться с ней.

Она вышла из хижины и огляделась вокруг, отыскивая глазами воинов, которых Алан взял с собой. Их почему-то не было видно, и ее охватило беспокойство.

Эдива обошла хижину и, дойдя до зарослей кустов, остановилась и прислушалась. Сердце у нее заколотилось. Неужели воины, сопровождавшие их, захвачены в плен или даже убиты?

— Хорошо, что сумела прийти, сестренка.

Она быстро повернулась и увидела перед собой угрюмую физиономию Бьернвольда.

— Где норманны? — спросила она.

— Наши лучники могли бы запросто подстрелить этих болванов.

— Что вы с ними сделали? — испуганно спросила Эдива.

Бьернвольд прищурил глаза:

— Не бойся, мы их не убили. Я попросил деревенских бабенок пригласить их к себе. Эти похотливые норманны готовы рискнуть жизнью, лишь бы удовлетворить свои плотские желания.

Эдива вздохнула с облегчением. Бьернвольд насмешливо скривил губы:

— Значит, ты любишь всех норманнов, а? Не только одного — того, с кем спишь?

Эдива в гневе замахнулась, чтобы дать ему пощечину. Он успел схватить ее за руку.

— Спокойнее, сестренка! Говорил я Элноту и Годрику, что не следует больше тебе доверять...

Эдива, резко дернув, освободила руку. Что с ней происходит? Она снова пылает ненавистью к одному из своих близких родственников!

— Дай нам по крайней мере кое-какие сведения. Мы видели, как десять норманнов покинули крепость. Сколько их осталось?

— Сорок человек, не считая оруженосцев и слуг.

Он кивнул.

— Надолго ли уехал этот рыжеволосый сукин сын?

— Он сказал, что будет отсутствовать четыре недели.

— Так долго? — пробормотал Бьернвольд и о чем-то задумался.

— Что ты замышляешь?

— Зачем тебе знать? Ведь ты можешь предать нас, как в прошлый раз.

— Я вас не предавала!

Он схватил ее за плечо:

— Разве Годрик не просил тебя привести к нам главного норманна? А ты вместо этого предупредила его и увела из крепости!

— Но я ничего не сказала ему о ваших намерениях!

— Это не имеет значения. Ясно одно: ты предпочла норманна членам своей семьи!

— Отпусти меня. Ты делаешь мне больно! — Она попыталась вырваться.

Бьернвольд привлек ее к себе и прошептал на ухо:

— Это он заставляет тебя надевать нарядные платья и играть роль хозяйки его дома! Он создает тебе все удобства. А мы мерзнем и голодаем в лесах.

Эдива со слезами на глазах покачала головой.

— Я вас не предам, — прошептала она, — но и помочь вам не смогу. Даже в отсутствие главного норманна у вас недостаточно сил, чтобы захватить Оксбери. Это безнадежная затея.

— А что, по-твоему, нам остается делать? Склонить головы перед норманнами и стать их рабами? Как это сделала ты?

Эдиве очень хотелось ответить «да». Убедить брата, что рано или поздно мятежникам все равно придется сдаться. Будь на его месте Годрик или Элнот, она, возможно, так и сделала бы. Но с Бьернвольдом заводить такие разговоры было опасно. Он может избить ее. А как она потом объяснит Алану, откуда появились синяки?

— Конечно, именно этого тебе и хотелось бы, — с отвращением сказал Бьернвольд. — Мне всегда казалось, что ты сильнее духом, сестренка. Когда-то ты сражалась плечом к плечу с нами, а теперь стоишь на коленях перед норманнами.

— Я думаю не о своем благополучии, а о нашем народе. Если вы нападете на крепость, хуже будет нашим людям. Когда загорелась кухня, пострадали две женщины. А вы скрылись. Сколько еще ни в чем не повинных людей пострадает?

— Война всегда несет с собой страдания. К тому же пострадавшие — всего лишь простые крестьянки. Чего их жалеть!

— Если бы эти простые крестьянки не тушили пожар, мог бы сгореть наш замок. А поджог устроить велел ты!

Бьернвольд пожал плечами:

— Если Оксбери сгорит, мы построим новую крепость.

— Чьими руками? — сердито спросила она. — Много ли людей останутся служить вам? Даже если вы перебьете всех рыцарей Бревриена, король Вильгельм пришлет сюда других. А вам до конца своих дней придется скрываться в лесах!

— Я предпочту умереть, как мужчина, но не стану прислуживать норманнам!

Эдива вздохнула.

— Бьернвольд, разве ты не понимаешь, что сопротивление мятежников — дело безнадежное?

Она видела, что брата ей не убедить. Вот если бы ей удалось поговорить с Элнотом и Годриком! Они, возможно, не стали бы так глупо упрямиться и прислушались бы к ее словам. Есть и другие саксы, которых можно убедить. Бьернвольд, оставшись один, ничего не сделаст. Она спасет жизнь многим людям.

— Мне пора возвращаться, — решительно сказала Эдива.

Бьернвольд криво усмехнулся:

— Да, поспеши в постельку, где еще недавно нежилась со своим любовником. Там ты забудешь, что предала своих ближайших родственников. Отныне я не считаю тебя своей сестрой!

Бьернвольд скрылся. Эдива стояла, чуть не плача от обиды. Уж лучше бы он избил ее. Его слова ранили ее в самое сердце.

— Эдива? Где вы?

Она вышла из-за хижины и увидела Алана. Он подозрительно смотрел на нее.

— Где ваши люди? — спросила она.

— Не знаю.

— Может быть, они пошли к кому-то в гости? Я их искала.

— Если вы устроили нам ловушку...

— О нет! Вы можете мне верить.

— Идите к Вульфгет.

Эдива вошла в хижину.

— Ну, что ты скажешь? — спросила она Хельвенну.

— Ее нужно хорошо кормить. Давать мясо и овощи, молоко и яйца.

— А лекарства?

— Вот травы. Делайте отвар.

В хижине появился Форней. Он взглянул на Вульфгет, потом на знахарку.

— Что она сказала? — спросил рыцарь у Эдивы. — Вульфгет поправится?

— Ей следует хорошо питаться.

Форней кивнул.

— Это не так просто, как вам кажется. Вульфгет отказывается от пищи, — объяснила Эдива.

— Она будет есть, — заявил норманн. — Если потребуется, я буду сам кормить ее.

Знахарка перевела взгляд с Вульфгет на рыцаря и усмехнулась:

— Кажется, за ее жизнь есть кому бороться.

Эдива тоже заметила, что Алан необычно заботлив. Да ведь она сама надеялась найти девушку, которая отвлекла бы внимание этого рыцаря. Но теперь ее охватило беспокойство. Что будет, если норманн соблазнит девушку, а потом бросит?

Форней взял больную на руки и вышел из хижины. Сопровождавшие их Пейн и Вормунд ждали неподалеку.

— Где вы их разыскали? — спросила Эдива.

— Они развлекались с крестьянками.

— Вот видите, — сказала Эдива. — Я тут ни при чем.

— Мы еще не дошли до крепости. Возможно, нас ждет засада.

Всю дорогу Эдива была неспокойна. Она каждое мгновение ожидала, что в воздухе просвистит стрела или из зарослей выскочит воин, размахивая боевым топором. Ведь если бы саксам удалось убивать по несколько норманнов всякий раз, когда те выходят за пределы крепости, это ослабило бы противника.

Мятежники, наверное, на это и рассчитывали. Но сегодня их что-то остановило. Может быть, кто-нибудь убедил их отказаться от набега, чтобы не ранить ее и Вульфгет?

Это могли бы сделать, например, Годрик или Элнот. А Бьернвольд, наверное, возражал им. Он говорил братьям, что она предпочла встать на сторону норманнов, что она шлюха, предательница и заслуживает смерти.

Эдива вспомнила жестокие слова Бьернвольда. Если бы был жив отец, неужели и он подумал бы о ней такое? Действительно ли она признала норманнов только потому, что заботилась о благе своего народа, или просто ее покорил главный норманн, занимавшийся с ней любовью?

— Вы чем-то расстроены, леди Эдива, — сказал Форней шепотом, чтобы не разбудить заснувшую у него на руках девушку. — Может быть, знахарка чем-нибудь вас огорчила?

Эдива покачала головой.

— Но вас что-то беспокоит, — настаивал он. — Может, предполагалось, что саксы нападут на нас? Но они не напали, и вы этим огорчены?

— Почему вы всегда думаете обо мне плохо? Во всем, что я делаю или говорю, вы подозреваете что-то зловещее. Разве я вела себя нечестно? Разве не я предложила вам взять с собой людей? Может быть, именно поэтому не состоялось нападение, которого вы ожидали.

Форней усмехнулся:

— Я не могу вам доверять. У вас на лице написано чувство вины. Вечно вы беспокоитесь, вечно вас что-то гложет.

— Может быть, мое чувство вины вызвано тем, что я поняла безнадежность борьбы с вами? — Эдива рассердилась и даже не пыталась сдержать свой гнев. — Может быть, я презираю себя за то, что сдалась на милость своих врагов?

— Все это возможно, но маловероятно.

— А как же Вульфгет? — спросила она. — Или вы тоже думаете, что она пытается обвести вас вокруг пальца? Что она пользуется своей болезнью, чтобы вы ее пожалели, а потом ей было бы легче предать вас?

— Вульфгет не такая. Она и думает, и действует так, как подобает женщине.

— Что вы имеете в виду?

— Женщины должны заниматься домашним хозяйством и детьми. Они не вмешиваются в мужские дела.

Эдива стиснула зубы. Форней раздражал ее, как и братья, если не больше. Те хоть позволяли ей одеваться, как положено воину, и брали с собой в засаду. А этот упрямый как осел рыцарь никогда не допустил бы такого!

— Значит, вы считаете меня неполноценной женщиной? — возмутилась Эдива. — Благодаря тому, что я умею управлять хозяйством, вы сыты, ваша одежда выстирана и заштопана, а спите вы в теплом и чистом помещении! Однако я вам не нравлюсь, потому что я не какая-нибудь дурочка, которая слепо подчиняется воле своего господина!

— Я никогда не отрицал, что меня восхищает ваш талант домоправительницы. Но мне не нравится многое другое. Нормандская благородная дама не одевается в мужскую одежду и не размахивает оружием. Будь я на месте Бревриена, никогда не позволил бы вам взять такую власть.

— К счастью, не вы хозяин этой земли, — напомнила она.

— Бревриен поручил мне смотреть за своей собственностью в его отсутствие. И я сделаю все, что от меня зависит, чтобы Оксбери осталось в его руках. Все, что сочту необходимым!

Предупреждение возмутило ее до глубины души. Значит, до возвращения Бревриена ей придется терпеть плохое отношение и подозрительность этого человека. Если мятежники вздумают напасть, он во всем обвинит ее.

Эдива заметила, с какой нежностью Алан посмотрел на девушку, спавшую у него на руках. Она почувствовала что-то вроде зависти. Ведь Бревриен никогда не смотрел на нее таким взглядом. Может быть, женщины вроде нее не вызывали в нем нежного чувства? Может быть, она была способна возбуждать в мужчине лишь плотское желание?

Очевидно, ей следовало, одевшись в самое нарядное платье, встретить Бревриена у ворот крепости и в знак покорности броситься ему в ноги! Но разве могла она тогда знать, что этот завоеватель будет справедливым, добрым хозяином? Разве могла она рисковать будущим своих людей, сдавшись на милость победителя, не узнав сначала его намерений?

— Наверное, нормандские женщины похожи на нее, — сказала Эдива, кивнув головой на Вульфгет.

— Кое в чем похожи. Но такой цвет волос и такая нежная кожа встречаются редко.

— Они и ведут себя так же? Безропотные, уступчивые...

— Не всегда. Они умеют шутить и веселиться. Многие играют на разных инструментах и поют.

— У вас есть любимая женщина, сэр Алан? — вдруг спросила Эдива.

— Безземельный рыцарь не может позволить себе жениться. Отчасти по этой причине я решил пойти служить к герцогу Вильгельму. Теперь он стал королем. И я надеюсь получить когда-нибудь землю и обзавестись семьей.

— А Бревриен?

— Отец у него богатый землевладелец. Но, будучи младшим сыном, Жобер не может унаследовать отцовскую собственность. Он должен сам заполучить себе землю. — Форней взглянул на нее так, будто пытался понять, что у нее на уме. — И мой долг позаботиться о том, чтобы он сохранил то, что получил.

Эдива поджала губы. Форней продолжил:

— Теперь, имея поместье в Англии, Жобер может вернуться в Нормандию и подыскать себе жену.

Слова Алана напомнили Эдиве о язвительных намеках Голды. Неужели Бревриен привезет нормандскую жену в Оксбери? А как же она? Неужели ее вышвырнут вон, словно изношенную одежду?

Должно быть, Форней догадался, в какое смятение привел ее этот разговор. Улыбнувшись краешком губ, он сказал:

— Возможно, Жобер оставит вас при себе в качестве любовницы.

## Глава 14

— Видишь эти лавки? Их владельцы платят королю налог. Вот где настоящая золотая река! Важно наладить сбор налогов. Некоторые платят деньгами, другие расплачиваются товарами, которые затем можно перепродать. Если тебе удастся превратить свое поместье в небольшой городок, привлечь туда купцов и ремесленников, то твои сыновья когда-нибудь станут богачами.

Жобер, слушая Майлса де Фалеза, согласно кивал. Они шли по оживленной улице Глостера. Жобер представлял себе, как в будущем Оксбери превратится в обнесенный стеной город с большими домами, лавками, рыночной площадью, возможно, даже с собором.

А на холме, возвышаясь над бывшей деревушкой, будет стоять новый каменный замок с подъемным мостом через ров — красивый и неприступный.

Однако до того, как эти мечты превратятся в реальность, много воды утечет. Завтра им предстоит сражение с мятежными саксами.

— Завидую тебе, Жобер, — продолжал Майлс. — Земля, которую король Вильгельм пожаловал мне, далеко не так плодородна. Само поместье сожгли еще до нашего прихода, и с тех пор мы дважды подвергались нападениям.

— Боюсь, что саксы никогда не смирятся с поражением.

— Эти смирились, — сказал Майлс, показав в сторону аккуратных домов и лавок.

— Но они торговцы, купцы. Свой кусок хлеба заработают независимо от того, кто ими правит — саксы или норманны. А каково человеку, для которого земля единственный источник существования?

— Наш Вильгельм отобрал земли не у всех, а только у тех, кто присягнул на верность их королю Гарольду.

— В этой части Англии таких, кажется, большинство. Здесь целые семьи безземельных — дядюшки, братья и сыновья тех, кто сражался при Гастингсе, а также их крепостные.

— У них нет возможности победить. — Майлс покачал головой. — Саксам придется сдаться. Иначе их уничтожат. Завтра мы с ними встретимся в бою. И их станет еще меньше.

Жобер кивнул. Они свернули в таверну. Там было много нормандских рыцарей, приехавших, как и они, для участия в сражении. Среди воинов мелькали несколько саксонок — служанки, разливавшие вино, и проститутки, предлагавшие свои услуги. Кроме хозяина, других саксов в таверне не было.

Жобер и Майлс уселись на скамью. Краснощекая толстушка с голубыми глазами и рыжими волосами наполнила вином их кубки. Жобер сделал глоток и поморщился:

— Черт возьми! Какое пойло выдают за вино в наши дни! Хорошо бы выпить настоящего красного вина из Кана или Парижа!

— Это все-таки лучше, чем моча, которую лакают саксы.

— А мне начинает нравиться эль. Он неплох, если как следует приготовлен. В Оксбери есть пивовар. Этот человек знает свое дело.

— Пивовар, говоришь? А в моем поместье мало умелых ремесленников. Да и с теми трудно общаться из-за того, что они говорят на своем тарабарском языке. Ни я их не понимаю, ни они — меня. Как тебе удается объяснить своим людям, что от них требуется, Жобер?

Жобер сразу вспомнил об Эдиве. Уехав из поместья, он старался не думать о ней.

— В Оксбери есть одна саксонка знатного происхождения. Она научилась нашему языку от одной служанки, привезенной из Нормандии, — сказал он Майлсу.

— Женщина знатного происхождения, говоришь? Уж не из семьи ли Леовайна?

Жобер кивнул.

— Ты не думал о том, чтобы жениться на ней? Или это сморщенная старуха, уже неспособная рожать детей?

При воспоминании об Эдиве жаркая волна прокатилась по его телу. Сморщенная старуха — как бы не так!

— По правде говоря, я подумывал о женитьбе. И уже запросил у короля Вильгельма разрешение.

— Молодчина! — одобрил Майлс. — Очень важно утвердить власть на полученных землях. А жена-саксонка поможет это сделать. Кстати, ты знаешь, что Дамарис де Валуа ушла в монастырь?

Жобер ждал, что сейчас у него привычно защемит сердце, как всегда было при воспоминании о Дамарис. Но, к его удивлению, этого не случилось.

— Рад за нее, — сказал он. — Она часто говорила, что хочет стать монахиней.

— Ей наконец удалось убедить отца, что она не желает выходить замуж. Старшему Валуа нелегко было это пережить. И знаешь, он во всем винит тебя!

— Он дурак!

— Но дурак опасный. Радуйся, что король Вильгельм расположен к тебе. Меня не удивит, если месть Валуа настигнет тебя даже здесь, в Англии. Его злит, что ты стал теперь землевладельцем, лордом. У него самого есть собственность в Харфордшире. Это на другом конце Англии, но не так уж далеко, чтобы он не смог причинить тебе неприятности. У Валуа есть высокопоставленные друзья. Мне кажется, он постарается воспользоваться своими связями.

Жобер почти не слушал Майлса, потому что мысли его были заняты не мстительным отцом, а его дочерью. Со временем его любовь к Дамарис потускнела, сохранились лишь нежные воспоминания. И теперь ему ничто не мешало жениться на Эдиве.

Он вспомнил, как Айвин засунул его прошение на имя короля в свою дорожную сумку. Интересно, когда придет ответ? Быть может, вернувшись в Оксбери, он обнаружит, что уже пришло разрешение жениться на Эдиве? Вот это был бы королевский подарок! Однако ему не давала покоя одна мысль: а что, если Эдива не пожелает выходить за него замуж?

— Жобер, — прервал его размышления Майлс, — может, чего-нибудь поедим? Я слышал, здесь отлично готовят баранину.

* * *

Лучи осеннего солнца превращали боевые доспехи в настоящие камеры пыток. Жобер смахнул пот со лба.

Огромный боевой конь под ним беспокойно переступал с ноги на ногу. Видимо, ему не терпелось ринуться в бой так же, как и его хозяину.

Наверняка битва закончится их победой, как при Гастингсе. Саксы выстроятся в боевой порядок, образуют заслон из щитов и выставят копья. Норманны бросятся в атаку, чтобы проломить эту стену. Когда они прорвут оборону саксов, победа будет за ними.

— Чего мы ждем? — спросил Майлс, подъехав к Жоберу. — Зачем медлить?

— Мы ждем противника, — Жобер показал в сторону возвышенности, где, по сведениям разведчиков, стояли лагерем саксы.

В долине и на окружающих ее холмах, несмотря на множество собравшихся здесь воинов, было тихо.

— Может, они отказались от битвы? — спросил Майлс. — Может, их испугало то, что нас так много?

Жобер с досадой подумал, что со стороны саксов было бы большой глупостью ввязываться в бой с численно превосходящим их и лучше вооруженным противником. Он покачал головой:

— Мне почему-то кажется, что саксы уже разбежались.

— Тогда поедем к лорду Беркли и поделимся с ним своими соображениями, — предложил Майлс.

— Ему может не понравиться, что мы нарушили боевое построение.

Майлс кивнул и отъехал к своим солдатам.

Все застыли в ожидании.

— Черт побери, как же все это утомительно! — пробормотал Жобер.

К нему подъехал Роб.

— Мы будем ждать целый день?

— У Беркли есть разведчики. Рано или поздно они вернутся, и мы узнаем, где наш противник.

Роб тяжело вздохнул.

Наконец показался вестовой. Подъехав к Жоберу, он сказал:

— Саксонский лагерь пуст. Похоже, что мы перепугали этих мерзавцев.

— Каковы указания?

— Беркли приказал возвращаться в город.

Жобер выругался вполголоса и отправился к своим воинам, чтобы сообщить им эту новость.

— И что будет дальше? — спросил Хеймо. — Мы возвратимся домой, в Оксбери?

— Нас просят задержаться еще на две недели. Возможно, нам придется делать вылазки мелкими отрядами, чтобы таким образом измотать мятежников.

По дороге в город Жобер думал о том, сколько полезных дел мог бы он сделать за это время в Оксбери. Его охватило отчаяние. В городе он нашел хорошего каменщика. Тот согласился приехать в Оксбери и построить новую кухню.

И конечно, Жобер думал об Эдиве. Ему не хотелось оставлять ее надолго. Он привык работать рядом с ней, ежедневно советоваться, обмениваться мнениями о слугах и о всяких хозяйственных мелочах... Его очень удивило, когда он понял, что скучает не только по ее телу, но и по общению с ней.

Наверное, в сотый раз Жобер обругал себя за то, что не зашел попрощаться перед отъездом. Он позволил Алану говорить о ней плохо. Но даже если Эдива и не участвовала в заговоре против него, это еще не означает, что он ей по душе.

Ему было важно знать, как она к нему относится. Он хотел, чтобы Эдива не только признала в нем хозяина Оксбери, но еще и желала его как мужчину и как мужа. Если король разрешит ему жениться на Эдиве, у нее, конечно, не будет выбора. Он женится на ней, даже если она скажет, что не желает выходить за него замуж.

При этой мысли у Жобера защемило сердце. Что ему делать, если такое случится? Заставить ее силой выйти за него замуж?

Он, конечно, имел на это полное право. Однако едва ли такой брак доставил бы ему удовольствие. Ему хотелось, чтобы Эдива была рада выйти за него замуж. Чтобы она страстно желала делить с ним постель.

Он допустил ошибку. Надо было прийти к ней ночью перед отъездом. Она страстная женщина, и если бы он выказал себя искусным любовником, она, возможно, прониклась бы к нему нежными чувствами.

— Черт возьми, как здесь тихо! Мне от этого как-то не по себе, — сказал Хеймо, прервав его размышления.

Жобер огляделся. Нельзя было так погружаться в свои мысли. А что, если саксы обошли их и собираются напасть с тыла?

В это мгновение Жобер услышал знакомый слабый свист. Так свистит в полете стрела, выпущенная из лука. Плечо пронзила боль. Он с изумлением увидел стрелу, торчащую из его кольчуги, услышал восклицания своих воинов и в тот же миг потерял сознание.

Когда Эдива вошла в зал, священник о чем-то разговаривал с сэром Аланом. Эдива подозрительно взглянула на мужчин. Ни тот, ни другой не вызывали у нее доверия.

— Нет ли весточки от лорда Бревриена? — спросила она.

— Нет. Он уже отслужил полсрока. Зачем ему посылать весточку, если он вернется через две недели? — сказал Форней.

— Да, конечно, — произнесла она с улыбкой. Поскольку Форней не ценил в женщинах ум, она решила притвориться простушкой вроде Вульфгет. — Надеюсь, он скоро вернется. У меня есть кое-какие вопросы по хозяйству, которые я не могу без него решить.

— Может быть, я смогу вам помочь, дитя мое? — спросил священник с заискивающей улыбкой.

— Лорд Бревриен обещал сказать, сколько зерна следует оставить для весеннего сева.

— В этом я не разбираюсь, — сказал священник. — Вы не поможете? — обратился он к Алану.

— Нет, — ответил рыцарь. — Разве нельзя подождать до его возвращения?

— Придется, — сказала она, взглянув на ширму, за которой было устроено место для больной Вульфгет. — Как она? Ест что-нибудь?

— Я сказал, что она будет есть, и она ест.

— Надеюсь, вы не запугиваете ее?

Форней возмущенно хмыкнул:

— Как можно запугать такую нежную девушку? Тем более когда она так страдает!

— Простите, — сказала Эдива, с трудом подавив улыбку.

Кто бы мог подумать, что презирающий саксов норманн превратится в заботливую няньку? Пожалуй, юная саксонка будет страдать, если Алану надоест с ней возиться. Эдива радовалась тому, что девушка отвлекает внимание сурового рыцаря.

Она пересекла зал, направляясь к лестнице. До возвращения Бревриена осталось еще две недели. Дни его отсутствия она отмечала на палочке насечками. Ее радовало, что насечек становилось все больше. Значит, он скоро вернется.

После встречи с Бьернвольдом Эдива боялась, что мятежники все-таки нападут на крепость. Но время шло, и она решила, что братья взялись за ум.

Ее мысли прервал крик у двери.

— Сэр Алан! Идите скорее! Лорд Бревриен у ворот. Он ранен!

Эдива на мгновение застыла. Потом, подхватив юбки, бросилась через зал к выходу.

— Мы попали в засаду, — рассказывал Роб, пока Форней и Озберт тащили Бревриена вверх по лестнице. Эдива следовала за ними по пятам. — Мы должны были встретиться с мятежниками севернее Глостера, но они так и не появились. Когда Беркли приказал возвращаться, мы стали выходить из долины тем же путем, которым пришли. В зарослях нас ждали саксы.

— Есть еще раненые? — спросил Форней.

— Нет. Или они не умеют стрелять, или испугались чего-то. Но стрела попала только в Жобера. — Роб перевел дыхание и продолжил: — Мы, как могли, остановили кровь. Потом повезли хозяина в город. Лекарь извлек стрелу, для чего ему пришлось сделать довольно глубокий разрез, потом приказал Жоберу лежать не двигаясь. Но Бревриен настоял на том, чтобы мы отвезли его сюда. Сказал, что если ему суждено умереть, то пусть лучше он умрет на собственной земле. После такого трудного путешествия, наверное, так оно и будет.

— Ну и болван! — обругал его Форней. — Мелешь черт знает что!

Жобера внесли в спальню.

— Вы ведь знаете, какой он упрямый, — виновато сказал Роб. — Мы не могли его переспорить.

Рыцари уложили хозяина на кровать и, тяжело дыша, встали рядом. Эдива, растолкав их, подошла ближе.

У нее замерло сердце. Лицо Жобера было бледным. Его большое сильное тело обмякло и казалось безжизненным. Сдержав рыдания, Эдива наклонилась и пощупала его лоб.

— У него жар.

— Так обычно бывает после ранения. Меня больше беспокоит то, что он потерял много крови, — сказал Роб.

— Куда попала стрела?

Роб наклонился и откинул плащ, которым был прикрыт Жобер. Все увидели на груди большое кровавое пятно.

— Принесите воды, — приказала Эдива.

Роб принес кувшин. Эдива смочила водой засохшую кровь и осторожно приподняла тунику. Потом, сдвинув пропитавшуюся кровью повязку, осмотрела рану.

Роб говорил, что лекарю пришлось сделать большой разрез, чтобы извлечь стрелу. Рана была аккуратно зашита, но шов в дороге разошелся. Она чуть не потеряла сознание, но не от вида страшной раны — ей приходилось видеть кое-что и похуже. Только теперь она поняла, что ранен именно Бревриен. Некогда такой сильный, живой, он лежал сейчас бледный и неподвижный, словно восковая фигура.

— Знахарка, — пробормотала она. — Нужно послать за знахаркой.

— Вы сами говорили, что она не сможет дойти до крепости, — с упреком напомнил Форней.

— Значит, надо привезти ее на телеге или на муле!

Форней повернулся к Робу:

— В деревне живет старая знахарка. Я не уверен, что она умеет лечить.

— Умеет! — рассердилась Эдива, сжав кулаки. — Разве Вульфгет не стало лучше?

— А при чем тут старая Хельвенна?

Эдиве хотелось ударить его, но она сдержала себя: не следовало еще больше сердить этого человека.

— Такие серьезные раны мне еще не приходилось лечить, — тихо сказала Эдива. — Вы не знаете, на что способна Хельвенна.

Рыцари переглянулись.

— Мне помогла появиться на свет одна старая знахарка, — сказал Хеймо. — Я был слишком крупный и лежал в животе у матери неправильно. Знахарка повернула меня, и я родился. Да и моя мать выжила.

Роб, искоса взглянув на Эдиву, прошептал:

— Нам придется довериться ей, Алан. Думаю, Бревриен одобрит нас, если мы так сделаем. Он сам очень ценит мнение леди Эдивы.

Форней ухмыльнулся:

— Ладно. Поезжай за знахаркой. Возьми телегу и еще одного человека. И учти, эта ведьма толста как бочка.

Роб и Хеймо поспешно вышли из спальни, радуясь тому, что могут сделать что-то полезное для своего хозяина.

Взяв чистый лоскут ткани, Эдива обмакнула его в воду и принялась обтирать лицо Бревриена. Форней стоял рядом и наблюдал за ней.

— У вас есть вино?

— Есть. Жобер купил в Глостере несколько бочонков, и его люди привезли их сюда.

— Прикажите принести флягу вина.

Форней не двинулся с места.

Эдива выпрямилась:

— Вам придется довериться мне.

Форней сложил на груди руки и сердито посмотрел на нее.

— Разве что-нибудь изменилось? Я не раз оставалась с ним наедине. Я спала рядом с ним! Думаете, я хочу его убить? Почему же я не сделала этого раньше?

— Тогда Жобер не был ранен. А сейчас он беспомощен.

— Вы считаете, что у меня совсем нет чести? Неужели вы думаете, что я могла бы причинить зло раненому?

— Вы — саксонка. — Он жестом показал на кровать. — Жобер лежит здесь потому, что ваши люди устроили засаду. Они не захотели встретиться с армией Вильгельма в честном бою, зато трусливо напали на наших рыцарей под прикрытием леса.

— Мой народ в отчаянии. Люди готовы на все, чтобы победить! Разве вы не поступили бы так же, если бы рисковали потерять все?

— Возможно. Именно поэтому я и не оставлю вас наедине с ним.

Эдива даже застонала от отчаяния.

— Я не отношусь к числу мятежников! Я подчинилась. По крайней мере этому человеку. — Она кивнула на Жобера. — Я решила, что это единственный способ защитить мой народ. И я по собственному желанию спала с Бревриеном.

— Отец Рейболд говорит, что у женщин нет души. И в этом я с ним согласен.

Эдива печально покачала головой. Не было никакого смысла спорить с упрямцем. Он до последнего вздоха будет относиться к ней с подозрением!

Она села на скамейку рядом с кроватью и взяла Жобера за руку. Рука у него была теплая и сильная.

Эдива закрыла глаза, стараясь не расплакаться. Видит Бог, надо быть круглым идиотом, чтобы вообразить, будто она может причинить зло Бревриену.

На лестнице послышался шум. Форней пошел открывать дверь.

В спальню торопливо вошли Роб и Хеймо.

— Она не хочет сюда ехать! Мы испробовали все, даже меч приставляли к ее животу. А она лишь расхохоталась.

— Надо применить пытки, — прошипел Форней. — Жобер так бы и поступил.

— Нет! — заорала Эдива, вскочив на ноги. — Она старая и беспомощная. Я пойду к ней сама! Я сумею уговорить ее. Она, наверное, даже не поняла, что вы от нее хотите.

Эдива сбежала вниз по лестнице и, если бы потребовалось, бежала так до самой деревни.

У ворот она объяснила стражнику, куда идет, и ее выпустили.

Эдива не надела плащ. Холодный ветер дул ей в лицо и яростно трепал юбки. На полпути она вдруг вспомнила, что не захватила монетку или какую-нибудь безделушку, чтобы заплатить знахарке. Значит, придется поторговаться с Хельвенной и убедить ее, что это очень важно. На сей раз помощь была нужна не деревенской девчонке, а новому хозяину поместья. Если Бреврием не выживет, всем им будет очень плохо.

Проходя по деревне, она говорила стоявшим возле своих домов людям:

— Нормандский лорд тяжело ранен.

Они провожали ее сочувственными взглядами. На их лицах было написано терпение.

Тяжело дыша, она добралась наконец до хижины знахарки.

— Хельвенна, ты должна помочь мне, — сказала Эдива, входя в дом. — У меня нет монетки, чтобы расплатиться с тобой... но ты должна помочь мне. Нормандский лорд тяжело ранен.

— Ах-ха, — усмехнувшись, кивнула Хельвенна. — Вот, значит, почему так суетились эти солдаты! Чуть не проткнули меня мечом. — Она рассмеялась. — А мне все равно. Я не боюсь умереть.

Эдива наклонилась к старухе:

— Я не собираюсь угрожать тебе, но прошу: помоги.

Хельвенна покачала головой:

— Меня вынесут отсюда только в могилу.

Эдива опустилась на колени возле тюфяка.

— Тебе придется это сделать. Если норманн умрет, они убьют всех нас и подожгут деревню. Пострадают все. Пожалей людей и не допусти, чтобы такое случилось!

— Значит, они злодеи. Зачем мне спасать жизнь одного из них?

— Нормандский лорд — не злодей. Я думаю если он выживет, то много хорошего сделает для Оксбери. Он справедливый и добрый. О многих ли лордах можно сказать такое?

Черные глаза Хельвенны заискрились.

— Он тебе нравится? Почему ты не скажешь прямо?

— Да, — сказала Эдива. — Он мне нравится. И я не хочу, чтобы он умер.

— Я с тобой не пойду, но скажу тебе, что надо делать.

— Сама я не сумею... у меня не получится...

— Думаешь, от моих рук будет много пользы? — Хельвенна подняла вверх распухшие руки со скрюченными пальцами. — Ты будешь моими руками, Эдива. И моими глазами. Расскажи, как выглядит его рана. В каком она месте, глубока ли — все, все.

— Трудно поверить, — сказал Роб, — но, кажется, снадобье помогает.

Форней подошел к кровати и проворчал:

— И все же он не приходит в себя.

— Это от потери крови, от слабости... Ведь правда, леди Эдива? Но рана заживает, а это уже кое-что.

Эдива наклонилась и пощупала лоб Бревриена. Какими бы странными ни казались советы Хельвенны, но они помогли. Рана заживала. Лоб Бревриена был холодный.

— Кто бы мог подумать, что можно лечиться припарками из плесневелого хлеба?

— Хельвенна еще и не такое знает, — сказала, потягиваясь, Эдива. За последние двое суток она почти не сомкнула глаз.

— Вы должны отдохнуть, миледи, — сказал Роб. — Мы посидим с Жобером и разбудим вас, если ему станет хуже. Или если он очнется.

Эдива кивнула и устало направилась к двери. Надо прилечь ненадолго. Если она этого не сделает, от нее никому не будет пользы.

Жобер приходил в сознание, как будто выбираясь на свет из глубокой темной ямы. Сначала он почувствовал боль в плече, потом мало-помалу к нему стали возвращаться и другие чувства. Запах жаровни, ощущение тепла, прикосновение мягких одеял к обнаженной коже. Он открыл глаза. И увидел очертания темных фигур, склонившихся над ним.

— Где я?

Появилась физиономия Роба.

— В Оксбери, милорд.

Жобер попытался вспомнить. Его мучили кошмары... он боялся умереть...

— Где она? Где Эдива?

Над ним склонился Алан:

— Не разговаривай. И постарайся заснуть.

Жобер едва заметно кивнул. Боль усилилась. Невозможно было ни о чем думать.

— Я дам тебе макового отвара и настой корня мандрагоры. Это поможет тебе заснуть.

Алан поднес к его губам чашу. Жобер послушно выпил и почувствовал, что снова проваливается в темную яму.

— Эдива, — прошептал он и погрузился в сон.

# Глава 15

— Может, позовем леди Эдиву? — спросил Роб.

— В ее помощи он не нуждается, — проворчал Алан.

— Думаю, ты ошибаешься. Он скорее поправится, если будет знать, что она сидит у его постели. По дороге сюда он бредил и звал ее.

— Бревриен всегда плохо разбирался в женщинах. Сначала была эта Дамарис. Даже когда ее отец запретил им встречаться, Жобера это не остановило. Его по приказанию Валуа бросили в темницу, что чуть не стоило ему жизни. — Алан покачал головой. — А теперь он связался с этой коварной саксонкой!

— Лично я ничего плохого не могу о ней сказать. Она так хорошо справляется с хозяйством. В Оксбери все уважают ее. Если бы Бревриен женился на ней, это очень бы укрепило его авторитет здесь.

— Она хитрая бестия. Всех нас обвела вокруг пальца. — Алан нахмурился. — Мне известно, что Эдива встречается с мятежниками. Не сомневайся, при первом удобном случае она бросится им на помощь. Ждет своего часа, чтобы ужалить, словно змея.

— Мне она не кажется хитрой, — возразил Роб. — Если она была с мятежниками, то почему они не напали на крепость, пока Бревриена здесь не было?

Алан криво усмехнулся:

— Именно Бревриен им и нужен. Они считают, что, если он умрет, мы уйдем отсюда. Тогда они вновь завладеют Оксбери.

— Не понимаю, какое отношение к этому может иметь леди Эдива! У нее была тысяча возможностей убить его. Она могла отравить ему пищу, перерезать горло во сне...

— Она слаба, как и все женщины. Слаба и труслива, хотя и не показывает этого. Но рано или поздно мятежники заставят ее действовать. Ей не придется убивать его своими руками, достаточно будет просто предать.

Роб с сомнением покачал головой:

— Мне кажется, ты преувеличиваешь. У тебя есть какие-нибудь доказательства?

— Я видел, как она встречалась с мятежниками.

— Ты сказал об этом Жоберу?

— Пока не было случая.

— Ты уверен, что не ошибся?

— Это было в деревне. Она уговорила меня пойти туда из-за Вульфгет, той девушки, которая пострадала во время пожара. Эдива настояла на том, чтобы я сопровождал ее. Пока я находился вместе с Вульфгет в доме знахарки, Эдива встретилась с саксом, пришедшим из леса. Они спорили, он угрожал ей. Когда она вернулась, у нее был расстроенный и виноватый вид. Клянусь, это был один из мятежников.

— Но ты сказал, что они ссорились. Наверное, она отказалась помогать им.

— В тот раз, возможно, и отказалась. Но в конце концов она им уступит.

Роб вздохнул:

— Если это правда, то нам не следует оставлять ее наедине с Бревриеном, пока он не окрепнет достаточно, чтобы защитить себя.

— Не следует, — согласился Алан, взглянув на беспомощно распростертого на кровати Бревриена.

* * *

Эдива, вздрогнув, проснулась. Ей снова приснился кошмарный сон: замок охвачен пожаром, а она не может ни двинуться, ни закричать, чтобы позвать на помощь.

Эдива села и, приходя в себя, обнаружила, что заснула прямо в общем зале. Охвативший ее страх постепенно проходил. Но как только она вспомнила, что Бревриен ранен, ее вновь охватило беспокойство.

Она помчалась вверх по лестнице.

В спальне был полумрак. Свет исходил лишь от углей в жаровне. Рядом с кроватью сидел Роб.

— Как он? — спросила Эдива. — Не приходил в себя?

— Всего на несколько мгновений.

Эдива наклонилась и, пощупав лоб Жобера, с облегчением вздохнула. Лоб был холодный и сухой. Присутствие сидевшего рядом рыцаря смутило ее, и она нехотя убрала руку.

— Оставьте нас, — попросила она Роба.

— Миледи, Алан приказал не оставлять вас наедине с ним.

— Черт бы побрал вашего Алана! Если бы я хотела причинить Жоберу вред, то давно бы сделала это. — Она показала на перевязанное плечо Жобера. — И зачем мне нужно было его лечить?

Роб все еще не решался уйти.

— Уйдите! Я хочу остаться с ним наедине! Вы меня поняли?

— Такую злючку лучше не сердить, — раздался слабый голос с кровати.

Эдива охнула и обернулась к Жоберу:

— Очнулся!

— Не вполне, — с тяжелым вздохом произнес Жобер. — Я услышал твой голос и понял, что нахожусь в Оксбери... наконец. — Он взглянул на Роба: — Делай то, что она требует. Это приказ.

Помедлив еще мгновение, Роб пробормотал: «Как скажешь», — и вышел из спальни.

— Тебе надо было остаться в Глостере и там подлечиться, — упрекнула его Эдива. — Ты чуть не истек кровью по дороге.

— Не ругайся. Я слишком слаб, чтобы спорить с тобой.

— Извини. — У Эдивы глаза защипало от слез.

Он прав. Вечно она злится. А женщине подобает быть нежной.

Она подошла к нему ближе и сказала, понизив голос:

— Говорят, ты был ранен, когда вы попали в засаду. А настоящей битвы не было.

— Саксы разбежались, не начав ее. Но некоторые, должно быть, вернулись и спрятались среди деревьев. Мой отряд уходил последним. Мне повезло, что стрела попала в плечо. Попади она в шею... — Он помедлил: — Эдива, ты не знаешь, пользуются ли твои соплеменники арбалетами?

Она покачала головой.

— А что это за оружие?

— Опасное. Способное пробить доспехи. Даже самая плотная кольчуга не сможет защитить.

Эдива вдруг поняла, почему рана Жобера показалась ей странной. Стрела пробила кольчугу и вонзилась глубоко в плечо. Она покачала головой.

— Наши люди воюют мечами, копьями и боевыми топорами. Они пускают из луков стрелы. Но стрел, которые могли бы нанести такую рану, у них нет.

— Саксы не могут победить нас в открытом бою, поэтому решили убивать по одному. — Жобер помолчал. — Все-таки странно, что они обстреляли именно наш отряд.

Он вздохнул. Что-то его явно беспокоило. Он хотел рассказать о нападении.

Но Эдива боялась, что он переутомится.

— А теперь отдохни. — Она наклонилась и поправила одеяло. — Хочешь, я принесу тебе маковый отвар и настойку из корня мандрагоры, чтобы ты заснул?

— Нет. Я хочу, чтобы ты легла рядом. Хочу почувствовать твое тепло. Когда я лежал в таверне в Глостере и думал, что умираю, мне было очень холодно, несмотря на жар.

У Эдивы защемило сердце. Ей было больно думать, что он так страдал. Она сняла ботинки и уже хотела лечь рядом с ним, но он сказал:

— Тебе будет удобнее, если ты снимешь платье. — Глаза его поблескивали при свете жаровни. — От меня сейчас мало пользы, но все равно очень хочется почувствовать тебя рядом.

Эдива стянула через голову платье и, оставшись в одной сорочке, перелезла через Жобера и устроилась рядом с ним. Он шевельнулся, словно пытаясь повернуться к ней.

— Лежи спокойно, — шепнула она.

Эдива забралась под одеяло, обняла его и уткнулась в его здоровое плечо.

Как ни странно, она впервые за много месяцев почувствовала себя в безопасности. Его грудь поднималась и опускалась, дыхание было ровным. От тела исходило приятное тепло. Закрыв глаза, она могла забыть о ненависти и насилии, окружавших их. Не было ничего, кроме них двоих — двух существ, стремящихся обрести покой и утешение в объятиях друг друга.

В дверь постучали. Эдива моментально села в постели, пожалев о том, что не заперла дверь. В спальню вошел Форней. Он хотел было что-то сказать, но, увидев ее в постели, воскликнул:

— Черт возьми! Ты, видно, совсем совесть потеряла? Не можешь подождать, пока он поправится?

Эдива вскочила с кровати, забыв, что была лишь в тонкой сорочке.

— Это у тебя нет совести! И ума тоже! — закричала она. — В твоей голове только грязные мысли!

— Ты обвилась вокруг него, как змея, — презрительно скривив губы, сказал Форней. — Давно пора от тебя избавиться, и сейчас у меня есть такая возможность.

Он рывком вытащил из ножен кинжал. Эдива напряглась, настороженно глядя на него. Сейчас она покажет ему, что тоже кое-что умеет. Он поймет, что ее не так-то просто убить!

— Что с тобой, Алан, ты совсем спятил? — раздался голос с кровати.

И в этот момент Эдива бросилась на него. Наклонив голову, она сильно ударила своего противника в живот. Его кинжал упал на пол. А сам Форней рухнул, словно мешок с зерном. Эдива, уперев руки в бедра, склонилась над ним.

— Почему ты не воспользуешься случаем и не выцарапаешь ему глаза? — раздался голос Жобера. Эдива оглянулась. — Нет, нет, я шучу, — поспешно добавил он. Он хохотнул и тут же застонал: — Боюсь, что даже не смогу как следует посмеяться над вами.

Встревоженная Эдива подбежала к кровати.

— Лежи спокойно, — приказала она.

— Разве могу я лежать спокойно, когда вы готовы перерезать друг другу глотки? Вы хотите заставить меня искать замену сразу и начальнику гарнизона, и домоправительнице, как будто у меня мало других забот!

— Извини, что мы тебя разбудили, — сказала Эдива, — но он начал первый.

Ее ярость сменилась смущением. Черт бы побрал этого Форнея! Из-за него она вела себя как драчливый мальчишка!

— Что это на тебя нашло, Алан? — спросил Жобер поднимающегося на ноги рыцаря. — Сначала ты убеждал меня, что ее нельзя повесить, потому что она женщина. Теперь сам готов проткнуть ее кинжалом?

— Милорд, я...

— Он меня ненавидит, — сказала Эдива. — Он думает, что я хочу предать тебя.

— Она заодно с мятежниками, я это знаю! Избавься от нее поскорее. Если не хочешь убивать ее, то прогони по крайней мере из крепости.

— А кто будет распоряжаться слугами и смотреть за хозяйством? — спокойно спросил Жобер. — Я ценю твою преданность, Алан, но ты не говоришь по-саксонски. Мне совсем не хочется, чтобы все здесь снова пришло в упадок, как это было, когда мы впервые появились здесь.

Эдива расстроилась. Он равнодушен к ней. Она нужна ему лишь для того, чтобы помогать вести хозяйство.

Форней стиснул зубы, глаза его горели злобой. Он подобрал с пола кинжал и сунул его за пояс.

— Милорд, я буду за дверью, — произнес Алан и с достоинством удалился.

Эдива проводила его презрительным взглядом. Она одержала победу, но победу весьма сомнительную. Как она вела себя? Разве после этого Жобер признает в ней леди? Не признает. И жениться не захочет...

Она с удивлением поняла, что хочет именно этого. Она хочет, чтобы норманн женился на ней.

— Форней очень упрям, — задумчиво произнес Жобер. — Уж если он что-нибудь вобьет себе в голову, его не разубедишь. Но я не хочу, чтобы его унижали, Эдива. Он мой помощник, и от него зависит безопасность Оксбери. Я не хочу, чтобы ты кастрировала его во сне или отравила пищей за обедом.

— Я бы никогда этого не сделала!

— Или чтобы ты ставила его в дурацкое положение. Тем более в присутствии других людей.

Эдива разозлилась. Жобер обращается с ней, как ее братья: приказывает, учит, как вести себя. Будто она несмышленая девчонка.

— В таком случае держи его от меня подальше! — заявила Эдива. — Я тоже не позволю ему насмехаться надо мной, ставить меня в дурацкое положение!

Жобер кивнул, закрыл глаза и вздохнул.

Эдиву охватила тревога. О чем она думает? Как можно расстраивать тяжело раненного человека!

— Спи. — Она погладила его по щеке, покрывшейся за неделю рыжей щетиной.

Дыхание у него стало медленным и глубоким. Она почувствовала, как и ее покидает напряжение. Почему даже мысль о его страданиях рождает в ней такой ужас? Совсем недавно он был ее врагом, чудовищем из ночных кошмаров. Теперь ей хотелось сделать ему что-нибудь приятное, хотелось быть рядом с ним. Она мечтала, что он предложит ей выйти за него замуж.

Наверное, она сошла с ума. Ее братья и он — смертельные враги. А она мечтает о том, чтобы стать его женой.

Эдива закрыла глаза. Несколько часов страсти — и она стала его рабыней. Его запах казался ей экзотическим ароматом. А какое удовольствие быть рядом с ним! Эдива вздохнула и вернулась на свое место у него под боком.

Он пробудился от сна, в котором его со всех сторон окружали саксы, размахивавшие мечами. Глаза их горели азартом битвы, они были одержимы одним желанием — убить его. Тело его привычно напряглось, изготовившись к защите. Острая боль в плече вернула к действительности: он лежал на спине, распластавшись на кровати, беспомощный, словно новорожденный щенок.

А саксонка, лежащая рядом с ним, желает ему не зла, а добра. Форней подозревает ее в предательстве. Но он, Жобер, не может в ней сомневаться. Если бы Эдива замышляла что-нибудь против него, она могла бы давнымдавно с ним расправиться. Могла бы вонзить кинжал ему в спину, когда он купался в тот первый раз.

Но ведь она этого не сделала, хотя тогда была переполнена ненавистью.

Нет, теперь он не может с недоверием относиться к ней. И не только потому, что считает ее человеком чести, она не обманывает его и не предает. Но и потому еще, что — так хочется в это верить! — она его любит. Все последние дни Эдива с такой нежностью ухаживала за ним...

Он поерзал, пытаясь улечься поудобнее. Эдива сразу проснулась.

— Что случилось? Ты хочешь пить? Тебе больно?

Она села в постели и наклонилась над ним. Вид ее тела, прикрытого тонкой сорочкой, усилил его возбуждение.

— Хочешь, напою тебя маковым отваром? — нежно спросила Эдива.

— Потом. А сейчас давай поговорим.

Эдива насторожилась.

— О чем?

— Да о чем-нибудь, — сказал он. — Знаешь саксонские сказки?

— Знаю, — улыбнулась Эдива.

— Тогда расскажи.

— Зачем тебе? — удивилась она.

— Хочу узнать, про что они у вас, — засмеялся Жобер и добавил: — Хочу слышать твой голос. Твой красивый голос.

— А ты расскажешь мне потом свою?

— Конечно.

В слабом красноватом свете, исходившем от углей в жаровне, Жобер едва различал лицо Эдивы, но был уверен, что оно прекрасно.

— Ты выглядишь лучше.

Он улыбнулся ей:

— Это значит, что за мной ухаживают умелые ручки.

Эдива покраснела от удовольствия.

— По правде говоря, я настолько окреп, что хотел бы сегодня побриться и вымыться.

— Позвать Форнея?

— Нет. Я предпочел бы, чтобы мне помогла ты.

Он говорил тихо, явно поддразнивая ее.

Эдиву бросило в жар. Она посмотрела ему в глаза.

— Ты доверяешь мне прикоснуться лезвием к твоему горлу?

Его зеленые глаза сверкнули.

— Было бы глупо убивать человека, которому ты спасла жизнь. Такая практичная женщина, как ты, не может не понимать это.

Практичная. Он считает ее практичной. Она нужна ему только для того, чтобы присматривать за его хозяйством.

— Пойду прикажу принести горячей воды, — сказала она.

Спускаясь по лестнице, Эдива пыталась взять себя в руки. Не прошло и недели с тех пор, как он был при смерти. Неприлично, что ее одолевают низменные чувства, ведь он тяжело ранен.

Но выражение его лица не оставляло сомнений. Она могла поклясться, что он, как и она, предвкушал ее прикосновения к его обнаженному телу.

Какое сладкое мучение! Прикасаться к нему, вспоминать о том, что было между ними, и сознавать, что они не могут сделать ничего большего. Сколько еще должно пройти времени, пока он будет достаточно здоров, чтобы...

Она не должна думать об этом. Иначе у нее будут дрожать руки, и она, чего доброго, действительно порежет его при бритье!

В конюшне она нашла оруженосцев и приказала им натаскать воды для мытья милорда. Они справились у нее о его здоровье, и она заверила их, что ему гораздо лучше.

Возвращаясь в спальню, Эдива заглянула к Вульфгет. Девушка явно пошла на поправку. У нее порозовели щеки, и она уже сидела в постели.

— Где Алан? — спросила Вульфгет, поздоровавшись с Эдивой.

— У него много обязанностей... Я уверена, что он занят делами.

Вульфгет приуныла. Эдива решила, что обязательно поговорит с Жобером о его начальнике гарнизона и этой деревенской девушке.

Войдя в спальню, она увидела, что Жобер пытается подняться с кровати. Лицо у него побледнело, а руки дрожали от напряжения. Эдива бросилась к нему.

— Нет, ты не должен вставать! Тебе станет хуже!

Он снова лег, тяжело дыша.

— Черт возьми! Как же я ослабел! Дай мне отдышаться. Потом я еще раз попытаюсь встать.

— И куда же ты пойдешь? Если ты каким-то чудом доберешься до лохани, то тебе придется там и остаться. Потому что у меня не хватит сил снова уложить тебя в постель.

— Что делать?

— Ничего, — сказала Эдива. — Я вымою тебя сама, а ты лежи. Это самое лучшее, что мы можем сделать.

Побледневший от напряжения Жобер смиренно кивнул.

Ожидая, пока принесут воду, Эдива приготовила полотенца и нашла чистую одежду, чтобы переодеть Жобера. Она старалась не смотреть в сторону кровати, зная, что его смущает собственная слабость.

Наконец принесли горячую воду. Эдива заставила оруженосцев поставить ведра возле кровати, потом всех выпроводила вон.

Закатав рукава, она смочила в горячей воде кусок ткани и, подойдя к постели, хотела было откинуть одеяло, но остановилась.

— Нужно подбросить углей в жаровню, иначе тебе будет холодно.

Эдива спустилась в зал и приказала слугам принести наверх горячих углей, чтобы наполнить жаровню. Когда все было сделано, она снова взяла в руки мокрую тряпку.

— Может, ты сначала побреешь меня? — спросил Жобер.

Она кивнула, радуясь короткой отсрочке. Смочив мыльной пеной его щеки, она заострила лезвие о точильный камень и принялась его брить, моля Бога, чтобы у нее не дрожали руки.

Эдива сосредоточила все внимание на бритье, убеждая себя, что эта работа ничем не отличается от шитья, когда стараешься не скривить шов. Но близость его тела возбуждала ее.

— Может быть, ты меня еще и подстрижешь? — спросил он, когда она закончила.

Эдива помедлила, удивившись.

— Зачем?

— Так принято у норманнов.

— До сих пор ты не следовал этой традиции, — заметила она.

Губы его дрогнули в улыбке:

— Тебе нравится, что у меня длинные волосы?

— Да. Так ты больше похож на сакса, — покраснев, сказала она.

Едва ли стоило говорить такое, но это была правда. Ей было трудно привыкнуть к тому, что норманны брили лица и коротко подстригали волосы, оголяя уши.

— Если тебе так больше нравится, я не буду их стричь, — сказал он.

Волна нежности поднялась в ее душе, когда она поняла, что ему небезразлично ее мнение.

Эдива стерла с его лица мыльную пену. Потом она откинула одеяло с его груди и обмакнула тряпку в ведро со свежей водой.

Она обтерла его шею, здоровое плечо и предплечье. Он лежал спокойно, полузакрыв глаза. Сполоснув тряпку, она осторожно вымыла под мышкой. Кажется, он щекотки не боится. Это она трепетала всем телом, намыливая росшие там рыжеватые волосы.

Обтирая ему грудь, она прикоснулась к соску и заметила, что Жобер вздрогнул. Эдива почувствовала, что ее соски немедленно напряглись.

Как и в первый раз, когда Эдива мыла его, она старалась разглядеть его тело. Волосы на груди были не такими рыжими, как на животе. Как рельефно выделялись под кожей его мышцы! Как сильна его шея...

Она смотрела на него. Она прикасалась к нему руками. И от этого ее бросило в жар, у нее закружилась голова. Ей хотелось прикоснуться к нему губами и попробовать, какова на вкус его кожа.

Мыть вокруг раны было сложнее. Эдива старалась действовать осторожно. И это отвлекло ее от волнующих мыслей, заставило вспомнить, что он еще не поправился. Спокойная и собранная, она помогла ему приподняться и сесть, чтобы можно было обтереть спину.

Потом пришло время мыть нижнюю часть тела.

Она прикрыла полотенцем его грудь, чтобы он не простудился, и спустила одеяло ниже. Снова ее охватило волнение, когда она поняла, что своими прикосновениями возбудила его.

Эдива замерла, вспомнив, какое волшебное чувство полного удовлетворения испытала она когда-то.

Судорожно глотнув воздух, Эдива наклонилась над ведром, чтобы сполоснуть тряпку. Наверное, лицо ее горело, выдавая все тайные мысли. Что он может о ней подумать? Ее смятение позабавит его? Как ей это узнать, если она не посмотрит ему в лицо? А сделать этого она не могла.

Наконец Эдива взяла себя в руки. Спустив одеяло еще ниже, она принялась мыть не вызывающие таких мучительных воспоминаний части его тела — ноги, ступни. Она не спешила, давая себе время успокоиться. Если ему станет холодно, возбуждение пройдет. Она мысленно проклинала себя за то, что заставила слуг добавить угля в жаровню. В комнате теперь было жарко.

— Хочешь, чтобы я перевернулся? — спросил Жобер.

Эдива медленно выдохнула воздух.

— А ты сможешь?

— С твоей помощью.

Она взглянула ему в лицо.

— Что мне нужно сделать?

— Наклонись и поддержи меня.

Она сделала, как он велел, потом отступила на шаг. Теперь он лежал на животе. Вид его тела с этой стороны был, пожалуй, не менее соблазнительным. Широкие мускулистые плечи и крепкие округлые ягодицы дополняли великолепную картину мужской красоты.

И тут она сдалась. Зачем бороться с желанием, которое возбуждало в ней его тело? Почему бы не насладиться им? Совершенно очевидно, что и он испытывает удовольствие. На губах его играла улыбка, глаза горели страстью. Похоже, он даже забыл, что у него ранено плечо.

Эдива ощущала под своими руками его твердые мускулы. Она вдруг осмелилась охватить ладонями его ягодицы. Он глухо застонал.

Эдива убрала руки и отклонилась назад, опасаясь потерять сознание от наслаждения. Она вся горела. Между ног стало влажно. Она хотела, ох как она хотела...

— Эдива, — хрипло пробормотал он, — может быть, ты закончишь?..

Она сполоснула тряпку и принялась мыть его ягодицы — медленно, с удовольствием. Потом ее пальцы скользнули дальше, чтобы пощупать загадочные мешочки, содержащие самую суть его мужской силы.

Эдива почувствовала, что Жобер затих. Так бывает в природе перед бурей. Опираясь на здоровую руку, он со стоном повернулся на бок.

— Так тебе будет удобнее, Эдива, — сказал он.

## Глава 16

Жобер перевернулся, и взгляд Эдивы устремился на самую притягательную часть его тела. Темно-красный дротик торчал из огненно-рыжих волос, свидетельствуя о его желании. Он так же поднимался и для Голды? А еще для кого? Или это волшебное превращение произошло только для нее? Она протянула руку. Он застонал.

— Эдива, — прошептал Жобер, — прошу тебя, прикоснись ко мне, моя кошечка.

Эдива опомнилась и принялась мыть его грозное оружие. «Да, — подумала она. — Таким я его запомнила — горячим и очень твердым». Она старалась не терять самообладания. Но как удержаться и не потрогать наконечник, не погладить кончиками пальцев древко, не поиграть завитками рыжих волос... Она перестала сдерживать себя и предалась наслаждению.

Он вцепился руками в одеяло.

— Боже мой, ты сведешь меня с ума!

Это восклицание испугало ее.

— Твоя рана! Я забыла... Мы не должны этого делать!

— Ты что, хочешь убить меня? Если ты не продолжишь, я умру!

Эдива с сомнением уставилась на него.

— Но как мы... то есть... неужели ты хочешь...

— Делай то, что делала. И я получу удовольствие.

Эдива напряженно замерла.

— Потом и ты получишь, — прошептал он.

Его нежный голос успокоил ее.

Жобер приподнялся на постели. Его зеленые глаза потемнели от желания.

— Сними платье. Я хочу видеть тебя обнаженной.

Она подчинилась. От смущения и желания ей стало жарко. Соски ее набухли, между ног было влажно.

Он окинул ее страстным взглядом.

— Сядь на меня.

Она взобралась на кровать и сделала, как он велел. Он откинулся на подушки. Ноздри его трепетали, рот приоткрылся.

— Господи, какая же ты красавица!

Эдива наслаждалась тем, что Жобер любуется ее телом.

— У тебя великолепные груди, — сказал он. — Я хочу попробовать на вкус... каждую.

Подчиняясь его желанию, она наклонилась над ним, предлагая себя. Он принял ее дар, глубоко втягивая губами ее сочную плоть, пока она не застонала. Ей хотелось большего. Она отклонилась назад и выгнулась, подчиняясь сильным рукам.

Палец Жобера скользнул к ее самому заветному местечку. Она закрыла глаза. По ее телу пробежала дрожь наслаждения.

Эдива возвращалась к реальности. Ее тело, расслабленное, скользкое от пота и выделившейся влаги, лежало на Жобере. Она с опаской взглянула на его лицо — не испытывает ли он отвращение?

Глаза у него горели от возбуждения, лицо раскраснелось.

— А теперь, Эдива, ты должна отплатить мне тем же. — Он взял ее руку и притянул к своему заветному месту.

Ее пальцы снова ощутили твердость его копья.

— Быстрее, — сказал он. — Вот так, великолепно!

Эдива слезла с кровати и подошла к ведру с водой. Потом взглянула на Жобера. Глаза его были закрыты, тело расслабилось.

— Иди ко мне, — прошептал он. — Я хочу, чтобы ты была рядом.

Она прижалась к нему всем телом.

— Эдива, — произнес Жобер, касаясь губами ее щеки. — Моя прекрасная саксонка!

— В деревне заболел мальчик по имени Леогит, — сказала Эдива, отрываясь от шитья. — Хельвенна ничего не смогла сделать, и мальчик позавчера умер. Его тело собираются сжечь на погребальном костре. Это один из наших старинных обычаев. Церковь противится, но наши люди всегда так поступают с мертвыми.

Эдива взглянула на Жобера. Хотя его здоровье за последние несколько дней заметно улучшилось, он по-прежнему много времени проводил в спальне, набираясь сил. Она рассказала ему подробно, что происходит в поместье.

— Я решила уговорить Хельвенну обучить какую-нибудь женщину искусству целительницы. — Эдива разгладила вышивку. — Она уже стара. Жаль, если ее знания будут потеряны. Я остановила выбор на Эдельме. Она крепкая и толковая девушка. Мне кажется, у нее должно получиться.

— Это какая же?

— Она работает на кухне. Такая рослая, с широким лицом и каштановыми волосами.

— А-а, это та, с которой не захотел переспать ни один из моих людей?

— Считай, что мне повезло. У меня на кухне по крайней мере есть хоть одна небеременная женщина! Каждый день, когда я захожу на кухню, чтобы сделать распоряжения, мне приходится выслушивать бесконечные жалобы и утешать несчастных. Половину из них тошнит по утрам, другая половина от усталости не способна как следует работать. Вот видишь, до чего довели их твои рыцари!

— Наверное, и раньше случалось, что служанки беременели?

Эдиве вспомнилось, как ее мать узнала, что Бьернвольд и Годрик развлекаются со служанками. Это было за неделю до того, как Оксбери посетил король Гарольд со свитой. Когда обнаружилось, что две девицы забеременели, мать приказала высечь обоих братьев Эдивы, а девиц отдали в жены вилланам.

Найти мужей для женщин, беременных от сыновей лорда, было нетрудно. Большинство крестьян из округи не возражали принять в свое гнездо «кукушонка», если это сулило им выгоду в будущем. Однако Эдива опасалась, что пристроить женщин, беременных от норманнов, будет не так-то просто.

— Надо искать для них мужей, — сказала она. — Тебе, наверное, придется дорого заплатить, чтобы найти мужчин, которые пожелают взять в жены женщин, обесчещенных твоими рыцарями. Большинство женщин не знают даже, кто из твоих людей отец ребенка.

— Как ты думаешь, сколько это мне будет стоить?

— Возможно, по корове или поросенку за каждую, не считая прав на выпас скота и рыбную ловлю, а также другие привилегии.

— Дороговато. Если твои служанки будут продолжать в том же духе, то скоро они пустят меня по миру.

— Возможно, это заставит тебя поговорить наконец с твоими рыцарями, — язвительно заметила Эдива. — Это за их удовольствия тебе приходится расплачиваться!

Жобер покачал головой:

— У меня весь гарнизон разбежится, если я буду слишком строго относиться к их похождениям. Так уж повелось. Большинство из них никогда не женятся. Надо же им как-то удовлетворять свои потребности. Теперь они по крайней мере знают, что должны сначала убедиться в согласии женщины.

Эдива почувствовала, что краснеет. Все эти разговоры об «удовлетворении» потребностей живо напомнили ей, что произошло четыре дня назад между ней и Жобером. Воспоминание о собственном поведении все еще приводило ее в смятение.

— Даже если женщина согласна, что делать, когда она забеременеет? Будет лучше, если твои люди станут проводить время только с одной или двумя женщинами. Тогда нам пришлось бы устраивать только их судьбу.

— Не думаю, что рыцари на это согласятся, — заметил Жобер.

Эдива сразу же подумала о Голде.

— Голдой, например, наверняка многие попользовались, — сказала она. — Мужчины к ней так и липнут.

— Ты ошибаешься. Большинство рыцарей успели понять, что она готова на все услуги, если хочет что-то получить взамен. Ее берут только в том случае, когда не находят никого получше.

Эдиве его слова доставили удовольствие. Она поняла, что Жобер утратил интерес к Голде. Наконец-то он понял, что эта Голда собой представляет.

— Я согласен дать приданое женщинам, которые забеременели. Назови их.

— Эйса, Олдреда и Эмма.

— Для меня они все на одно лицо, — проворчал Жобер. — Кроме Вульфгет. Она не похожа на остальных.

Поэтому и Форней предпочел ее, подумала Эдива. Может быть, Жоберу тоже больше нравятся нежные, хрупкие женщины?

У нее снова возникли сомнения. И Форней и Голда предупредили ее, что Жобер хочет жениться на норманнке. А она, Эдива, может месяцами вести его хозяйство, делить с ним постель, но ее прогонят, как только он женится на другой женщине.

При этой мысли ее охватил гнев, и она довольно резко сказала:

— Кстати, о Вульфгет. Ты намерен позаботиться о том, чтобы Форней женился на ней?

— Это его дело. Не мне решать, на ком должен жениться мой начальник гарнизона. И уж конечно, я не стану заставлять его жениться на саксонке, если он сам этого не захочет.

Его слова болью отозвались в ее сердце, потому что они могли относиться не только к Вульфгет, но и к ней.

— Но Алан стал ухаживать за Вульфгет, когда она была больна и беспомощна, — продолжала настаивать Эдива. — Если он бросит ее теперь, это разобьет ее сердце!

Жобер потерял терпение:

— Если он обрюхатил ее, я выдам ее замуж за какого-нибудь виллана, как и всех прочих. Я не несу ответственности за каждую глупую покинутую девицу в Оксбери!

«А что будет с этой глупой покинутой девицей?» — хотелось спросить Эдиве.

— Расскажи-ка мне лучше, как там продвигается строительство, — сказал Жобер, пытаясь уйти от неприятного разговора. — Алан говорит, что начали углублять ров. Я предложил передвинуть его на несколько футов, чтобы было где развернуться, когда начнут возводить каменную стену.

Эдива сложила рукоделие и встала.

— Можешь обсудить это со своим начальником гарнизона. А меня ждут другие дела.

«Какая муха ее укусила?» — подумал Жобер, когда Эдива, громко хлопнув дверью, ушла из комнаты.

Проклиная все на свете, он кряхтя встал со стула. Хотя рана зажила, из-за большой потери крови он был еще слаб. Даже путь со стула до кровати требовал напряжения.

Сделав несколько неуверенных шагов, он рухнул на кровать. У него дрожали ноги. Ему хотелось пить. Но в кувшине не было воды.

Придется ждать возвращения Эдивы. Если она вообще вернется. Она странно изменилась с тех пор, как мыла его.

При одном лишь воспоминании об этом он ощутил возбуждение. Ему вспомнилось, как она, сидя на нем, подносит к его губам свои роскошные груди с розовыми сосками. Ее бедра с золотистым треугольником волос посередине широко раздвинуты в ожидании его ласки... И он доставил ей наслаждение. Он ласкал ее до тех пор, пока по ее бедрам не прошла дрожь. Дыхание ее стало тяжелым и прерывистым. Она откинула назад голову, густые золотистые волосы рассыпались по спине, полные, соблазнительные губки раскрылись... Какое чудесное воспоминание! Повторить бы все это!.. Увы, ему мешает сейчас его несчастное раненое тело.

Жобер проклинал свою слабость. Но он решил, что не станет заниматься с ней любовью, пока не сможет делать это как следует. Делать каждую ночь, каждый день... всегда.

Сила собственного чувства потрясла его. То, что он испытывал к Дамарис, не шло ни в какое сравнение с чувством к Эдиве.

Когда же наконец придет ответ от короля Вильгельма? Он отправил послание с просьбой разрешить ему жениться на Эдиве почти месяц назад. Король должен бы уже получить его и прислать ответ.

Алан придет в ярость, когда узнает о его намерениях, подумал Жобер, откидываясь на подушки. Он решит, что его хозяин потерял разум. Но разве женитьба на Эдиве не является наилучшим способом обеспечить ее преданность?

Жобер был уверен, что Эдива не способна предать своего мужа. Даже под давлением родственников. Став женой, она будет считать своим долгом во всем поддерживать супруга.

А что, если она не захочет выходить за него замуж? Она такая гордая и упрямая. Может не пожелать связывать себя узами брака. Конечно, если она откажется, он не станет принуждать ее. Женщина должна выходить замуж по доброй воле. Но за соответствующую мзду отец Рейболд подпишет документ, подтверждающий, что Эдива согласна выйти замуж. Пусть даже ее придется притащить в церковь связанной по рукам и ногам.

Нет, до этого дело не дойдет, решил Жобер. У него имеются другие средства, чтобы сломить ее сопротивление. Он своей любовью заставит ее сдаться. При этой мысли губы его дрогнули в улыбке.

К сожалению, придется подождать. Скоро он снова будет здоров и полон сил.

Жобер закрыл глаза и заснул.

Его разбудил запах дыма. Не привычный запах угля в жаровне, но тяжелый смрад от горящей соломы, дерева и горящей плоти. Сначала Жобер встревожился, но потом вспомнил о погребальном костре для умершего в деревне ребенка.

Наверное, отца Рейболда этот обычай приводит в ярость. Он непременно будет говорить о варварстве саксов.

Что касается Жобера, то ему саксы не казались такими уж дикарями. Просто они были другими.

Жобер подумал об Эдиве. Она вела себя как любая другая женщина. Многое умела делать — даже лучше, чем большинство женщин, которых он знал. Она была отличной рукодельницей, умела обращаться со слугами и управлять хозяйством.

В замке было много предметов роскоши. Это тоже опровергло распространенное среди норманнов мнение о саксах, как о людях грубых и невежественных. Ему, например, еще никогда не приходилось спать в такой уютной и хорошо обустроенной спальне, как эта. Даже вещи, которыми саксы пользовались в повседневной жизни, были изящными и радовали глаз: серебряные кувшины и кубки с витыми ножками, украшенные великолепным орнаментом, гребни из резной слоновой кости, деревянные сундуки с бронзовыми замками и ручками, обтянутые полосками кожи. Как ни странно, Жобер все больше убеждался в том, что саксы, возможно, могли бы тоже многому научить норманнов. Это были отнюдь не дикари, которых следовало убивать или превращать в рабов. Если норманн хорошо обращался с ними и был справедлив, они были готовы честно трудиться.

Жаль умершего ребенка из деревни. Семья, наверное, оплакивает его. Но дети часто умирают в любой семье. Даже в королевской.

Запах дыма усилился. Жобер с трудом встал и, подойдя к окну, раскрыл ставни. В деревне было суетно и шумно. Дым поднимался не от одного костра, а от нескольких крестьянских домишек.

Жобер нахмурился. Что-то не так. Горит не погребальный костер. Это пожар в деревне! Он заметил, как между горящими домами мечутся его рыцари.

Преодолевая слабость, Жобер вышел из спальни и спустился по лестнице. В зале никого не было, кроме перепуганной служанки.

— Что случилось? Что происходит в деревне? — спросил он.

Но девушка, вытаращив на него глаза, не ответила. Жобер сообразил, что она не понимает, что он ей говорит, и попытался вспомнить те немногие слова по-саксонски, которые знал. Потом махнул рукой и пошел к двери. Он направился к воротам и позвал стражника.

— Что, черт возьми, происходит? Почему наши люди напали на деревню?

— Милорд! Почему вы встали с постели? — испуганно спросил стражник.

— Я пришел, чтобы узнать, что происходит!

— Это Форней приказал всем ехать туда. Он сказал, что вы больны и вас нельзя беспокоить.

— Но что случилось, объясни наконец!

— Все началось с погребения. Леди Эдива пошла в деревню, на похороны. Но скоро она прибежала назад, крича, что в деревне пожар, горят дома. Она потребовала, чтобы несколько человек отправились в деревню — помочь тушить пожар. — Стражник пожал плечами. — Признаюсь, я послал туда людей. Форнея нигде не было видно, а вы знаете леди Эдиву. Когда она что-нибудь решит, с ней не поспоришь.

— Но ты сказал, что это Форней приказал?

— Это было потом. После того, как напали саксы.

— Напали саксы?

— Да. Я сам не видел, но оттуда примчался Хеймо, требуя подкрепления. Он сказал, что двое наших людей ранены и что это была засада. Вот тогда и появился Форней. Он взял с собой остальных людей, и они побежали с холма вниз. Я не удивился бы, узнав, что это он поджег целую деревню. Он просто рассвирепел. И все кричал что-то о «вероломной саксонской чертовке».

Жобер сделал глубокий вдох. Он сомневался, что сможет удержаться в седле — у него от слабости подгибались ноги. Придется послать туда стражника.

— Скачи в деревню, — приказал Жобер, — и скажи Форнею, чтобы он не смел ничего жечь! Наоборот, он должен помочь тушить пожар. Если есть пленные, то пусть доставят их сюда. А самое главное, скажи ему, чтобы он не трогал Эдиву, иначе будет иметь дело со мной!

Рыцарь смотрел на него во все глаза.

— Я все сделаю, милорд, но кто останется стеречь ворота? Если на крепость сейчас нападут, ее некому будет защитить.

— Я сам постою здесь. Сесть в седло и ринуться в бой я не смогу, но еще способен пустить стрелу, чтобы на какое-то время задержать нападающих.

Рыцарь кивнул, вскочил на коня и помчался по склону холма в направлении деревни. Жобер, едва держась на дрожащих ногах, закрыл за ним ворота. С трудом, словно дряхлый старик, он взобрался по лестнице на сторожевую башню.

Жобер видел, как рыцарь въехал в деревню и скрылся в дыму.

— Черт бы побрал Форнея! — Жобер в ярости ударил кулаком по стене башни. Черт бы побрал ее! О чем они оба думают?

Его охватил страх. Что, если Алан прав, а он ошибается? Что, если Эдива заманила его людей в засаду? Если это так, он ее накажет. Невзирая на ее красоту и женственность, он заставит ее поплатиться за жизни своих людей!

Почему она сделала это? Уж лучше бы убила его, когда он мылся в лохани, чем предавать.

Скрипнув зубами, Жобер взглянул на затянутую дымом долину.

Как могла она это сделать? Лечила его, целыми днями ухаживала за ним, а потом предала? Это лишено всякого смысла.

Но может быть, Эдива действительно пошла в деревню, чтобы выразить соболезнование семье умершего ребенка? А ее соплеменники сами подожгли деревню, чтобы завлечь его людей в ловушку?

Тогда Эдива не имеет никакого отношения к этой засаде. Нет, она не умеет лгать. Если бы она что-то затевала, он бы это почувствовал.

Сегодня во время их разговора он понял, что чем-то раздражает ее. Такое случалось довольно часто. Но почему она сердилась на этот раз?

Да, случилось что-то серьезное. Он, возможно, даже потерял двух хороших воинов. Но Эдива его не предавала.

С чувством облегчения он увидел, что вверх по склону холма скачет посланный им рыцарь.

Жобер начал спускаться по лестнице со сторожевой башни. Он быстро открыл ворота.

— Все закончилось, милорд! — крикнул рыцарь. — Мы захватили двух пленных, а остальных распугали.

Жобер впустил рыцаря в крепость.

— А леди Эдива? — спросил он. — Как она?

— Форней не убил ее, если вы спрашиваете об этом. Но один из пленных — ее брат. Увидев его, она чуть не потеряла сознание.

Жобер приказал рыцарю подняться на сторожевую башню.

— Продолжай наблюдение. Я пойду в дом.

Он с трудом добрался до главного зала и опустился на ближайшую скамью. Служанка позвала кого-то на помощь. Жобер хотел что-то сказать, но неожиданно потерял сознание.

## Глава 17

Придя в себя, он увидел склонившуюся над ним испуганную служанку.

— Принеси мне эля или меда, — приказал он, показав, что хочет пить.

Девушка убежала и тут же вернулась с кружкой эля. Он с трудом сел и быстро осушил кружку, а потом дал понять служанке, что она может идти.

Услышав шум во дворе, Жобер встал со скамьи. Первым, кого он увидел, был злой как черт Форней.

— Снова засада! Двое наших людей тяжело ранены. Боюсь, что у Найлза, даже если он выживет, будет плохо двигаться рука. Я же говорил тебе, что она предательница!

— Где раненые?

— Их сейчас принесут. Эта чертовка продолжает распоряжаться. — Он презрительно фыркнул. — Если ты доверяешь ей уход за ними, то, клянусь, скоро об этом пожалеешь. Они не доживут и до утра!

— Ты не забыл, что я выжил только благодаря заботам леди Эдивы?

Едва сдерживая ярость, Алан покачал головой:

— Не знаю, почему она помогала тебе и каков ее коварный замысел. Но уверен, что она заманила наших людей в расставленную саксами ловушку.

— Где она?

— Сейчас ее приведут. Вместе с пленными.

Жобер бросил взгляд в сторону ворот. Взгляд сразу же остановился на двух светловолосых мужчинах, которых, подталкивая в спину, ввели в ворота. Их руки были связаны за спиной. Оба смотрели прямо перед собой, гордо, смело.

Они были не похожи друг на друга. Один — немолодой, с глубокими морщинами на загорелом лбу. Другой — еще совсем мальчишка: высокий, стройный, с красивыми голубыми глазами и тонкими чертами лица, которые были до боли знакомы Жоберу.

Брат Эдивы!

— Я уже приказал строить виселицу, — сказал стоявший рядом Форней. — Мы повесим их на склоне холма, на виду у всей шайки. Думаю, было бы неплохо сначала помучить их. Чтобы все поняли, как мы поступаем с мятежными саксами.

— Нет! — решительно заявил Жобер. — Мы не повесим их. До поры, до времени.

Побагровевший от злости Алан вытаращил на него глаза.

— Что ты хочешь сказать? Уж не простить ли их за эту вылазку?

— Ты не подумал, что было бы разумно допросить их перед казнью? Мне важно знать, сколько их еще осталось и где они прячутся.

— Думаешь, эти выдадут своих сообщников? — спросил Алан, глядя на пленных. — Возможно, ты прав. Под пытками они могут сказать кое-что интересное. Особенно молодой. — Он снова взглянул на Жобера: — Но потом их следует повесить. Ради торжества справедливости.

Жобер кивнул, хотя при мысли о казни у него дрогнуло сердце. Разве Эдива простит его когда-нибудь, если он повесит ее брата?

Он заставил себя вернуться к действительности.

— А женщину? — спросил Форней.

И тут Жобер увидел Эдиву. Она стояла позади пленных со связанными за спиной руками. С обеих сторон ее охраняли рыцари. Лицо ее было испачкано сажей, на грязном платье алели пятна крови. В отличие от других пленных голова ее была опущена. Она даже не взглянула на него.

Он подошел к ней и, взяв за подбородок, повернул лицом к себе. В ее взгляде были гнев и отчаяние.

— Милорд, — отчетливо произнесла она, — вам не следовало вставать с постели.

Он почувствовал большое облегчение. Какие бы чувства ни отразились на ее лице, чувства вины там не было. Он развязал ее руки и сказал, обращаясь к Алану:

— Женщина пойдет со мной.

Алан чуть не задохнулся от возмущения:

— Я не оставлю тебя наедине с этой предательницей.

— Я сам с ней разберусь, — сказал Жобер.

— Она, должно быть, колдунья, — воскликнул Алан, — иначе ты заметил бы ее вероломство! Я ни за что не позволю тебе оставаться наедине с ней!

Жобер сделал шаг в сторону замка. Он снова почувствовал тошноту и слабость. Плечо невыносимо разболелось, в глазах потемнело.

— Пусть кто-нибудь поможет мне, — сказал он. — Где Роб?

— Он ранен. Его несут на носилках.

— Насколько серьезна рана?

— Получил удар кинжалом в живот.

Только не Роб. Господи, только не Роб.

— Пусть мне поможет Уилл.

— Я здесь, милорд.

Жобер с трудом разглядел своего оруженосца.

— Поддержи меня, возьми под руку. Нет, под другую.

Он закрыл глаза, стараясь не опираться всем весом на юношу.

Кто-то мягко тронул его за локоть.

— Вам не следовало вставать с постели, — упрекнул его голос Эдивы. — Это не способствует вашему выздоровлению.

Они добрались до спальни, и Жобер рухнул на кровать. Звон в ушах и головокружение постепенно прошли, но боль в плече усилилась.

Он слышал, как Эдива двигалась по комнате, тихо разговаривая с Уиллом. Она подошла к кровати и стерла влажным полотенцем пот с его лица.

— Хочешь выпить макового отвара с корнем мандрагоры? Это поможет тебе заснуть.

Он помедлил с ответом. Им нужно было о многом поговорить. Но он уже не мог выдерживать боль. К тому же боялся исхода этого разговора. Речь зашла бы о ее брате. И о ее участии в том, что произошло.

— Да, я, пожалуй, выпью отвара, — сказал Жобер.

Она подошла к столу и вернулась с чашкой отвара. Он выпил горькую жидкость и лег.

Услышав, как Эдива вздохнула, он заставил себя открыть глаза. Увидел, как она моет лицо и руки.

— Это ваша кровь? — спросил Уилл.

— Нет, это кровь Роба.

Жобер услышал, каким печальным голосом она это сказала. Не могла Эдива горевать о раненом нормание, если бы была участницей заговора.

— Насколько тяжела у него рана?

— Ты и сам знаешь, как опасны ранения живота.

— Боже! — прошептал Уилл. — И вы ничего не можете сделать для него?

— Я уже послала женщину к знахарке, чтобы та посоветовала, что делать. Твоему господину ее советы помогли. Может быть, она и сейчас подскажет, как лечить Роба.

Жобер не расслышал слов Уилла. Потом снова раздался голос Эдивы:

— Ну вот, кажется, я немного отмылась. А теперь пойду навестить раненых. Лорд Бревриен должен спать. Я вернусь до того, как он проснется.

— Миледи, Форней сказал, что вы не должны выходить из этой комнаты, — запротестовал Уилл.

— Ты предпочитаешь, чтобы я оставила твоих товарищей умирать?

Уилл не знал, следует ли доверять Эдиве.

— Идите, — сказал он наконец, — я посижу с Жобером.

* * *

Раненых поместили рядом с камином. Эдива с удивлением увидела Вульфгет. Та склонилась над Робом, обтирая его лицо. Она хотела было приказать девушке вернуться в постель, но передумала. Если та хорошо себя чувствует, пусть ухаживает за раненым.

Эдива подошла к другому рыцарю, Найлзу. У него мечом было рассечено предплечье. Побежав тушить пожар (а не сражаться с врагом), он не надел кольчугу. На нем была короткая кожаная куртка поверх туники.

Потом Эдива подошла к Робу и, осмотрев его рану, повернулась к Вульфгет:

— Эдельма еще не вернулась от знахарки?

— Пока не вернулась, — ответила Вульфгет.

Расстроенная Эдива отошла от койки Роба. Хижина знахарки загорелась одной из первых. Увидев это, Эдива бросилась к мужчинам, прося спасти Хельвенну. Но крестьяне не хотели прикасаться к Хельвенне, чтобы та их не прокляла. В конце концов старуху вытащили из горящей хижины норманны.

Эдиве показалось, что Хельвенна не пострадала. С ней было трудно договориться и в лучшие времена, а теперь она, возможно, совсем откажется лечить людей.

— Я ненадолго поднимусь к себе, — сказала Эдива, обращаясь к Вульфгет. — А когда вернусь, ты мне, надеюсь, поможешь.

— Конечно. Но в чем?

Эдива кивнула головой в сторону Найлза.

— Мне нужно, чтобы кто-нибудь держал его за руки, пока я буду накладывать швы.

— Я... я не уверена, хватит ли у меня сил, — испуганно пролепетала Вульфгет.

— Мне нужно, чтобы рыцарь лежал не двигаясь. А потом потребуется и другая помощь. Мне нужен человек с нежными и ловкими руками.

— Я... я постараюсь.

— Вот и умница, — сказала Эдива. Возможно, из Вульфгет со временем получится хорошая служанка.

Эдива принесла из спальни то, что требовалось. Дав Найлзу отвара мака и корня мандрагоры, она тщательно вымыла руки горячей водой.

Пальцы у нее дрожали. Она уже зашивала рану Жобера, когда на ней разошлись швы, но это была простая рана. Если бы она скривила шов, то впоследствии на этом месте мог бы остаться шрам, а это не так уж страшно. На сей раз от ее искусства зависело будущее человека. Если она подведет, Найлз, возможно, никогда больше не сможет владеть мечом.

Оруженосец принес масляную лампу, и Эдива принялась за работу.

Она думала о том, что сшивает не живую плоть, а ткань. И дрожь в руках прекратилась.

Вульфгет тоже постепенно успокоилась. Она вдевала нитки в иголку и помогала обрезать концы с помощью маленьких серебряных ножниц. И нежно поглаживала лоб рыцаря тонкими бледными пальчиками.

У Эдивы даже мелькнула мысль, что, возможно, лучше было бы послать в обучение к Хельвенне не Эдельму, а Вульфгет. Хрупкая девушка оказалась сильнее, чем предполагала Эдива. А прикосновение ее нежных пальчиков, несомненно, благотворно сказывалось бы на больных или раненых.

— Почему бы тебе самой не попробовать наложить повязку? — предложила Эдива. — Постарайся, чтобы повязка не сползла. Но не затягивай слишком туго, — предупредила она, наблюдая за тем, как Вульфгет старательно выполняет ее указания.

За спиной послышался голос Форнея:

— Хорошая работа, леди. Если бы я не знал о вашем коварстве, подумал бы, что вы искренне это делаете и хотите, чтобы Найлз поправился.

Эдива вздохнула и повернулась к рыцарю:

— Мне не по себе, когда кто-нибудь страдает.

— У вас не всегда было такое доброе сердце, — насмешливо произнес он. — Я помню время, когда вы хотели перебить нас всех. Когда вы были готовы выцарапать нам всем глаза. Но тогда у вас были связаны руки.

Эдива тоже помнила это время и сама удивлялась, как быстро ненавистные враги стали вызывать у нее сострадание.

— Надеетесь, что мы проявим такую же жалость к пленным саксам? — спросил Форней. — Можете на это не рассчитывать, леди Эдива. Пусть даже лорд Бреврием питает к вам нежные чувства, но это не распространяется на остальных ваших сородичей. Как только мы получим от пленных нужные сведения, они будут казнены.

— Прошу вас, не подвергайте их пыткам! — воскликнула Эдива. У нее сердце сжалось от мысли о страданиях Элнота. — Если вам нужны сведения, позвольте мне самой поговорить с ними. Я узнаю все, что вам требуется!

— И не надейтесь! — ответил Форней, сверкнув глазами.

— Но Элнот еще мальчик! Ему после Рождества исполнится всего пятнадцать лет!

— Он чувствовал себя мужчиной, когда поджигал дома, чтобы заманить наших людей в ловушку. Это из-за него двое наших воинов лежат раненые. Даже если бы он не был саксом, то все равно заслуживал бы сурового наказания.

Эдива совсем приуныла. У нее нет никакой возможности спасти Элнота. Вот если бы удалось убедить Жобера сохранить им жизнь... Видит Бог, она готова пойти на что угодно, чтобы добиться этого! Она готова поклясться, что будет служить у него домоправительницей до конца жизни... Она готова следить за другими своими братьями и сообщать об их намерениях норманнам...

Нет. Как бы ни была она зла на Годрика и Бьернвольда за то, что они поставили под угрозу жизнь Элнота и подожгли деревню, нельзя предавать их.

Тогда что она сможет предложить Жоберу, чтобы убедить его проявить милосердие?

— Я посоветовала бы вам не предпринимать никаких действий, пока не получите приказа от Бревриена, — сказала Эдива Алану и направилась к лестнице.

Форней схватил ее за руку:

— Куда это вы направились?

— К Бревриену.

— Ну уж нет! — вскричал Форней. — Я не позволю вам испытывать на нем свои колдовские чары. Он ослаб после ранения!

— Кто меня остановит? — с вызовом спросила Эдива.

— Я! — Форней угрожающе взглянул на нее.

— Каким образом? — спросила Эдива.

Форней еще сильнее сжал ее руку.

— Не испытывай мое терпение, дорогуша! Ведь я могу тебя бросить в подземелье.

— Нет! — в ужасе воскликнула Вульфгет. — Она наша хозяйка. Ты не можешь этого сделать!

Форней взглянул на Вульфгет с таким изумлением, словно у нее вдруг выросла вторая голова. Эдива тоже застыла от неожиданности. Что случилось с робкой, послушной Вульфгет? И где она научилась говорить по-нормандски?

Девушка отвела взгляд и пробормотала:

— Не делай этого, Алан. Прошу тебя. Это неправильно.

Форней замялся.

— Я просто пригрозил, — сказал он.

— Отпусти ее, Алан, — тихим голосом сказала Вульфгет.

Эдиву поразило, что Вульфгет имеет такую власть над нормандским рыцарем. Казалось, Форней готов сделать все, что угодно, лишь бы доставить девушке удовольствие. Интересно, имеет ли она, Эдива, подобную власть над Жобером? Согласится ли он сохранить жизнь Элноту, если она его как следует попросит?

Глубоко задумавшись, Эдива поднялась по лестнице. Это будет проверкой его чувств к ней. Если удастся уговорить его сохранить жизнь Элноту, она будет знать, что не безразлична ему.

А если не удастся?

Бедняжка Элнот! Каково ему сейчас в темном холодном подвале? Ее маленький братик. Она заботилась о нем в детстве, когда сама была малышкой, а он еще не умел ходить. Эдива была старше Элнота всего на четыре года, но он ее слушался. Она его защищала и утешала, она радовалась его успехам, пока он рос. А теперь его жизнь закончится, не успев как следует начаться.

С трудом подавив рыдания, Эдива открыла дверь спальни. Она должна найти способ убедить Жобера пощадить Элнота. Она должна попытаться.

Жобер проснулся и услышал голоса. Разговаривали Эдива и какой-то мужчина. Наверное, Уилл, подумал он, хотя полной уверенности не было. Воспоминания о событиях прошлого дня были весьма расплывчатыми.

Что-то произошло. Пожар в деревне... засада... есть раненые... захвачены в плен саксы...

Это все из-за макового отвара. Голова была словно набита ватой.

Он не понимал, о чем разговаривали Эдива и Уилл.

Послышались шаги. Потом, скрипнув, открылась и снова закрылась дверь. Жобер с трудом открыл глаза.

Эдива мылась в другом конце комнаты. Она сняла платье и спустила с плеч рубашку. Косы упали на грудь, обнажив стройную шею. Эта картина заставила радостно забиться его сердце.

Она спустила рубашку еще ниже и принялась мыть грудь и подмышки. Жобер как завороженный наблюдал за ней. Разве есть у какой-нибудь женщины такие великолепные груди? Такие полные, такие пышные и в то же время твердые, словно какие-то экзотические спелые плоды. С круглыми гладкими сосками цвета клубники.

Эдива смочила тряпочку в миске с водой и повернулась. Груди упруго покачивались при каждом ее движении.

Она двигалась медленно, почти как во сне. Жобер видел, как она расплела косы и направилась к сундуку, чтобы взять гребень, потом прошлась им сверху вниз по волнистым прядям. Золотые завитки волос прикрыли ее груди, словно тончайшее покрывало. Ему хотелось отвести рукой мягкие пряди, чтобы открыть взгляду соблазнительную красоту, которую они скрывали.

Наконец Эдива отложила гребень и взяла в руки несколько прядей, как будто намереваясь снова заплести косы.

— Эдива, — с трудом произнес он пересохшими губами.

Она оглянулась. Он заметил, как она смутилась, поняв, что он за ней наблюдал, и попыталась прикрыться рубашкой.

— Нет, — остановил он ее, — я не хочу, чтобы ты закрывалась. — Жобер улыбнулся, стараясь казаться здоровым и сильным.

— Принеси мне воды, — сказал он. — Я хочу пить.

Она принесла воду. Он взял у нее чашку, по-прежнему не спуская с нее глаз.

— Рада видеть, что тебе стало лучше.

Он не станет говорить ей, что еще не пришел в себя. Иначе она не сделает то, что ему хочется. Она будет видеть в нем больного.

Он выпил воду, которая показалась ему вкусной. Все чувства его обострились, но он все еще не вполне пришел в себя. И мысли ускользали от него прежде, чем он успевал додумывать их до конца.

— Сними рубашку, — прошептал Жобер.

Эдива стояла в нерешительности.

— Ты уверен?..

— Еще бы! При виде тебя... — Он не закончил фразу, зная, что его взгляд доскажет ей остальное.

Она раздевалась робко и неуверенно, как девственница. Жобер затаил дыхание, боясь, что не сможет дождаться. Она подошла к кровати. Волшебный треугольник золотистых волос между ее бедер оказался на уровне его лица. С трудом оторвавшись от этой красоты, Жобер перевел взгляд вверх на ее роскошную грудь. Протянув руку, он прикоснулся к теплой, шелковистой коже.

— Наклонись ко мне, — прошептал он.

Она медленно наклонилась. Взяв губами один сосок, он обвел его языком. Рукой он ласкал другую грудь. Потом зажал сосок между зубами и был вознагражден стоном, сорвавшимся с ее губ.

Ему захотелось поцеловать ее в губы. Оставив грудь, он привлек к себе ее лицо. Медленно, нежно. Ах, эти полные, капризные губки! Он раскрыл их кончиком языка и проник в теплую влагу рта.

Она задрожала, и он притянул ее к себе на кровать, перекатив через свое тело.

— Жобер, — простонала она, — ты повредишь плечо.

— Нет, ты все сделаешь сама.

Она насторожилась, глаза ее округлились. Он знал, что она вспомнила, как они доставили наслаждение друг другу, когда она его мыла. Ни слова не говоря, он откинул простыню, обнажив свой торчащий дротик.

— Я хочу быть внутри твоего тела.

Она взглянула на великолепный символ его мужественности и, чуть помедлив, прошептала:

— Жобер, я тебе не безразлична?

Он нахмурил лоб, озадаченный ее вопросом. Она еще никогда ни о чем таком не спрашивала его.

— Конечно, — ответил он.

— И если я попрошу тебя о чем-нибудь, ты выполнишь мою просьбу?

Он привлек ее к себе и крепко поцеловал.

— Что за просьба?

— Сохрани жизнь пленным саксам, хотя бы мальчику. Прошу тебя, Жобер.

Она чуть приподнялась, и роскошные груди качнулись перед его глазами. Страстное желание лишило его способности что-либо соображать.

— Обещай мне, — едва слышно прошептала она.

Он познал Эдиву-девственницу, Эдиву-соблазнительницу, а теперь ему предстояло познать ее в роли готовой на все рабыни.

Жобер даже не знал, с чего начать. Как ни хотелось ему растянуть подольше любовную игру, он понимал, что долго сдерживать себя не сможет.

— Я хочу быть внутри тебя.

Она взглянула на него, как будто не сразу поняла смысл его просьбы. Потом уселась на него, широко раздвинув бедра. Ему безумно хотелось немедленно прикоснуться к ней и приласкать средоточие ее женственности, но он не позволил себе это удовольствие. На этот раз она сама направит *его* внутрь. Он не будет помогать ей, он будет лишь наблюдать.

Нежно обхватив *его* руками, она опустилась на *него*.

Жобер закрыл глаза, ощущая, как проникает в теплый, влажный рай. Он успел забыть, как там тесно и как невыразимо, мучительно хорошо. На какое-то мгновение ему показалось, что она не сможет двигаться, ведь он проник так глубоко внутрь ее тела. Но она, судорожно глотнув воздух, приподняла бедра, а потом опустилась на него.

Он стиснул зубы. Нет, он не допустит, чтобы все закончилось быстро. Ему нужно сдерживать себя. И понаблюдать.

Он прикоснулся к тому месту, где соединялись их тела. От его ласки по ее телу пробежала дрожь. Он почувствовал это.

Его пальцы двигались все быстрее, возбуждая ее. Она откинула голову и вскрикнула. Он замер в восторге, любуясь ею, ослепленный красотой ее роскошного тела. Она испытала блаженство. Он поднял руку и привлек к себе ее голову. Он целовал ее в губы, в нетерпении приподнимая бедра ей навстречу.

Жобер почувствовал, что она снова приблизилась к раю. Не в силах больше сдерживать себя, он сделал несколько резких движений, и вдвоем они взмыли на вершину наслаждения.

Жобер пришел в себя, все еще сжимая в объятиях влажную от пота Эдиву. Он положил ее голову себе на грудь и нежно погладил пышные волосы. В его затуманенном сознании копошился вопрос: скоро ли он ощутит новую волну возбуждения? Ведь она обещала сделать все, что он пожелает...

## *Глава 18*

Жобер сел в постели, сжимая руками голову. Господи, он ощущал себя полной развалиной! Как будто всю ночь пьянствовал в каком-нибудь вонючем кабаке. Во рту был отвратительный привкус, а тело болело, будто его избили палками. Особенно сильно болело плечо.

Он поднялся и направился в другой конец спальни, чтобы прополоскать рот. Возвращаясь в постель, он с удивлением вспомнил о причудливых сновидениях. Такие сны он видел только в пору, когда был юнцом. Возбуждающие картины были так ярки, что казалось, все происходит наяву...

Жобер остановился. Эдива раскинулась на своей половине кровати. Пряди длинных золотистых волос в беспорядке рассыпались по ее порозовевшему от сна телу.

Как будто почувствовав его взгляд, Эдива пошевелилась. Она отвела рукой волосы и подняла голову. Голубые глаза остановились на его нагом теле. Она окинула его взглядом и замерла, тоже вспомнив прошлую ночь. И отвела взгляд.

Жобер наблюдал за ней с озадаченным видом. Почему она отводит взгляд?

Он подошел ближе, сделал вид, будто собирается снова лечь в постель. Она резко втянула воздух и сдвинула вниз одеяло, обнажив свои груди. Несмотря на соблазнительную позу, лицо ее выражало смущение, граничащее с отчаянием.

И взгляд у нее был какой-то виноватый. Или это ему показалось?

Жобер терялся в догадках. Может быть, для скромной женщины естественно испытывать некоторую неловкость после ночи необузданных наслаждений? Однако внутренний голос подсказывал ему, что этому есть и еще какое-то объяснение.

Жобер оделся и взглянул на нее. Эдива была по-прежнему встревожена. Он наклонился и чмокнул ее в щеку. Она, кажется, даже не заметила этого.

Спустившись в зал, Жобер приказал первой попавшейся на глаза служанке принести ему поесть. Потом сел за стол и тяжело вздохнул. Он чувствовал себя слабым и усталым.

— Жобер! — К нему торопливо подошел Алан. — Рад видеть тебя на ногах. — Он уселся на скамью напротив Жобера. — Я только что был у пленных саксов. Послушай, это безнадежный случай. Даже если бы они захотели выдать своих сообщников, то мы бы не смогли их понять. Мы можем привести мельника. Или попросить Эдиву переводить. Но я не доверяю им обоим. По-моему, лучше повесить этих мерзавцев, и дело с концом.

Жобер вспомнил, что он хотел принять решение о судьбе пленных саксов, но не успел этого сделать.

Алан помрачнел.

— Я понимаю, что Эдива будет против. Но не позволяй ей играть тобой. Из-за этих саксов у нас вышли из строя два хороших воина. Найлз, возможно, выживет, но рука у него никогда не будет действовать, как прежде. А вот насчет Роба трудно сказать. Знахарка из деревни не велела ему давать никакой твердой пищи — только жидкое. Если поднимется жар, ему надо давать отвар. Сейчас за ним присматривает Вульфгет. — Кивком он показал в сторону отгороженного ширмой угла.

Жобер сделал вид, что занят едой, чтобы не отвечать Алану. Закончив есть, он поднял голову и заметил, что рядом стоит Эдива. Волосы ее, как обычно, были скромно заплетены в косы. На ней было простое повседневное платье. Он вдруг представил ее себе обнаженной, охваченной страстью.

При виде Эдивы Алан, прищурив глаза, спросил его:

— Ну что, Жобер? Повесим пленных сегодня? Виселица почти готова.

— Нет! Ты не можешь сделать этого! Ведь ты обещал мне, Жобер!

Алан от удивления широко раскрыл рот:

— Она совсем лишила тебя разума, забавляя в постели?

Услышав его слова, Эдива покраснела. И Жобер вдруг понял, почему у нее был виноватый вид. До того как они занимались любовью, Эдива задала ему вопрос: «Я тебе не безразлична?»

Неужели Эдива спала с ним только поэтому? Хотела, чтобы он сохранил жизнь ее брату? Ее страсть была притворством? Получила ли она от этого хоть какое-то удовольствие? Если она с такой готовностью раздвигает бедра, чтобы спасти одного брата, то на что она способна ради спасения остальных своих родственников?

Его охватил гнев. Она заметила, как потемнело его лицо. Глаза у нее округлились от страха.

— Прошу тебя, — прошептала она.

Жобер отодвинул тарелку и встал.

— Пойдем к пленным, Эдива. С тобой вдвоем.

* * *

Эдива шла следом за Жобером, охваченная тревогой. Он думает, что она его обманывала! Он может поверить Форею! И вполне возможно, он сейчас запрет ее в подземелье с другими пленными!

Она старалась поспевать за широко шагавшим Жобером. Сердце ее колотилось. Она попыталась заглянуть ему в лицо, надеясь увидеть какие-нибудь признаки сочувствия или нежности. Но его лицо было словно высечено из камня. Губы плотно сжаты, а глаза смотрели вперед.

Эдива запаниковала еще сильнее. Может, надо попытаться объяснить ему, что она ублажала его не только потому, что надеялась спасти жизнь брата? Нет, ей самой страстно хотелось этого!

Но разве он поверит? Она не забыла, как, прося проявить милосердие к своему брату, обещала за это сделать для него «все, что он пожелает». И она выполнила обещание.

Теперь отношения между ними испорчены недоверием. Неужели он, вспоминая об их бурной ночи любви, будет думать, что она притворялась?

Они дошли до входа в подземелье, и Жобер послал оруженосца за факелом.

— Что с тобой, Эдива? — спросил он. — Ты боишься, что я не выполню свое обещание?

Жобер устремил на нее холодный взгляд своих зеленых глаз, и у нее перехватило дыхание.

— Милорд, я...

— Не надо, не говори ничего. Пусть со мной останутся хотя бы воспоминания.

Он отвернулся, как будто ему было неприятно даже смотреть на нее. Эдива судорожно глотнула воздух. Она терялась в догадках, не зная, что он будет делать дальше.

Он человек слова. Даже считая, что обещание было получено обманом, он сдержит его. Он не повесит ее брата. Но заставит ее поплатиться за обман.

Вернулся оруженосец с зажженным факелом. И распахнул дверь подземелья.

— Только после вас, миледи, — сказал Жобер, пропуская ее вперед.

Эдива стала спускаться вниз, ощупывая ногой скользкие ступеньки. Хотя земля еще не промерзла, в подземелье было страшно холодно. Она подумала о своем брате. Покормили ли его? Дали ли воды?

— Сюда, — сказал за ее спиной Жобер и, прикоснувшись к плечу, повернул ее направо.

Ей не нужно было указывать направление, потому что она помнила этот путь с тех пор, как сама была здесь пленницей.

Она тогда обезумела от ярости и готова была убить первого, кто к ней приблизится. А поэтому не замечала, что было холодно.

Они добрались до помещения, где содержались пленные, и, увидев их, Эдива вздохнула с облегчением. Элнот и Уитан были закованы в кандалы, но ни тот, ни другой, кажется, не были ранены. Пленные встали. Эдива хотела было взглядом подбодрить брата, но в это мгновение Жобер обнял ее. Лицо Элнота исказила гримаса ненависти.

— Спроси, как они себя чувствуют, Эдива. Кормят ли их? Удобно ли им?

В его словах звучала насмешка. Но самое ужасное заключалось в том, что он делал. Его рука обхватила ее грудь. Элнот резко втянул в себя воздух, взгляд его полыхнул яростью. Неужели Жобер решил позлить его? И убить — за то, что он набросился на него.

— Говори же, — обратился к ней Жобер. — Я уверен, что ты правильно переведешь им мои слова.

Слово «уверен» прозвучало весьма язвительно. Эдива откашлялась.

— Милорд спрашивает, кормят ли вас.

— Да, — ответил за обоих Уитан, — с нами достаточно хорошо обращаются.

— Вам не холодно?

Старик криво усмехнулся:

— Одеяло было бы нелишним, миледи.

— Ох, Уитан, мне так жаль вас! — воскликнула Эдива.

Увидев, как храбро держится старик, она чуть не разревелась.

Жобер встряхнул ее.

— Мне кажется, что ты сказала то, чего я не говорил. Изволь подчиняться мне. — Рука его скользнула выше, он принялся грубо ласкать ее грудь. — Может быть, скажешь им, как ты спасла им жизнь? Расскажи, что ты делала, чтобы я помиловал их.

Ненависть, звучавшая в его голосе, болью отозвалась в ее сердце. Значит, это ждет ее в будущем? Она была уверена, что скорее умрет, чем согласится ежедневно видеть холодное презренис в его глазах. Элнот не спускал глаз с руки Жобера, по-хозяйски прикасавшейся к его сестре.

— Он обидел тебя, Эдива? Он тебя изнасиловал?

Эдива покачала головой, поняв, что не должна показать брату, в каком она отчаянии.

— Нет, нет, он справедлив и разумен. Он относится к нашим людям терпеливо и с уважением. Он даже позволяет мне управлять хозяйством так, как я считаю нужным. — В глазах Элнота она все еще видела вопрос. Поэтому, собравшись с духом, добавила: — Да, я делю с ним постель. Но делаю это по собственной воле, а не по принуждению.

В глазах Элнота промелькнул ужас. Эдива испугалась, что он может броситься на Жобера, несмотря на кандалы. Положение спас Уитан. Положив руку на плечо Элнота, он сказал:

— Ну, полно тебе, не дури, мой мальчик. Что еще оставалось женщине делать при сложившихся обстоятельствах? Если она удовлетворена тем, как с ней обращаются, то тебе придется смириться.

— Это правда? — спросил Элнот охрипшим от волнения голосом. — Правда, что ты считаешь его хорошим хозяином?

Эдива кивнула. Видит Бог, это было правдой. Каким-то образом случилось так, что ее враг преодолел барьер ее ненависти и украл ее сердце. Вот если бы он еще простил ее!

— Что ты ему сказала? — спросил Жобер.

— Я сказала, что делю с тобой постель по доброй воле. И что ты хорошо обращаешься со мной.

Помолчав мгновение, Жобер сказал:

— Вот если бы я понимал по-саксонски. Если бы я мог быть уверен, что ты не лжешь!

— Ты как-то говорил, что у меня все написано на лице, — напомнила Эдива. — Неужели ты действительно думаешь, что я смогла бы притворяться, делая все, что было между нами прошлой ночью?

Жобер глубоко вздохнул. Он помнил. Разве мог он забыть волшебный момент их полного единения?

Его рука соскользнула с ее груди и передвинулась на талию. Теперь он тоже держал ее по-хозяйски, но это уже не было так унизительно.

— Я их не повешу, Эдива, но и не смогу отпустить. Этого тебе достаточно?

Она кивнула:

— Возможно, со временем, если они присягнут тебе в верности, ты их освободишь.

— Возможно. Но не сейчас, пока жизни Роба и Найлза висят на волоске. Ты думаешь, они выдержат заключение? Для некоторых, насколько мне известно, это более жестокое наказание, чем казнь через повешение.

— Я спрошу их, — сказала она и обратилась к пленным: — Элнот и Уитан, милорд говорит, что не может освободить вас, пока не улучшатся отношения между его людьми и вами. Согласны ли вы остаться в плену, не зная, отпустят ли вас когда-нибудь на свободу?

Уитан робко улыбнулся:

— Миледи, если бы я поступал безрассудно, то не дожил бы до своих лет. Конечно, я выбираю жизнь, а не смерть. Так по крайней мере остается надежда. А если нас повесят, то всему придет конец.

— Что скажешь ты, Элнот?

Элнот беспокойно переминался с ноги на ногу, позвякивая кандалами.

— Сколько времени нас здесь продержат, сестра?

— Это будет зависеть от того, как поведут себя остальные. Если они будут по-прежнему нападать на норманнов, лорд Бревриен не сможет отпустить вас.

— Я бы присягнул ему, — неожиданно сказал Элнот. — Я бы дал клятву, что не буду больше бороться против него!

Эдива вздохнула. Еще недавно этого было бы достаточно, но теперь...

— Не знаю, что и сказать, Элнот. Ему, наверное, придется подумать над этим. Посмотреть, как будут развиваться события.

Если бы она вновь завоевала доверие Жобера, то у брата могла бы появиться надежда.

— А пока нам придется оставаться здесь? — спросил расстроенный Элнот. — Даже в лесу было не так холодно. К тому же я боюсь темноты.

— Милорд, — обратилась она к Жоберу и впервые с тех пор, как они вышли из зала, посмотрела ему в глаза, — у меня есть еще одна просьба. Нельзя ли перевести пленных в какое-нибудь менее холодное и менее тесное помещение?

— Еще одна просьба, Эдива? Чем ты расплатишься за мою щедрость на этот раз? Ты уже пообещала мне «все». Что еще ты можешь предложить?

Она потупилась.

— Перестань, Жобер. Мой брат еще совсем мальчик, и он уже истощен и ослаблен. А Уитан — старик. Если ты оставишь их здесь, они заболеют и умрут.

Жобер стиснул зубы. Может, он совсем потерял разум? Мольба Эдивы тронула его. Но если уж он проявил милосердие и оставил им жизнь, то надо быть последовательным: не стоит их мучить.

— Ладно, если найдется подходящее место, я переведу их отсюда.

Эдива с облегчением вздохнула. Даже при тусклом свете факела он заметил, как на ее глазах блестят слезы благодарности. Разве можно винить ее за попытку спасти людей, которых она любит? Разве он, окажись на ее месте, не поступил бы так же?

А кроме того, Жобер полюбил ее за доброе сердце. И еще за силу духа. Его испугало, что он сам дал такое определение своего отношения к ней.

Нет, он не должен бросаться исполнять каждую ее просьбу. Осталось еще немало вопросов, на которые Эдиве придется ответить. То, что она с такой одержимостью боролась за жизнь своего брата, давало основание подозревать, что она могла бы помочь мятежникам, если бы среди них оказались другие ее родственники.

— Идем, Эдива, — сказал Жобер. — Я прикажу кому-нибудь принести им еду и одеяла.

Он взял ее за руку и повел по узкому коридору. Как всегда, от пребывания в замкнутом пространстве у него мурашки пробежали по спине и нахлынули неприятные воспоминания.

Он радовался, что рядом находится Эдива. Ее тепло и сила рассеивали его страхи.

Когда они поднялись по ступеням и оказались на свежем воздухе, Эдива бросила на него вопросительный взгляд. Он сделал строгое лицо и сказал:

— Иди в спальню и жди меня там.

Слабая надежда промелькнула в ее взгляде. Заметив это, Жобер чуть не рассмеялся. Лицо у нее было такое красивое, такое очаровательное.

Алан вышел во двор и направился в их сторону.

— Иди, Эдива, — быстро произнес Жобер.

Она поспешила прочь, двигаясь грациозно, чем он всегда восхищался.

Алан взглянул ей вслед и прищурил глаза.

— Ты делаешь, как она просит? Ты оставляешь в живых ее брата?

— Да.

— Зря ты его пощадил.

— Я так не думаю. Какой нам прок вешать старика и мальчишку?

— Мы показали бы другим, как поступают с мятежниками! Чтобы на их примере они поняли, что их ожидает!

— Мы уже делали это. Когда прибыли сюда, повесили пленных. Это не остановило мятежников. Значит, их ничто не остановит.

— А жители деревни? А слуги? Они подумают, что ты слабохарактерный!

— Нет, они будут считать меня справедливым и разумным. Я не хочу, чтобы они меня ненавидели.

— Хозяин должен быть сильным и беспощадным, иначе он потеряет все!

— Завоевание Англии завершилось, Алан. Теперь мы должны установить мирные отношения с ее народом. Это они возделывают землю и убирают урожай с этой плодородной земли. Благодаря их труду будет процветать Оксбери. Разве ты не видишь, что мы многого добились, заручившись поддержкой саксов? Люди вернулись в деревню. Слуги, перестав сопротивляться нам, стали выполнять свои обязанности. Ты обратил внимание на то, что, когда мятежники напали, жители деревни не стали им помогать?

— Просто они были заняты тушением пожара, спасая свои дома.

— Вот именно. Мятежники, их соотечественники, стали их врагами. Тогда как мы, завоеватели, оказались их спасителями. Я верю, что придет время, когда жители Оксбери будут действовать против лесных людей. Они не захотят из-за мятежников навлекать на себя наш гнев. И возможно, даже будут заранее предупреждать нас об их нападении.

Алан потер подбородок.

— В твоих словах есть здравый смысл, но я все же разочарован. Не рассчитывал я, когда решил последовать за Вильгельмом, что все кончится вот так. Я больше не чувствую себя воином.

— Если ты хочешь вернуться к походной жизни, я освобожу тебя от обязательств передо мной. Уверен, что король Вильгельм будет счастлив заполучить еще одного рыцаря. Особенно такого, который не заинтересован в том, чтобы со временем получить в собственность земельный надел.

— Я этого не говорил!

— Но твои слова означают именно это. Иметь землю — значит быть не воином, а помещиком.

— Лорд должен всегда быть готовым воевать за свою землю!

— В Нормандии так оно и есть. Но король Вильгельм поставил своей целью не допускать, чтобы в Англии норманн воевал против норманна. Он запретил вести междоусобные войны. Я понимаю, что мир не продержится вечно. Всегда найдутся жалкие людишки, которым захочется иметь больше, чем они имеют. Но пока, кажется, здесь земли на всех хватает.

Алан молчал. Интересно, какое решение примет его начальник гарнизона? Жоберу очень не хотелось терять такого опытного рыцаря. Но не хотел он также держать в поместье человека, который предпочитает не мир, а войну.

— Может быть, тебе нужно жениться? — задумчиво произнес Жобер. — Сразу стал бы поспокойнее. Всем известно, что тебе нравится Вульфгет.

— Вульфгет? Да она же саксонка!

— Тем не менее... она, кажется, тебя интересует.

— Она... — Алан замялся. — Она мне нравится, это правда.

— Ты с ней спишь?

— Нет.

— Почему? Ведь она всего лишь саксонка.

Жобер подавил улыбку. Ему было очень приятно повторить Алану его же слова. Рыцарь наверняка питает к Вульфгет более сильное чувство, только не хочет признаться.

— Я боюсь причинить ей боль, — сказал Алан. — Она такая хрупкая, такая нежная.

— Причинить боль?

Алан кивнул:

— Она девственница.

Жобер удивленно поднял брови. Он не слишком страдал, когда лишал Эдиву девственности. Правда, он старался причинить ей как можно меньше неудобств. Но всегда знал, что удовольствие, которое он ей доставит, будет несравненно сильнее, чем боль.

— Вульфгет похожа на редкий прекрасный цветок, — сказал Алан. — Я даже и представить себе не могу, как она сможет вынести боль.

— Возможно, ей это понравится.

Алан покачал головой:

— Она не такая, как леди Эдива. Не такая сильная.

Жобер усмехнулся. Алан понятия не имеет, какой привлекательной может быть Эдива.

— Ну что ж, — сказал он, — если ты не хочешь брать в жены Вульфгет, то, возможно, ее возьмет какой-нибудь другой мужчина. Эдива заставляет меня найти мужей для нескольких служанок, иначе у нас летом будет большой урожай ублюдков. Думаю, мне надо заодно выдать замуж и Вульфгет.

Алан остолбенел от неожиданности:

— Как тебе пришло в голову отдать ее другому мужчине?

— Ты сам сказал, что не хочешь ее. А я хочу, чтобы поместье развивалось и процветало. Для этого нужно, чтобы от каждого брачного союза появлялись дети, если будет на то Божья воля.

— Само собой, я стал бы спать с ней, если бы она была моей женой!

— Кстати, ты уверен, что Вульфгет девственница? Ею многие мужчины интересуются. Возможно, какой-нибудь из них, менее щепетильный, чем ты, уже посеял свое семя? Если она беременна, то мне придется немедленно выдать ее замуж.

— Она еще девственница! Готов поклясться собственной жизнью! — воскликнул Алан.

Его лицо побагровело, а в глазах появилось безумное выражение. Жобер хотел было сжалиться над незадачливым рыцарем, но вспомнил, что тот всегда плохо относился к Эдиве. Возможно, если он расскажет ей об этом разговоре, Эдиву позабавит, что ее преследователь испытывает сердечные муки.

Уверенный, что Алану теперь есть над чем подумать, он оставил его и направился в зал к раненым. Вульфгет там не было. За ранеными ухаживала Эдельма, некрасивая рослая девица, которая, по словам Эдивы, обучалась у знахарки.

Кивнув служанке, Жобер подошел сначала к Найлзу. При виде его раненый приподнялся в постели.

Жобер жестом велел ему лечь.

— Нет, я немного посижу. Надоело все время лежать, этак спятить можно.

— Ты хорошо себя чувствуешь?

— Да, если не считать мою руку. Не знаю, будет ли она действовать как следует, но теперь по крайней мере выглядит как рука, а не как бесформенный кусок мяса. У вашей леди — надо отдать ей должное — ангельское терпение. Говорят, она почти два часа зашивала меня — и руки у нее ни разу не дрогнули.

— Шить она мастерица. Хотя я предпочел бы, чтобы она сшивала куски ткани, а не кожу моих рыцарей.

— Согласен с вами, — усмехнувшись, сказал Найлз.

Жобер почувствовал смущение. Все шло не так, как он рассчитывал. Он отправился навестить раненых и думал о том, какой огромный урон нанесло нападение саксов. И совсем не собирался выслушивать похвалы в адрес Эдивы.

Подбодрив Найлза, он подошел к Робу.

Рыцарь радостно приветствовал его.

— Видишь, Жобер? Я нашел-таки способ избежать работы и валяться целыми днями в окружении красивых девушек, которые за мной ухаживают. — Роб улыбнулся Эдельме.

Ее лицо просияло от удовольствия.

— Я рад, что тебе доставляет такое удовольствие лентяйничать, — сказал Жобер, сдерживая улыбку, — но так не может продолжаться долго. У нас полно работы. И я не могу позволить тебе пренебрегать своими обязанностями.

— Постараюсь выздороветь как можно скорее, милорд! — шутливо ответил Роб.

— Ладно, шутки в сторону. Могу ли я что-нибудь сделать для тебя?

— Нет, у меня есть все, что может пожелать человек. Вот только еда оставляет желать лучшего. — Он скорчил гримасу, взглянув на Эдельму. — Каша, каша, каша — она, кроме каши, ничего не дает мне.

Эдельма с расстроенным видом подошла к койке.

— Нет, нет, ты все делаешь правильно, — поспешно заверил ее Роб. Потом обернулся к Жоберу: — Я знаю, что она делает для меня все, что может. По крайней мере у меня не было жара. Леди Эдива говорит, что это хороший признак.

— Она права, — подтвердил Жобер. — Если бы рана нагноилась, у тебя начался бы жар.

Они помолчали.

— Священник тебя навещал? — спросил Жобер.

— Он приходил всего один раз.

Жобер нахмурился. Каким никчемным мерзавцем оказался этот Рейболд! Его вечно нет, когда он нужен. Интересно, чем занимается святой отец целыми днями?

Он обернулся к Эдельме и сказал, показывая на Роба:

— Позаботься о нем как следует. Сделай все, чтобы ему было удобно.

Эдельма закивала головой.

— Она немного понимает нормандский, — сказал Роб. — От нечего делать я учил и ее, и Вульфгет нашему языку.

— И Вульфгет тоже?

— Она уже немного понимает. С удовольствием учится нашему языку.

Жобер кивнул и призадумался. Роб может стать достойным соперником Алана. Интересно, как развернутся дальнейшие события? Хорошо уже даже то, что тревога за Вульфгет отвлечет Алана от преследования Эдивы.

«Заслуживает ли она оправдания? — думал он, поднимаясь по лестнице в спальню. — А что, если Эдива действительно предательница, как упрямо утверждает Форней?»

При этой мысли у него мороз пробежал по коже. Возможно, чувства к Эдиве ослепляют его и не позволяют видеть правду?

Он постоял у двери. Может быть, ему несколько дней держаться от нее подальше, а потом допросить? Но его страсть едва ли пройдет. А если Роб и Найлз поправятся, то о засаде, которую устроили им саксы, будет нетрудно позабыть... до следующего раза.

И он решительно открыл дверь.

## *Глава 19*

Когда Жобер вошел, Эдива что-то шила, сидя за столом возле лампы. Он вздохнул с облегчением, увидев, что она не раздета и волосы ее заплетены в косы. Если бы она ждала его в соблазнительной позе, это лишь увеличило бы его подозрения.

Жобер опустился на кровать. Собравшись с духом, он сказал:

— Эдива, я должен знать обо всем, что произошло в деревне.

Она отложила рукоделие.

— Я рассказывала тебе о Леогите, умершем ребенке.

Он кивнул.

— Священник прийти отказался. Крестьяне устроили похороны. Мельник сказал несколько слов над усопшим. Зажгли погребальный костер. Все мы молча стояли вокруг. Потом неожиданно кто-то закричал, что горит дом Хельвенны. Я послала одного из сопровождавших меня солдат в крепость, чтобы привести людей на помощь.

— Почему ты взяла с собой сопровождение? — спросил Жобер. — Почему не пошла одна? Это твои люди, зачем тебе их бояться?

Эдива горько вздохнула:

— Я хотела защититься не от деревенских жителей, а от подозрений некоторых твоих рыцарей. Солдаты доложили бы, что я не делала ничего подозрительного. Хельвенна отказалась покинуть горящую хижину. А деревенские мужчины не захотели вытаскивать ее насильно. Когда подоспели рыцари, я попросила их вытащить ее. Они так и сделали. Потом загорелось еще несколько домов. Крестьяне принялись таскать ведрами воду из реки и тушить пожар. Я послала рыцарей помогать им, а сама осталась с Хельвенной.

Вскоре я услышала, как один из рыцарей крикнул, что напали саксы. Я оставила Хельвенну и побежала посмотреть, что происходит. Дым мешал разглядеть как следует, но я увидела, что на опушке леса завязался бой. — Она покачала головой. — Я бросилась помогать деревенским носить воду. Когда прибыл Форней со своими людьми, нападавшие сразу скрылись в лесу. Только Элнот и Уитан не успели и были схвачены. Форней схватил и меня, обвинив, что это я все задумала и устроила. Он называл меня шлюхой и коварной чертовкой. — Лицо ее исказилось от гнева. — Форней не дал мне возможности объясниться, а приказал связать, как и остальных пленных. Меня удивило, что рыцари не хотели меня связывать. Ему пришлось повторять приказание дважды. — Она взглянула в глаза Жоберу. — Клянусь, я не пыталась помочь мятежникам! И не хотела, чтобы Роба или кого-нибудь ранили. Я хотела, чтобы все жили в мире и работали вместе.

Жобер видел, в каком она смятении. Она была предана своему народу и в то же время — он верил в это — была предана ему и поддерживала его.

Поднявшись с кровати, он шагнул к ней.

— Что это ты вышиваешь?

— Это для церкви. Отец Рейболд попросил.

— Скоро ли ты закончишь?

— Чтобы закончить, потребуется еще около недели.

— В таком случае тебе придется отложить работу. Я еду к королю Вильгельму и хочу выглядеть, как подобает настоящему лорду. — Он показал на сундук в углу спальни. — Хочу, чтобы ты подогнала по моей фигуре одну из нарядных туник, чтобы было в чем появиться при дворе.

— Зачем ты туда едешь?

— Несколько недель назад я отправил королю Вильгельму послание, но пока не получил ответа. Я решил поговорить с ним. — Он снова опустился на кровать и принялся стягивать с себя сапоги. — Для себя тоже подыщи красивую одежду. Я беру тебя с собой.

Она удивленно взглянула на него:

— Зачем ты хочешь взять с собой меня?

Жобер задумчиво посмотрел на нее. Может, сказать, что он просил у Вильгельма разрешения жениться на ней? А вдруг король не разрешит?

— Хочу, чтобы ты составила мне компанию в этой поездке.

Он отбросил сапоги в сторону. Эдива продолжала пристально смотреть на него. Он понимал, что у нее много вопросов, но слишком устал, чтобы сейчас отвечать на них.

Раздевшись, Жобер улегся в постель и закрыл глаза. Да, он поедет в Лондон вместе с Эдивой. Пока у него еще есть надежда, что король даст добро на их брак.

Эдива помешала угли в жаровне, подумав, что надо бы, пожалуй, приказать принести еще углей из камина в зале. Но ей не хотелось спускаться вниз. Ладно, на кровати достаточно одеял. Все равно ей здесь значительно теплее, чем брату и Уитану в сыром подземелье.

При мысли о брате у нее защемило сердце. Надо бы попытаться убедить Жобера перевести их в более удобное помещение до его отъезда к Вильгельму.

Интересно, что на уме у этого человека? Зачем Жобер берет ее с собой к королю? Может быть, потому, что боится оставить ее в Оксбери? И зачем он сам едет? Что за послание он отправил королю?

Может быть, расспросить рыцарей? Но Жобер де Бревриен — человек не из болтливых. И едва ли он делился с кем-нибудь своими замыслами. Разве что с Аланом, но она ничего не станет спрашивать у этого мерзавца!

Эдива задула свечу и начала раздеваться. Оставшись в тонкой рубашке, она задумалась. Если снимет ее, Жобер решит, что она ему себя предлагает.

А вдруг он ее не хочет? Она была уверена, что он не поверил в ее причастность к нападению мятежников. Но ведь могут быть и другие причины. Может быть, он устал. Или ему больно. Или просто она ему надоела. Она ляжет рядом с ним голая, а он к ней не прикоснется...

Так и не сняв рубашку, Эдива забралась на кровать.

— Я еду к королю Вильгельму, — сказал Жобер.

Роб радостно встрепенулся.

— Эх, с каким бы удовольствием я поехал с тобой! Но, увы, не смогу. — Он с кислой миной окинул взглядом свое тело.

— Я не взял бы тебя с собой, даже если бы ты был здоров. Мне нужно, чтобы мои рыцари находились здесь на случай нового нападения саксов.

— Думаешь, они снова попытаются напасть? Мне казалось, что последняя неудачная вылазка должна была бы убедить их отказаться от дальнейших попыток.

— Уверен, что они никогда не остановятся.

Роб кивнул.

— Я беру Эдиву с собой, и это бесит Алана. У меня для этого есть свои причины. По правде говоря, именно из-за нее я и предпринимаю эту поездку.

— Как так?

Жобер нахмурился и переступил с ноги на ногу.

— Около месяца назад я отправил королю Вильгельму послание. Просил его разрешения на перестройку поместья и возведение каменной крепостной стены. Это простая формальность. Я знаю, что король не откажет в такой просьбе. А кроме того, я попросил у него разрешения жениться на Эдиве. И здесь я не вполне уверен, что он не откажет. Говорят, нормандские лорды по всей Англии берут в жены саксонских женщин. Но я не могу так поступить без благословения короля Вильгельма.

— Хорошо, если ты женишься на ней, — сказал Роб. — Ты узаконил бы свое право на Оксбери. Саксы относились бы к тебе с еще большим уважением. Да и Эдива красивая жена.

Жобер кивнул:

— Я предполагаю получить разрешение Вильгельма и попросить какого-нибудь священника немедленно обвенчать нас. Если все пройдет без помех, я управлюсь за неделю.

— В таком случае, счастливого пути! — Роб улыбнулся и шутливо отсалютовал Жоберу.

— Ты должен кое в чем помочь мне, пока меня не будет.

— Всегда готов, милорд.

— Я хочу, чтобы ты удержал Алана от каких-нибудь злых проделок с деревенскими жителями или пленными. Я перевел пленных в амбар — там теплее. Не хотел бы по возвращении узнать, что они погибли «в результате несчастного случая».

— Думаешь, Алан способен учинить такое вопреки твоему приказанию?

— Может быть, и нет. Как знать...

— Что я смогу сделать, лежа здесь? Вульфгет говорит, что я выздоравливаю. Но если Алану придет в голову нарушить твой приказ, как я смогу его остановить?

— В том-то и дело, что сможешь. Причем с помощью Вульфгет.

Роб изумленно вскинул брови.

— Если ты начнешь ухаживать за Вульфгет, то Алан, я думаю, забудет даже о саксах.

— Ну, ясно. Ему захочется кастрировать меня, а не саксов.

— Вот именно. Но тебе он не решится сделать ничего плохого.

— Значит, мне нужно лишь поухаживать за красоткой Вульфгет? Я правильно понял?

Жобер кивнул.

— Это не составит труда, — заявил Роб, бросив взгляд в сторону Вульфгет, которая что-то шила, сидя у окна.

— Спасибо, Роб. Я знал, что могу на тебя положиться.

Жобер, весьма довольный собой, вышел из-за ширмы, отгораживающей койки раненых. Вот если бы все прошло так же гладко на приеме у короля Вильгельма...

— Это не самый удобный способ путешествовать, не так ли?

Слова Жобера вывели Эдиву из задумчивости. Было холодно, шел дождь, иногда даже со снегом. От непривычки ездить верхом у нее все болело. Однако было что-то завораживающее в том, что она сидит между мускулистых бедер Жобера, его руки обнимают ее и она чувствует его дыхание на своих волосах. Интересно, доставляет ли ему такое же удовольствие ее близость? Нет, наверное, ему холодно в доспехах, хотя они завернулись в большой плащ, подбитый мехом куницы.

Она могла откинуть голову на его здоровое плечо и помечтать, надежно защищенная его крупным телом. Ему приходилось одновременно и управлять конем, и внимательно поглядывать по сторонам. Их сопровождали шесть рыцарей и три оруженосца. Эдива знала, что Жобер опасается нападения врагов.

— Мы скоро сделаем остановку? — спросила она. — Боюсь, что ты слишком утомился. Тебе нужно больше отдыхать после ранения.

— До Лондона еще далеко, а я хочу встретиться с королем Вильгельмом до того, как туда нахлынет все нормандское дворянство.

Эдива в сотый раз задумалась над тем, с какой просьбой собирается Жобер обратиться к королю Англии. И не странно ли, что он взял ее с собой? Ей казалось, что она только мешает ему. Они с Жобером ехали вдвоем на его коне. В случае нападения ему пришлось бы защищать ее.

Конечно, если бы ей в руки дали меч, то все бы быстро поняли, что она и сама умеет постоять за себя!

Эдива подавила вздох. Нет, она, судя по всему, отвоевалась. Жобер приказал ей одеться в дорогу, как подобает леди, и ожидал, что она будет вести себя соответствующим образом. Приятно, конечно, надеть на себя шелка и бархат, но как бы не стать помехой Жоберу!

— Тебе холодно, Эдива? — спросил Жобер, плотнее укрывая ее плащом.

— Нет.

— Устала?

Она покачала головой:

— Я о тебе беспокоюсь, а не о себе.

Он усмехнулся. Эдива снова подавила вздох. Она пыталась узнать у оруженосцев, зачем они едут в Лондон. Но никто из них ничего не знал. Не знали или не хотели выдавать ей планы своего хозяина.

Придется набраться терпения и подождать.

— Сколько еще дней мы будем в дороге? — спросила она.

— Если поедем с такой же скоростью и если продержится погода, то приедем в Лондон послезавтра утром.

Отказавшись от попытки разгадать цель поездки, Эдива с удовольствием разглядывала места, по которым они проезжали. Для человека, который никогда не бывал за пределами Уилтшира, это путешествие открывало много нового. Пейзаж по сторонам менялся — холмы, серебрящиеся снегом, сменялись почти непроходимыми лесами, долины, расчерченные прямоугольными участками возделанных полей, разделяли рощи. Время от времени виднелись реки и ручейки, подернутые ночным ледком.

Лисы, олени, зайцы и белки попадались им во множестве, однако людей почти не было видно. Деревни, через которые они проезжали, казались покинутыми, хотя над многими крышами вились дымки. Видимо, жители, завидев отряд норманнов, сбежали в лес либо прятались по домам.

Эдива знала, что многие ее соотечественники не подчинились норманнам. Получалось, она ехала сейчас с врагом. Ехала туда, где любого сакса едва ли встретят с распростертыми объятиями. Что подумают о ней в Лондоне?

Эти размышления разозлили ее. Она надеялась, что сможет осадить любого, кто пренебрежительно отзовется о ее соотечественниках. Наверное, Жобер велел ей надеть богатое платье и драгоценности, чтобы не бросалось в глаза, что она принадлежит к покоренному народу.

— Мы скоро остановимся. Впереди монастырь, — шепнул ей на ухо Жобер.

— Благодарю за гостеприимство, — сказал Жобер настоятелю монастыря. — Еда была отличная. Надеюсь, постели тоже будут удобными, — добавил он, протягивая святому отцу серебряную монету.

Краснощекий монах кисло улыбнулся:

— Если вы действительно хотите выразить свою благодарность, то подскажите королю Вильгельму, чтобы он позволил епископам Англии самим решать свои дела.

— Король Вильгельм — человек глубоко религиозный. Не могу себе представить, что он будет вмешиваться в благородный труд тех, кто служит Христу.

Настоятель весьма непочтительно фыркнул:

— Вы или крайне наивны, или глупы, если верите этому, милорд! Папа Римский Александр всегда считал, что английская церковь стала слишком независимой. Он надеется, что Вильгельм накажет нас за свободомыслие. Король уже раздал половину угодий, принадлежавших церкви, своим военачальникам и получил права на использование лесов для собственных нужд. Если вы поедете той же дорогой в будущем году, то, возможно, эти места уже не покажутся вам ни такими процветающими... — глаза его сверкнули, — ни такими мирными.

Жобер задумчиво кивнул. Этот настоятель мог бы найти много других возможностей помочь саксам.

— Я передам ваши соображения королю, — сказал он. — Однако должен напомнить, что ваш долг направлять свою паству на стезю добродетели. Если вы вздумаете подстрекать местных жителей на борьбу с нами, то это приведет к большим страданиям. Король Вильгельм не тот человек, с которым можно не считаться.

— Согласен с вами, милорд.

«Интересно, много ли в Англии людей, подобных этому настоятелю монастыря? — подумал Жобер. — Если они объединятся и поднимут мятеж, то снова начнется кровопролитие. Расслабляться и складывать оружие еще рано».

Он прошел к кельям, отведенным для приезжих, по дороге бросив взгляд в ту сторону, куда увели Эдиву.

Она была так близко, так возбуждающе близко! Целый день он ехал, сжимая ее ягодицы своими бедрами, — это ли не искушение? По приезде в Лондон он, конечно, утолит свое желание, иначе совсем спятит и не сможет изложить королю суть дела.

Не должен король ему отказать. Зачем Вильгельму возражать против его женитьбы? Ведь таким образом укрепится его власть в Оксбери.

Но все же Жоберу было не по себе. Почему король не ответил на его послание?

Жобер стал снимать с себя верхнюю одежду перед горящим очагом, стараясь прогнать тревожные мысли. Пока все у него шло гладко. Он получил во владение хорошее поместье и весьма неплохо управлялся с хозяйством. Правда, не осуществилась его мечта жениться на Дамарис. Но теперь он хочет жениться на Эдиве. Прекрасной, златовласой Эдиве.

Жобер вздохнул. Как плохо без нее! Что за мучение! Доберутся ли они хотя бы к следующей ночи до Лондона?

Жобер улегся на свою койку. Надо немного поспать перед дорогой. Только вот удастся ли ему заснуть?

— Ну и ну! Никогда не видела столько народу! — воскликнула Эдива, наклоняясь в седле, чтобы получше разглядеть рыцарей и крестьян — пеших, конных, в повозках, собравшихся у городских ворот.

— Толпа не так велика, как в Руане, — сказал Жобер, — но такая же грязная и так же отвратительно пахнет.

Эдива сморщила нос. Лондон действительно вонял, как куча отбросов. Шум стоял невообразимый: крики людей, звон колоколов, хриплый хохот, цоканье копыт и топот многих сотен ног.

— Значит, они все стремятся в Лондон? — спросила Эдива. — Чтобы увидеть Завоевателя?

— Боюсь, что так оно и есть. Я надеялся приехать пораньше. Черт возьми, здесь такое столпотворение! — вскричал Жобер. — Нам, пожалуй, даже не удастся найти места, чтобы остановиться на ночь.

Они проехали по мосту и скоро оказались на узкой улице. Мимо них прошел человек со свежей овечьей тушей на плече, и конь под ногами тут же всхрапнул и встал на дыбы. Эдива вздрогнула.

Жобер крепко ухватил ее за талию.

— Не бойся. Если он заметит, что ты испугалась, то перестанет слушаться.

Эдива кивнула.

— Ну полно, полно, — говорил Жобер коню, чтобы успокоить его.

Город внушал Эдиве страх. А еще она все время думала, что была саксонкой, то есть принадлежала к побежденному народу.

Вокруг них сновали торговцы, расхваливая свои товары, предлагая купить сладости, вино и жареное мясо.

— Население Лондона, как видно, смирилось с нормандским владычеством, — с горечью сказала Эдива.

— Горожане отличаются от тех, кто кормится, обрабатывая землю. Их завоевывали то одни, то другие. Они привыкли менять хозяев.

— А где же их верность? — проворчала Эдива.

— Они видят, что нормандские деньги ничем не хуже английских, и продают свои товары, чтобы не умереть с голоду.

«Чем я лучше этих людей?» — подумала Эдива. Она связалась с врагом. Разве она сдалась не для того, чтобы спасти свою жизнь и не голодать?

Нет, она поступила так из чувства долга перед своими людьми. Иначе она не смогла бы позаботиться об их благополучии.

И еще она поступила так из-за Жобера. Что-то в этом гордом рыжеволосом рыцаре было особенное. Она вздрогнула, вспомнив, как его привезли в Оксбери раненого, в бреду и как она боялась за его жизнь.

— Кажется, в конце этой улицы есть гостиницы, — сказал Жобер, наклонившись к ее уху. — Если повезет, а также если мы щедро расплатимся деньгами твоего отца, то, возможно, нам удастся найти где-нибудь место для ночлега.

Место для ночлега — не более того. Всего одна комната на всех с очагом, вокруг которого можно было устроиться на ночь. Никакого уединения, никаких удобств. И за эту комнату она заплатила недешево, отсыпала в подставленную жадную руку пригоршню монет из кошелька, спрятанного у Жобера под туникой.

Сняв седельные сумки, они поставили коней в конюшню, что обошлось им не дешевле, чем крыша над собственными головами. Потом Жобер решил сходить в таверну, разузнать, прибыл ли в Лондон король.

Эдива приуныла — ей не хотелось отпускать его одного.

— Ночной Лондон — неподходящее место для леди, — сказал он, накрутив на палец прядь ее золотистых волос. — Особенно для такой, как ты.

Она даже не улыбнулась. В комнате, которую они сняли, пахло потом, мокрой шерстью.

— Обещаю тебе, что когда пойду к королю, возьму тебя с собой, — сказал он. — Там, возможно, будут придворные дамы. Пусть полюбуются на тонкую вышивку, украшающую твое платье, и на твои золотистые локоны. — Она с сомнением взглянула на него. Он улыбнулся. — Нормандские женщины завидуют блондинкам. Возможно, потому, что у большинства из них смуглая кожа и темные волосы. — Он наклонился и поцеловал ее, не обращая внимания на окружавших их рыцарей. — Я скоро вернусь.

Жобера ничуть не интересовали уличные девки и служанки из таверны «Черная лошадь», мелькавшие среди толпы солдат. Но двое рыцарей, которых он взял с собой, были менее разборчивы. Увидев женщин, они сразу напряглись, словно псы, почуявшие суку.

— Черт возьми, когда же вы уйметесь? — проворчал Жобер.

Хеймо быстро подцепил темноволосую девицу с веселыми черными глазами и умоляюще взглянул на хозяина.

— Ладно уж, иди, — сказал Жобер, — но будь на этом месте перед вечерними колоколами.

С ним остался Роальд. Но вид у бедняги был такой несчастный, что Жобер отпустил и его.

— Найди себе девицу, если тебе так приспичило.

Жобер сел за стол, с трудом найдя место, чтобы вытянуть длинные ноги. Он терпеть не мог потаскух и радовался, что больше ему никогда не придется иметь с ними дело. У него была Эдива — прекрасная, чистая, страстная Эдива.

Служанка принесла ему наконец кувшин вина. Это была неряшливая краснощекая девица с лицом, обезображенным шрамами. Получив с него деньги, она улыбнулась ему призывной улыбкой. Он покачал головой, и она послушно отошла. У него шевельнулась жалость к несчастной женщине.

Но потом он подумал, что при таком спросе она не останется без работы всю ночь.

Жобер отхлебнул вина. Вино было ароматное, крепкое и совсем не кислое. Он решил, что перед отъездом из Лондона купит несколько бочонков.

— Бревриен, старый бродяга, ты ли это? Что ты делаешь в Лондоне?

Жобер оглянулся и заметил знакомую физиономию под копной еще более рыжих волос, чем его собственные.

— Жерар д'Эвре, дружище! Рад тебя видеть. — Жобер жестом пригласил рыцаря к столу. — Присоединяйся ко мне.

Жерар, широкоплечий здоровяк, был на полголовы ниже Жобера. Он уселся на скамью и налил себе из кувшина вина.

— Я приехал в Лондон, чтобы встретиться с Вильгельмом, — сказал Жобер. — Похоже, за тем же самым приехала вся Нормандия. А тебя что привело сюда?

— Прибыл сюда в свите короля. Последние несколько дней я был вместе с ним в Дьепе.

— Значит, король здесь?

— Должно быть, здесь. Я отплыл сюда чуть раньше, но его «Мора» должна была прибыть сегодня до захода солнца.

— Но здесь его ждут сотни рыцарей. Все желают поговорить с ним, — сказал рассерженный Жобер. — Мне едва ли удастся получить аудиенцию раньше Рождества.

Жерар отхлебнул вина и взглянул на Жобера проницательным взглядом карих глаз.

— Какое у тебя дело к королю? Мне казалось, что ты уже получил земельный надел? В Уилтшире, не так ли?

Жобер кивнул:

— Он отдал мне во владение отличное поместье. И теперь я хочу просить его разрешения жениться на дочери бывшего хозяина этого поместья.

— Ты хочешь жениться на саксонке?

— Поглядел бы ты на мою саксонку! — воскликнул Жобер. И почему все норманны думают, что саксонские женщины грубы, плохо воспитанны и некрасивы?

— Красавица, наверное? И все же ты мог бы сделать ее наложницей и иметь все удовольствия, не беря на себя никаких обязательств. Зачем покупать корову, если можно получить молоко бесплатно? — подмигнув, заявил Жерар.

— Вильгельму нравится, когда собственность на землю подтверждается законным путем. Женитьба на дочери старого лорда узаконила бы мое право собственности. И местное население скорее приняло бы меня как хозяина.

— У англичан не спрашивают, кого они хотят иметь своим хозяином, — проворчал Жерар. — А если будут противиться твоей власти, припугни их хорошенько.

«Я сильно изменился, — подумал Жобер. — Всего несколько месяцев назад рассуждал в основном так же, как Жерар. Теперь все иначе».

— Меня удивляет не то, что ты женишься на саксонке, — сказал Жерар, — а то, что вообще женишься. Я думал, что ты отдал свое сердце Дамарис и готов умереть холостяком.

— Дамарис была идеалом желторотого юнца. Мне кажется, что моя страсть к ней продолжалась так долго потому лишь, что она была для меня запретным плодом.

— Теперь Дамарис стала запретным плодом для всех мужчин. Этим летом она ушла в монастырь.

— Я слышал об этом. Меня удивляет, что ее отец согласился. Мне казалось, он твердо решил выдать ее за богача.

— Старик Валуа делал все возможное, чтобы не допустить этого. Говорят, он даже обращался к королю Вильгельму и обвинил тебя в том, что ты якобы совратил его дочь.

Жобер со стуком поставил на стол кубок.

— Это ложь! Мы с Дамарис всего один раз поцеловались — и ничего больше!

— Валуа, как видно, считает, что между вами было нечто большее.

— Подумать только! Этот трусливый хорек, этот... — Жобер заскрипел зубами. — А что об этом думает король? Он поверил Валуа?

— Я не так уж близок к королю, чтобы знать его мнение. Можешь спросить его об этом сам.

Жобер тяжело вздохнул. Валуа — богатый нормандский барон, и король заинтересован в его поддержке.

— Прости, Бревриен. Мне очень жаль, что я принес тебе плохие новости. Узнав об этом, я не придал этому большого значения. И даже сейчас не думаю, что Вильгельм будет осуждать рыцаря за то, что он покорил девичье сердце, — сказал Жерар. — Что поделаешь, если некоторые из нас так неотразимы!

Жобер фыркнул:

— Неотразимы, говоришь? Ах ты, нахал! Да я уверен, что ты во всем Лондоне не найдешь женщину, чтобы переспать с ней, если не заплатишь ей кругленькую сумму!

Жерар окинул взглядом переполненную людьми таверну, где примерно на десять мужчин приходилась одна женщина.

— Да, женщин здесь маловато. Но ведь всегда где-нибудь найдется одинокая купчиха... — Он посмотрел на Жобера. — Ты меня раззадорил, Бревриен! Я принимаю твой вызов. Что я получу от тебя, если выиграю?

Жобер пытался припомнить, какие вещицы захватил с собой из Оксбери.

— Моя женщина — искусная вышивальщица. Она вышьет на твоей парадной одежде любую эмблему, какую пожелаешь.

— Я всегда мечтал, чтобы меня называли «Красным петухом из Эвре».

Жобер кивнул:

— Понятно. Я уверен, что она сможет изобразить гордого, самодовольного петуха. Ты ведь это имеешь в виду, не так ли?

Жерар усмехнулся:

— Петухи такие дерзкие, такие крепкие, что это может сослужить мне хорошую службу как в бою, так и... — его губы сложились в сладострастную улыбку, — в других делах.

— А ты что предложишь мне, если выиграю я?

— Устрою встречу с королем, как только он вернется в Вестминстер.

— Ты можешь это сделать? Ну и ну! Ты, похоже, высоко взлетел!

— Нет. Просто Вильгельм считает, что его преданные воины дают ему более правильные советы, чем знатные интриганы из его окружения.

— Если бы ты это сделал, Жерар, я в благодарность заставил бы Эдиву вышить твою эмблему независимо от того, кто из нас выиграет спор.

— Договорились! — Жерар поднялся на ноги и допил вино из своего кубка. — А теперь извини, мне надо идти.

Жобер тоже поднялся из-за стола.

— Мы остановились неподалеку отсюда, в гостинице под названием «Митра епископа». Сообщи мне туда, как пойдут дела.

Жерар скрылся в толпе. Жобер огляделся вокруг, отыскивая Хеймо и Роальда. Не найдя ни того, ни другого, он решил вернуться в гостиницу без них.

По дороге он обдумывал услышанное. Мысли были тревожные. Валуа говорил с королем и оболгал его, Жобера. Что о нем теперь думает король? Валуа продолжает вредить...

А что, если стрела была выпущена из арбалета не саксом, а наемным убийцей? И послание Вильгельму, возможно, было перехвачено по дороге.

Жобер оглянулся, заметив, что идет по безлюдной улице. Может быть, и сейчас головорез, нанятый Валуа, подстерегает его где-нибудь за углом?

Рука легла на рукоятку меча. Он ускорил шаги. Теперь ему просто необходимо поговорить с королем. Хорошо, если Жерар действительно все устроит, поможет ему встретиться с Вильгельмом.

Вскоре он добрался до гостиницы. Его люди уже спали, расположившись полукругом у очага. В середине, ближе к огню, лежала, завернувшись в плащ, Эдива. Перешагнув через тела спящих воинов, Жобер подошел к ней.

Вид ее милого личика, выглядывающего из капюшона плаща, согрел его больше, чем тепло очага.

Некоторое время Жобер просто смотрел на нее, любуясь полными губами, гладкой кожей щеки, прядями волос, поблескивавших в свете огня, как золото.

Боже, какая же она красавица! Ему хотелось заключить ее в объятия и не отпускать от себя до конца своих дней. Ему хотелось, чтобы она стала ему женой, чтобы родила ему сыновей.

У него даже дыхание перехватило. Оксбери было его мечтой, но без Эдивы владение им не принесло бы ему удовлетворения. Это к ней он стремился, это она была тем огоньком, который вывел его на свет из подземелья, куда бросил его Валуа.

Освободившись от меча, Жобер осторожно лег рядом с Эдивой. Она что-то пробормотала во сне и, вздохнув, уютно устроилась у него на груди.

# Глава 20

На следующее утро в гостиницу пришел какой-то молодой воин.

— Жерар велел передать, чтобы вы приходили в Вестминстер сегодня. Король вас примет, — сказал он. Жобер изумленно уставился на него. Юноша добавил с улыбкой: — Вы проиграли спор. Но он устроил аудиенцию только для того, чтобы помочь старому приятелю.

— Вот ловкач! Этот своего не упустит! — хохотнул Жобер.

Он направился к Эдиве, чтобы сообщить ей новость.

Эдива сидела у огня и ела пирожок, купленный Жобером на завтрак.

— Торговец солгал, назвав это пирожком. Тебе следовало бы позволить мне самой покупать еду. Саксонку торговцы не осмелятся обмануть.

— Я разрешу тебе делать покупки, когда мы пойдем на базар. А сейчас нас ждут другие дела. Мы сегодня идем к Вильгельму.

Эдива испуганно взглянула на него.

— Но я не успела даже смыть с себя дорожную пыль. — Она окинула взглядом храпящих на полу рыцарей. — Как я могу здесь привести себя в порядок?

Жобер рассмеялся:

— Ладно, я всех выставлю отсюда и прикажу натаскать горячей воды. А потом помогу тебе одеться.

Она с сомнением посмотрела на него.

— Не надо так волноваться. — Он подошел ближе и, взяв из ее руки остаток пирожка, откусил кусочек и поморщился: — Какой соленый!

— Ты думаешь, что король тебя примет?

— Вчера вечером я встретил своего приятеля, и он пообещал посодействовать. — Жобер видел, что Эдива нервничает, и решил ее успокоить: — Не беспокойся. Даже если Вильгельм откажется принять меня сегодня, мы придем в другой день.

— Но я саксонка, враг.

— Там будут и другие саксы. А ты говоришь по-нормандски, и это очень важно. Нормандских рыцарей учат уважать женщин, и король Вильгельм не исключение.

«Но не будет ли он презирать меня за то, что я твоя любовница?» — подумала Эдива, однако не посмела высказать вслух эту мысль. Она не хотела ехать в Лондон, не хотела встречаться с завоевателем ее народа.

— Не лучше ли мне подождать здесь? — спросила Эдива.

— Может быть, я хочу похвастаться тобой, твоим великолепным нарядом, который ты сшила сама, и твоими драгоценностями, по которым можно судить о богатстве Оксбери.

Эдива вздохнула, направилась в угол к седельным сумкам и принялась в них копаться. Наверняка одежда сильно измялась. Вот это и будет предлогом, чтобы не ходить с ним.

Жобер разбудил рыцарей. Они ворча поднялись. Он приказал им раздобыть горячей воды.

Скоро Жобер и Эдива остались в комнате одни.

— Занимайся собой, — сказал Жобер. — Я скоро вернусь.

Ведра с горячей водой были поставлены возле огня. Тем не менее, раздевшись, Эдива вздрогнула от холода. Добавив в воду щепотку очищающих трав, она принялась мыться, с удовольствием вдыхая разлившийся по комнате нежный, сладкий аромат.

Вымывшись, она надела чистую рубашку, а потом платье из малинового бархата. Не зашнуровывая рукава, она уселась на единственный стул и принялась расчесывать волосы. Вскоре вернулся Жобер. Войдя в комнату, он замер на месте, с восхищением глядя на нее.

Эдива почувствовала, как под его пристальным взглядом у нее напряглись соски.

Наконец он подошел к огню и начал раздеваться. Эдива украдкой взглянула на него, убеждая себя, что хочет всего лишь посмотреть, как заживает его рана. Однако ее взгляд ненадолго задержался на красном шраме и тут же скользнул на обнаженную мускулистую грудь, покрытую рыжеватыми волосами.

Эдива отвела глаза. Всем своим существом она остро ощутила присутствие мужчины. Они остались вдвоем впервые после отъезда из Оксбери. И у нее даже дыхание перехватило от внезапно возникшего страстного желания.

Но здесь не было кровати. И они должны были подготовиться к встрече с королем!

Через какое-то время Эдиву снова потянуло взглянуть на Жобера. Он стоял голый и мыл нижнюю часть живота. Задрожав от возбуждения, Эдива отошла в другой конец комнаты и принялась натягивать на ноги шелковые чулки. Потом она закрепила их с помощью украшенных драгоценными камнями подвязок и надела алые туфельки из мягкой телячьей кожи.

Она разделила волосы на две части и принялась заплетать косы.

— Помочь тебе укладывать волосы? — спросил Жобер, склонившись к ней.

Подняв глаза, Эдива увидела, что он уже оделся. Его зеленые глаза поблескивали.

— Я справлюсь сама, — ответила она.

Вдруг его рука обхватила ее грудь.

— Жобер, — запротестовала Эдива, — мы не можем заниматься этим сейчас. Ты испортишь мою прическу и помнешь платье.

Он наклонился и страстно поцеловал ее, дерзко лаская ее грудь. Дрожь пробежала по телу Эдивы, сосредоточившись, словно удар молнии, между бедер.

— О Жобер!.. — простонала она, судорожно ловя ртом воздух.

Эдива почувствовала, как другая его рука задирает подол ее платья.

— Я не могу больше терпеть, — прошептал он, целуя ее в шею. — Я вижу тебя, такую прекрасную, такую великолепную, и думаю о том, что ты моя... почти моя.

Его рука добралась до обнаженной кожи. Эдива прогнула спину, страстно желая его прикосновения. Она глухо застонала, когда его пальцы скользнули между бедер.

— Мое платье... — шепнула она в последней попытке остановить его и себя.

Его пальцы нашли то, что искали. Один палец оказался внутри, а другой начал нежно поглаживать горячий бугорок. Она сдалась. Ей уже было безразлично, что он может разорвать ее платье и ей придется предстать перед Вильгельмом в лохмотьях. Все это не имело значения. Она страстно хотела его...

Он взял ее на руки и осторожно положил на стол. Потом стянул с себя штаны. Копье, выпущенное на свободу, через мгновение оказалось внутри ее. Она как можно шире раздвинула бедра.

Стол сотрясался от резких толчков. Сквозь туман нарастающего напряжения, приближающего ее к вершине наслаждения, она услышала, как он воскликнул: «Эдива!.. Моя любимая!..»

Она ухватилась за его плечи и крепко прижалась к нему, как будто от этого зависела ее жизнь. Еще один последний рывок — и оба одновременно достигли наивысшей точки наслаждения.

Потом, когда они отдыхали, все еще не разомкнув объятий, Жобер поцеловал ее в щеку и сказал:

— Господи, как долго я этого ждал! Какие муки я испытал за последние несколько дней, когда держал тебя в руках, видел тебя и не смел заняться любовью!

— Я не знала, что ты меня хотел.

— Хотел?! — хохотнув, воскликнул Жобер. — Да я с ума сходил от желания!

Он отпустил ее. Она поднялась и расправила платье.

— Жобер, прежде чем мы пойдем к королю Вильгельму, скажи мне, какое у тебя к нему дело? Меня смущает то, что я не знаю об этом.

Жобер привел себя в порядок. Он медлил с ответом. Это вызвало у Эдивы раздражение.

— Скажи мне, Жобер!

— Поговорим об этом после встречи с Вильгельмом.

— Нет. Сделаем это сейчас. Если ты не скажешь мне, я с тобой не пойду!

Лицо его омрачилось.

— Ты имеешь право так поступить.

Она вздрогнула от неожиданности:

— Что это значит? Что ты хочешь этим сказать?

— Если король Вильгельм не разрешит мне жениться на тебе, значит, у меня не будет никакого права повелевать тобой, Эдива.

Она чуть сознание не потеряла.

— Ты собираешься просить у короля Вильгельма разрешения жениться на мне?

Он кивнул:

— Я думал, что это простая формальность. Ты — наследница Оксбери, и мне было бы разумно жениться на тебе и получить законное право на то, что уже принадлежит мне по указу короля. Но теперь я боюсь, что король мной недоволен.

— Почему? В чем ты провинился?

Жобер печально покачал головой:

— Один нормандский лорд хочет меня уничтожить. Мне сказали, что он побывал у Вильгельма и пожаловался ему, что якобы я обесчестил его дочь. — Глаза Жобера заблестели от злости. — Он утверждает, что я лишил ее девственности, поэтому она уже не могла выйти замуж.

Эдива изумленно смотрела на Жобера. Что за нелепое обвинение! Разве мог Жобер обесчестить девушку? Ведь он даже Эдиву взял не силой, а ждал, пока она сама ляжет с ним в постель по доброй воле!

— За что он тебя ненавидит? — спросила она. — Может, ваши семьи враждуют между собой? Или ты совершил что-нибудь такое, за что он поклялся отомстить?

— Я испытывал нежное чувство к его дочери. Много лет назад я даже поцеловал ее — но больше ничего не было. Недавно Дамарис ушла в монастырь.

— Ты любил ее? — едва слышно прошептала Эдива.

— Мне казалось, что любил. Я почти пять лет носил медальон с прядью ее волос. Я не стриг коротко волосы, потому что так ей больше нравилось. — Он встретился взглядом с Эдивой. — Это было всего лишь глупое юношеское увлечение.

Эдива кивнула, сама не зная толком, верит ему или нет. Пять лет...

— И из-за этого... увлечения ее отец затаил на тебя злобу?

— Выходит, что так. Он узнал о том поцелуе и не пожелал выслушивать никаких объяснений. Он бросил меня в подземелье, пообещав сгноить там. Если бы мой отец не обратился тогда к герцогу Вильгельму с просьбой освободить меня, то, возможно, теперь в подземелье лежали бы мои кости.

Значит, Жобер тоже испытал заключение в темном, вонючем подземелье? Наверное, поэтому он спас ее. Поэтому перевел Элнота и Уитана в амбар. Ему было невыносимо думать, что кто-то страдает так же, как страдал он.

— Долго ты оставался в заключении?

— Около месяца, а может быть, дольше. И все это время я думал о Дамарис. О том, как хорошо от нее пахнет. И какая она красивая и нежная. Она помогала мне выжить.

Его слова болью отзывались в сердце Эдивы. Он отрицает, что любил эту Дамарис, но ей было ясно, что любил. А может, все еще любит? Эдива представила себе Дамарис. Нежная и хрупкая, с безупречно белой кожей, не знавшей горячих лучей солнца, и ручками, не знавшими тяжелой работы. Белошвейка, обучавшая Эдиву, рассказывала ей о нормандских придворных дамах и о том, какие они изнеженные и избалованные.

Эдива взглянула на свои руки. Золотистый летний загар уже начал сходить с ее кожи, но на указательном и большом пальцах были мозоли от иглы, которой ей часто приходилось орудовать.

Жобер продолжал ходить из угла в угол.

— Освободившись из подземелья, я поклялся себе, что никогда больше не окажусь во власти другого человека. Я могу погибнуть в бою, но подчиняться не буду никому, кроме лорда Вильгельма. Участвуя в битве при Гастингсе, я бился за свою свободу. За право иметь собственную землю и самому распоряжаться собственной судьбой.

— Вильгельм дал тебе это. Он дал тебе Оксбери.

— Но теперь я боюсь потерять его. — Жобер подошел ближе. — И боюсь потерять тебя. Если он не позволит жениться на тебе, что мне делать? Оставить тебя при себе в качестве наложницы?

«Да, — хотелось ей ответить. — Уж лучше быть твоей любовницей, чем отказаться от тебя».

— Я надеялся, что ты ослепишь их своей красотой, своей изысканной одеждой. Теперь боюсь, что сделаю большую ошибку, если покажу им тебя. Потому что ты приглянешься какому-нибудь другому мужчине и он захочет заполучить тебя... вместе с Оксбери, если король поверит Валуа.

— Я не пойду туда, — заявила она. — Я подожду здесь, пока ты будешь говорить с королем.

— Нет. Я хочу, чтобы ты была со мной.

— Но ты сам сказал...

Он снова подошел к ней и взял в ладони ее лицо.

— Если бы ты уже была беременна, то, я уверен, он разрешил бы мне жениться на тебе. Его приводит в ужас мысль о внебрачных детях, которые будут страдать, как страдал он сам.

— Я не теряю надежду, — шепнула Эдива.

— Придется нам как следует постараться. — Он поцеловал ее в шею.

Его взгляд остановился на ее груди и скользнул вниз. Она почувствовала, как напряглись ее соски. В ней с новой силой вспыхнуло желание. И это после того, как они только что утолили свою страсть!

— Мы не опоздаем? — спросила она.

— Не знаю, — ответил он.

— Быть может, мне все-таки не идти с тобой?

— Ты обязательно понравишься королю, — улыбнулся Жобер.

— Наверное, он развратник, ваш король, — прищурив глаза, сказала Эдива.

— Полно, что ты! Говорят, он самый верный муж и не изменяет своей супруге, даже если не видится с ней по нескольку месяцев. Однако Вильгельм не слепой. И твоя красота может заставить его благосклонно отнестись к нашей просьбе. — Сделав шаг назад, Жобер полюбовался Эдивой. — А теперь надень драгоценности.

Он помог Эдиве надеть гранатовое ожерелье и такой же браслет.

— Еще есть кольцо, — сказал он.

— Достаточно, — рассмеялась Эдива. — Я из без того похожа на майское дерево, украшенное ленточками. Может, ты на себя повесишь что-нибудь?

— Ах ты, дерзкая девчонка! — Жобер хлопнул ее ладонью по заду. Она игриво вильнула бедрами. Он обнял ее и, крепко поцеловав, отпустил. — Ну хватит. Нам действительно пора идти.

Им пришлось долго добираться до Вестминстера. Дождь кончился, когда они подъехали к воротам.

Их пропустили, не задав никаких вопросов. Здесь собралось такое множество рыцарей, что Вестминстер походил на военный лагерь. Эдива почувствовала неловкость. Не было ни одной женщины! Она подумала, что Жобер поступил необдуманно, взяв ее с собой.

— Пойду узнаю, сдержал ли Жерар свое слово и примет ли нас король, — сказал Жобер.

Хеймо и Роальд остались с Эдивой.

Конь заржал и принялся бить копытом о землю. Эдива похолодела от страха. Что, если он сорвется с места? Но конь быстро успокоился, и Эдива предалась размышлениям.

Жобер хочет жениться на ней, судя по всему, она ему небезразлична... Но он любил норманнку, возможно, любит до сих пор... Король Вильгельм, наверное, не позволит ему жениться на саксонке. Он может отобрать у Жобера Оксбери и передать землю другому человеку... и ее может отдать другому мужчине... Но она убьет любого, кто осмелится прикоснуться к ней. Она ни за что не выйдет замуж за другого...

— Боже! Леди Эдива, что с вами?

Хеймо с испугом смотрел на нее.

— Вы так побледнели. Что случилось? Вы заболели?

Эдива кивнула. Ее мутило, и кружилась голова.

Хеймо быстро спешился и помог ей слезть с коня. Она дрожала, беспомощно опираясь на него.

— Сейчас все пройдет.

Эдива сделала глубокий вдох. Надо взять себя в руки. Жобер на нее надеется.

— Когда Жобер вернется, не говорите ему об этом, — попросила она.

Хеймо с сомнением посмотрел на нее, но согласился

Несколько мгновений спустя появился Жобер.

— Король нас примет, — сказал он ей. — Не знаю, что за волшебное слово известно Жерару, но он устроил нам аудиенцию с королем Англии.

Некоторое время спустя они рука об руку вошли в резиденцию короля. Просторный зал был переполнен разодетыми норманнами, которые, расступаясь, перешептывались им вслед. Она уловила слово «саксонка» и насторожилась.

Пройдя несколько шагов, они остановились и стали ждать. Шепот стал громче: «...Ну и ну, взгляни-ка на эти сиськи... Как ты думаешь, у нее местечко между ног тоже золотое?..»

Эдива почувствовала, как напрягся Жобер, и заметила, что его рука потянулась к рукоятке меча. Но он сдержал себя. Очевидно, в этой обстановке он не осмеливался выяснять отношения с помощью оружия.

Время шло, они ждали. Эдива старалась не слышать приглушенные замечания и смешки. Наконец пришел оруженосец. Он кивнул Жоберу, но когда Эдива шагнула вслед за ним, юноша покачал головой. Жобер расстроился. Эдива жестом показала ему, чтобы он шел без нее.

Она осталась ждать, стоя в напряженной позе с гордо поднятой головой.

— Это саксонская королева...

— Наверняка. Я был бы не прочь «завоевать» такую.

Шуточки так и сыпались вокруг. Однако Эдива заметила, что мужчины стараются говорить вполголоса, опасаясь, очевидно, что их грубые высказывания могут дойти до ушей короля.

Эдива еще выше подняла голову, сжимая в пальцах украшенный вышивкой шелковый платочек. Пусть шутят. Она гордится своим происхождением. Ее отец — Леовайн, преданный дружинник короля Гарольда и потомок Альфреда, самого великого из английских королей.

— Видел ее драгоценности? Ничего себе! Она носит на шее целое состояние!

— И еще более дорогое сокровище между бедер!

Эдива услышала сдавленный смех. Она старалась быть спокойной. Рыцари грубо шутили, но чувствовалось, что они восхищены ею.

Только теперь она поняла, почему Жобер привез ее сюда. Он гордился ею и хотел похвастаться перед другими.

При этой мысли у нее замерло сердце. Жобер хочет жениться на ней. Он обратился к королю, чтобы получить разрешение на их брак.

Неожиданно все страхи и сомнения покинули ее. Даже если Жобер любил другую, она заставит его забыть о ней. Она так заполнит его сердце, что там не останется места для другой женщины.

Жобер появился в дверях и кивнул ей. Ах как он был красив! Темно-зеленая туника хорошо сочеталась с его ярко-рыжими волосами, обрамляющими гордое лицо. Она сделала шаг вперед и оперлась на его руку. Вскоре она увидела короля.

Король Вильгельм напоминал мощный кряжистый дуб — широкоплечий, мускулистый, с благородными чертами лица. Он спокойно наблюдал, как к нему приближаются Жобер и Эдива. Она заметила, как его взгляд задержался сначала на ее колье, потом — совсем ненадолго — на ее груди.

Жобер опустился перед ним на колени и заставил опуститься рядом Эдиву. Когда Вильгельм поднял Жобера, она тоже поднялась и встретилась взглядом с проницательными темными глазами короля.

— Значит, это и есть наследница?

— Да, милорд. Она дочь Леовайна.

— И ты хочешь жениться на ней?

— Да. Люди в Оксбери относятся к ней с большим уважением. Это укрепило бы мою власть над ними и над землей.

Король повернулся и отошел в другой конец небольшой комнаты.

— Однако мне говорили, что в Оксбери неспокойно. То засады, то поджоги... — Он посмотрел Жоберу в глаза. — Похоже, что ты не очень крепко держишь в своих руках власть в Оксбери.

— В лесах есть мятежники, но их всего лишь небольшая горстка.

— Тем не менее они причиняют тебе немало хлопот. А сегодня мне сообщили, что в Оксбери они подожгли твой дом и причинили немалый ущерб.

Эдива услышала, как Жобер шумно втянул в себя воздух.

— Откуда поступили такие сведения? Когда мы три дня назад уезжали из Оксбери, все было спокойно.

Король нахмурился:

— Не помню имени этого человека. Но он сказал, что его прислал священник.

— Я не ожидал, что они снова нападут, иначе не уехал бы, — сказал Жобер.

— Кажется, ты проявил излишнюю самоуверенность, и придется немало потрудиться, прежде чем в Оксбери прочно утвердится нормандское господство.

Жобер промолчал.

Король подошел к столу, заваленному свитками.

— На тебя поступила жалоба, Бреврием. Ты об этом знаешь?

— Да, милорд, и могу ответить...

Вильгельм жестом приказал ему молчать.

— Поскольку ничего уже не изменишь, обсуждать этот вопрос не имеет смысла. Меня больше волнуют трудности, возникшие у тебя в Оксбери. — Вильгельм пристально посмотрел на Жобера, и Эдива замерла от страха. — У тебя не такой уж крупный надел. Но для того чтобы держать в своей власти Англию, я должен быть уверен, что моя королевская воля осуществляется на каждой пяди земли. — Он взглянул на Эдиву, потом снова перевел взгляд на Жобера. — Возможно, чувство к этой женщине заставляет тебя проявлять излишнюю мягкость? Может быть, ты недостаточно суров? Мятежники осмелились напасть на крепость, как только ты уехал. Дай им понять, что бывает с теми, кто пытается противиться воле нового короля.

— Я это сделаю, милорд, — сказал Жобер и, откашлявшись, добавил: — Когда, с вашего разрешения, я воздвигну каменную крепостную стену, чтобы защитить свою собственность от нападений, им сразу станет ясно, что сопротивляться бесполезно.

— Возводи свою крепость — и чем скорее, тем лучше.

— А как насчет другой моей просьбы? — спросил Жобер.

Вильгельм окинул Эдиву взглядом с головы до ног и подошел ближе. У нее заколотилось сердце.

Протянув крупную, покрытую шрамами руку, он прикоснулся к отделке на ее рукаве.

— Великолепная работа, — сказал он, встретившись с ней взглядом. — Платье привезено из Руана?

Эдива облизала пересохшие губы и произнесла едва слышно:

— Женщина, обучавшая меня этому искусству, была родом из Нормандии.

— Так это ты сама вышивала?

— Да, милорд.

Вильгельм обернулся к Жоберу:

— Знаешь, что сделала бы моя Матильда, если бы увидела такую великолепную работу? Она заставила бы меня отдать эту женщину в жены одному из моих лучших рыцарей. — Король снова посмотрел на Эдиву: — Ты хорошо освоила наш язык. Знаешь, я бы хотел почаще видеть тебя при дворе.

Эдива заметила, как руки Жобера сжались в кулаки.

— А если леди Эдива не пожелает? — спросил он. — Неужели королева обречет другую женщину на одиночество вдали от своего народа... — он сделал паузу и посмотрел в глаза Эдиве, — и от мужчины, которого она любит?

— Любовь? — Вильгельм приподнял рыжеватые седеющие брови и резко встал. — Однажды это чуть не стоило тебе жизни.

Жобер не оробел:

— Говорят, вы сами женились на Матильде по любви. И вы не станете отрицать, что ее любовь не раз помогала вам в достижении ваших целей.

Вильгельм неожиданно хохотнул, отчего Эдива вздрогнула.

— Теперь я понимаю, что именно прямота и настойчивость делают тебя таким доблестным рыцарем, Бреврien. Да, любовь Матильды не раз помогала мне. Бывали моменты, когда без нее я, наверное, не выжил бы. — Он снова взглянул на Эдиву, потом перевел взгляд на Жобера. — Нет, Матильда не бессердечная. Она не захочет, чтобы твоя саксонская птичка томилась в золоченой клетке. Я обдумаю твою просьбу. А пока возвращайся в Оксбери и выполняй свой долг.

## Глава 21

«Все могло обернуться гораздо хуже», — думал Жобер по дороге из Вестминстера. Король Вильгельм не отказал ему. Он и представить себе не мог, что умение Эдивы вышивать вызовет интерес у короля!

Боже! Страшно подумать, что какой-нибудь лорд, более могущественный, чем он, увидит Эдиву и пожелает украсть его сокровище!

Жобер покрепче прижал Эдиву к себе. Пока она принадлежит ему. И он ее никому не отдаст.

Как только они добрались до гостиницы, Жобер приказал своим людям собираться в обратный путь.

— В Оксбери беспорядки, — сказал он им. — Надо скорее возвращаться.

Сам Жобер отправился в «Черную лошадь». Ему повезло, потому что он сразу же нашел Жерара. Тот сидел за накрытым столом в дальнем углу зала и, судя по всему, переживал тяжкое похмелье.

— Черт побери, ты выглядишь полной развалиной, — сказал Жобер.

Жерар взглянул на него одним глазом, поскольку второй был подбит.

— Ты прав, но она того стоила, — пробормотал приятель распухшими губами. — Вот только ее проклятый муженек вернулся домой слишком рано. — Он передернул плечами. — Хорошо еще, что у него при себе не было кинжала. А кроме того, я выиграл спор.

— Да, это так. — Жобер присел рядом. — Благодарю, устроил мне встречу с Вильгельмом. Я у тебя в долгу.

— Конечно, в долгу. — Жерар попытался улыбнуться, но сморщился от боли. — Вильгельм удовлетворил твою просьбу?

— Нет. Оказалось, что без меня в Оксбери произошли беспорядки. Король считает, что я слишком мягок с саксами. — Жобер с такой силой стукнул кулаком по столу, что подскочило деревянное блюдо. — Черт побери! Не понимаю, как они осмелились напасть! Я думал, что их осталось мало и они уже не решатся на вылазку.

— Может, последняя попытка — от отчаяния?

Жобер покачал головой:

— Не думаю. Боюсь, что им помогает какой-то человек, желающий мне зла.

— Валуа?

Жобер откинулся на спинку стула.

— Я не предполагал, что он так мстителен и будет преследовать меня даже в Англии. Старик хочет уничтожить меня. Похоже, нанял кого-то для слежки. Валуа помогает моим врагам. Вполне возможно, что именно его люди стреляли в меня.

— Не думаю, что он может зайти так далеко.

— Не думаешь? Я был ранен стрелой, выпущенной из арбалета, когда проезжал через лес в Глостершире. Понимаешь? Больше никто не был ранен. А Эдива говорит, что саксы не пользуются арбалетами. Я вспомнил об этом, когда ты сказал, что Валуа ходил с жалобой к королю, — сказал Жобер.

— Будь осторожен, приятель. У Валуа большие возможности.

Жобер мрачно кивнул и встал.

— Пора возвращаться в Оксбери. Надо своими глазами увидеть, что там осталось от поместья. Я сказал Эдиве, что она должна вышить для тебя эмблему. Если мы снова не встретимся случайно, то приезжай в Оксбери, Жерар. Ты всегда будешь желанным гостем.

Жерар поднялся из-за стола, и мужчины обменялись крепким рукопожатием.

* * *

— Мне тревожно, Жобер. Я не думала, что мои братья вздумают напасть снова. Ведь ты проявил милосердие к Элноту. Мне казалось, они захотят помириться с тобой.

— Это не твоя вина, Эдива, — сказал Жобер. — Откуда тебе знать, что задумали мятежники!

Не знает она и того, что мятежникам, возможно, помогает кто-то со стороны, подумал Жобер. Он решил не рассказывать пока Эдиве о своих подозрениях. Она и без того казалась расстроенной.

— Мои братья — настоящие болваны! Разве они не понимают, что не смогут победить?

— Возможно, понимают. Но не хотят жить под властью норманна. Похоже, они предпочитают умереть.

Эдива тяжело вздохнула. Ему очень хотелось помочь ей. Но пусть она узнает теперь, что ждет ее родственников в будущем. Он будет вынужден приказать их повесить. Удастся ли ей пережить потрясение?

— О чем они думали, поджигая дом? Господи, хоть бы никто не пострадал! Если огонь добрался до спальни, то все мои платья, все вещи моей матери...

— Приедем — посмотрим. Зачем сейчас беспокоиться?

Она кивнула и снова тяжело вздохнула. Жобер решил, что надо чем-то отвлечь ее от грустных мыслей.

Когда они остановились, чтобы кони немного отдохнули, он взял ее за руку и повел в лес.

— Куда мы идем? — спросила она.

Он развернул ее лицом к себе и посмотрел в ясные голубые глаза.

— Я намерен отвлечь тебя от тревожных мыслей.

— Каким образом?

— А ты как думаешь? — улыбнувшись, спросил он.

— Тут даже столов нет, милорд, не то что кровати.

— Я человек сообразительный, — заявил Жобер.

Возле густо разросшихся кустов боярышника он остановился. Оглядевшись вокруг, он выбрал подходящее дерево и подвел к нему Эдиву. Не успели они дойти до места, как его руки уже забрались под ее плащ, нащупав округлости грудей. Потом опустились на талию, бедра и потащили вверх платье.

— У тебя холодные руки, — пробормотала она.

— Это не надолго.

Он почувствовал, как она вздрогнула, когда его пальцы нашли заветное место.

— Мне хочется сорвать с тебя всю одежду, Эдива, и любоваться твоим прекрасным телом.

Он провел губами по ее шее, обвел кончиком языка аккуратную мочку уха и, наконец, засунул язык глубоко в ушную раковину.

Эдива судорожно глотнула воздух, тело ее обмякло в его объятиях. Его пальцы залила теплая влага. Он прижал ее спиной к стволу дерева и целовал, целовал... Она уцепилась за его тунику и лишь повторяла: «Жобер! О Жобер...»

— Я здесь, любовь моя. Я дам тебе то, что ты хочешь.

Задыхаясь от страсти, Жобер легко приподнял Эдиву, подсунув руки под ее оголенные бедра, и через мгновение проник в нее. Горячие волны сотрясли его тело.

Все для Эдивы перестало существовать. Не было ни мрачного леса, ни пряного запаха мокрой листвы, принесенного холодным ветром... Ей вдруг стало жарко. Из груди рвался крик. Она казалась себе невесомой. У нее выросли крылья, и она парила, достигнув высот наслаждения.

Потом они стояли, опершись о ствол дерева, и тяжело дышали. Наконец он сказал:

— Нам пора возвращаться. Мои люди, наверное, начали беспокоиться.

Ему удалось отвлечь Эдиву от мрачных мыслей, не дававших ей покоя. А сам он был снова готов к действиям.

— Пресвятая Богородица, как они могли сотворить такое?! — в ужасе воскликнула Эдива, издали увидев на стене дома безобразные пятна копоти, оставшиеся после пожара.

— Хорошо, что дом цел. Должно быть, успели сразу поднять тревогу. А там... — Жобер показал рукой, — похоже, они подожгли крепостную стену.

Эдива совсем растерялась. Ее братья пытались спалить Оксбери, не думая о том, что могут пострадать люди!

— Неужели они способны на такое?!

— Да-а. Я представлял, что мы увидим дымящиеся руины, — мрачно сказал Жобер. — Должно быть, мои люди им помешали.

— Или слуги.

Жобер кивнул:

— Всем, наверное, пришлось потрудиться, чтобы потушить пожар. Но я собираюсь построить новый замок и крепостную стену из камня.

— Надо узнать, не пострадали ли люди. Бедные Роб и Найлз едва успели оправиться от ран.

Жобер пришпорил коня, и они поскакали через долину. Рыцари последовали за ними. Приближаясь к воротам, Жобер приказал своим людям соблюдать осторожность.

— Думаешь, на нас могут напасть? — спросила Эдива.

— Вполне возможно.

Однако у ворот все было спокойно.

— Милорд, я очень рад что вы вернулись! — крикнул им стражник из сторожевой башни. — Тут у нас такое творилось! Но, слава Богу, теперь им конец. Мятежников захватили в плен!

Услышав это, Эдива пришла в ужас. Ведь если мятежников схватили, их повесят! И на этот раз она не сможет вымолить для них прощения.

— Впусти нас, — приказал Жобер, — и расскажи, что здесь произошло.

Они въехали во двор крепости. Стражник торопливо рассказал им о последних событиях:

— На нас напали сразу после вашего отъезда в Лондон. Одна служанка вовремя заметила пламя и сообщила нам. Мы все бросились за ведрами, чтобы носить воду. Пока тушили дом, загорелась крепостная стена позади амбаров. Нам не удалось бы справиться с огнем, если бы не помощь Всевышнего. Пошел дождь...

— Вы видели тех, кто поджигал?

Стражник покачал головой:

— Думаю, они пустили в крепостную стену горящие стрелы.

— Но как им удалось поджечь дом? — спросил Жобер. — Туда горящая стрела не долетит.

— Этого никто не знает, — ответил стражник. — Наверное, один из них проник в крепость у нас под носом.

— А что делала охрана? — едва сдерживая гнев, спросил Жобер.

— Они были пьяны и ничего не заметили, пока не подняли тревогу.

— Кто-нибудь пострадал? — спросила Эдива.

Стражник покачал головой:

— Кое-кому обожгло руки и опалило бороды. Но тяжелых случаев, как во время пожара на кухне, не было.

Жобер спешился и помог Эдиве спуститься на землю. Она заметила, что лицо его побагровело от гнева.

— Ты, кажется, сказал, что мятежники схвачены? — спросил он у стражника.

— Да, но это было уже потом. Священник предложил поговорить с пленными, которые сидят в амбаре. После разговора с ними отец Рейболд сказал, что мы должны седлать коней и он отведет нас к мятежникам. Он так и сделал! Бандиты не ожидали нашего появления и спокойно обедали, так что не успели убежать, и мы их схватили. Один из них набросился с ножом, и его убили. Семерых мы взяли в плен.

Семеро! И это все, что осталось от отряда ее братьев? Кто же был убит? Может быть, Годрик или Бьернвольд?

— Где они? — спросил Жобер.

— В подземелье, милорд.

— Что ты намерен с ними сделать, Жобер? — спросил Хеймо. — Повесить?

Жобер не ответил. Но его зеленые глаза пылали яростью.

— Приведите ко мне людей, которые в ту ночь сторожили крепость.

Пейн и Озберт кивнули и побежали к дому.

Жобер крикнул им вслед:

— Еще приведите служанку по имени Голда! В прошлый раз она была виновата в том, что стражники напились.

Эдива застыла в напряженном ожидании. Что будет теперь с ее братьями? Она боялась говорить об этом с Жобером. Она боялась, что он прикажет повесить не только захваченных в лесу, но также Элнота и Уитана.

— Милорд, — тихо сказала она, подойдя к Жоберу, — Элнот и Уитан помогли твоим людям, не забудь об этом, прошу тебя. Вспомни, как ты однажды сказал, что если они присягнут тебе...

— Думаешь, я буду верить людям, которые выступают против своих? Ты неправильно понимаешь меня, Эдива. Я не нуждаюсь в том, чтобы мне присягали на верность предатели.

Жобер повернулся и ушел. Эдива смотрела ему вслед. Каким он стал вдруг чужим! Тепло их страсти, казалось, превратилось в лед. Мужчина, который поддразнивал и соблазнял ее в Лондоне, который умолял короля разрешить ему жениться на ней...

С тяжелым сердцем она направилась к дому, стараясь не думать о том, какие еще потери ей, возможно, придется пережить.

Холодный влажный ветер дул в лицо. Эдива дрожала от холода, хотя на ней был шерстяной плащ. Она не могла сдержать слез, сочувствуя двум рыцарям, обнаженным до пояса. Их привязали к столбу и хлестали кнутом.

Наказания не избежала и Голда. Жобер приказал высечь и ее. От ударов кнута шерстяное платье служанки скоро превратилось в лохмотья. Эдива надеялась, что с Голдой обойдутся не слишком сурово. Голда, конечно, подлая и лживая. Но и ее жаль. Публичная порка — унизительное наказание. И возможно, рубцы обезобразят ее красивое тело. Это уж слишком жестоко!

Эдива повернулась и направилась в сторону амбара, вытирая слезы краем плаща. От переживаний у нее щемило сердце.

Она понимала Жобера и не винила его. Оксбери чуть не превратился в руины. В зале сильно закоптились стены. В спальне наверху были испачканы все портьеры и постельное белье, лишь одежда и другие ценные вещи, лежавшие в сундуках, не пострадали. Могли погибнуть люди... И виноваты в этом были ее братья.

Они заслужили наказание — в этом Эдива была уверена. Но все же...

Что будет с Элнотом и Уитаном? Было бы несправедливо заставлять их расплачиваться за чужую вину. Тем более что они помогли норманнам, показав, где прячутся мятежники.

Кто из них сообщил о местонахождении лесного лагеря мятежников? Эдиве хотелось думать, что это сделал Уитан и что Элнот не причастен к предательству. Но сердце подсказывало, что это именно так. Элнот был испуган. Должно быть, именно он сообщил священнику о мятежниках.

Эдива вдруг остановилась, пораженная одной мыслью. Отец Рейболд не говорил по-саксонски. Как же он общался с пленными? Или с ним был кто-то еще?

Солдат, охранявший пленников, нахмурился, когда она сказала, что хочет увидеться с ними.

— Миледи, вы сами знаете, что я должен получить разрешение от милорда.

— Конечно, знаю, — сказала она. — Но он сейчас разбирается с провинившимися. Если ты побеспокоишь его, то и сам попадешь под горячую руку.

Потоптавшись в нерешительности, солдат отодвинул засов на двери.

— Я пропущу вас к ним, но ненадолго.

— Спасибо. — Эдива ласково улыбнулась солдату.

Он придержал дверь, и она вошла внутрь.

В темном амбаре она с трудом разглядела своего брата и Уитана, сидевших на соломе. У них были связаны только руки.

— Элнот! — Эдива подавила желание обнять брата. — Как ты?

Он поднялся на ноги.

— Неплохо. Благодаря тебе с нами обращаются сносно.

— Скажи, почему вы предали остальных? Надеялись спасти себя?

Элнот с удивлением взглянул на нее:

— Предали остальных? О чем ты говоришь?

— Разве к вам не приходил священник и не расспрашивал, где находится лагерь мятежников?

— Священник действительно приходил, но женщина, которая была с ним, сказала, что он хотел укрепить наш дух. После этого мы были уверены, что нас казнят. Но пока вот, слава Богу, живы.

— Женщина?

— Да. Я не знаю, как ее зовут, но это одна из служанок.

— Это Голда, — сказал Уитан.

Картина прояснялась. Голда, эта лживая мерзавка, предала не только своего саксонского любовника, но и нормандских тоже. Все-таки она заслуживает публичной порки!

— Вы с кем-нибудь говорили о мятежниках?

Элнот и Уитан покачали головами.

— Ни с кем, — ответил брат.

У Эдивы снова появилась надежда. Быть может, ей все-таки удастся убедить Жобера сохранить им жизнь?

Элнот подошел к ней:

— Что случилось, Эдива? Несколько дней назад мы слышали крики и чувствовали запах дыма. Неужели Бьернвольд и Годрик совершили нападение? Их схватили?

Эдива кивнула.

— Норманн их повесит?

Эдива снова кивнула. У нее было тяжело на сердце.

— А со мной что будет? — спросил Элнот. — Я обещал присягнуть ему на верность.

— Не знаю, — призналась Эдива. — Он очень рассержен.

— Но ты могла бы уговорить его, я уверен, — сказал он охрипшим от волнения голосом.

— Я попытаюсь. Сделаю все, что смогу.

Элнот расправил плечи, как будто осознав вдруг, каким презренным слабаком он выглядит, говоря такое.

— Но если тебе не удастся уговорить его, я обещаю встретить смерть достойно, как подобает мужчине. Тебе не будет за меня стыдно.

— Не сомневаюсь в этом, брат, — сказала Эдива и обняла его, едва сдерживая слезы.

Она услышала, как солдат у двери деликатно кашлянул, и быстро попрощалась с пленными.

На обратном пути она обдумывала ситуацию, стараясь разобраться в своих чувствах. Она понимала, что Жобер обязан казнить ее братьев.

Публичная порка закончилась. Мужчин уже отвязали от столба. Теперь, наверное, Жобер прикажет отвести их в зал и смазать им раны.

Голда все еще была привязана к столбу, и кнут опускался на ее стройную спину. Эдива слышала грубые выкрики сгрудившихся вокруг мужчин: «Сдери с нее платье. Пусть покажет нам свои сиськи!»

Эдива поморщилась, удивляясь тому, что порка может так возбуждать людей. Эдива не могла без содрогания смотреть на кровавые полосы на белой спине Голды.

— Довольно! — раздался голос Жобера. — Отвяжите ее от столба.

Эдива слышала, как в толпе заворчали и кто-то крикнул: «Хлыст только кожу погладил! Дайте-ка мне эту стерву. Уж я ее накажу!» В толпе раздался хохот.

Эдива подошла к Жоберу. Он холодно взглянул на нее.

— Милорд, нельзя ли поговорить с вами?

— Не сейчас. У меня есть дела, — ответил он резко и ушел.

Эдива побрела к дому. Жобер сообщит королю о том, что расправился с мятежниками. Вильгельм, возможно, разрешит ему жениться на ней. Но хочет ли она выходить замуж за человека, по приказанию которого будут казнены ее братья?

В зале Эдива увидела Вульфгет и подошла к ней.

— Как себя чувствуют Роб и Найлз? — спросила она.

— Найлз несколько дней назад поднялся с постели. Даже Роб иногда выходит во двор подышать свежим воздухом.

— Я рада, что они выздоравливают, — сказала Эдива. — Спасибо тебе за то, что хорошо за ними ухаживала.

Вульфгет улыбнулась:

— Я с радостью это делала. Знаете, миледи, я даже научилась говорить по-нормандски. А Роб выучил несколько наших слов.

Эдива пристально взглянула на девушку:

— А как же сэр Алан?

Вульфгет наморщила лоб:

— Он по-прежнему заходит ко мне по вечерам — поговорить. Но он всегда такой сердитый. Я его боюсь.

— А Роб ласковый и спокойный?

Вульфгет кивнула.

Эдива подумала, что тоже, конечно, предпочла бы грубому Алану юного красавца Роба.

— Куда ты идешь?

Не ответив, Жобер продолжал идти к воротам. Ему не хотелось разговаривать с Аланом. Он наверняка будет спрашивать, когда состоится казнь.

Форней догнал его и пошел рядом.

— Ты уже приказал плотнику построить виселицу?

— Мне надо побыть одному. Я иду за ворота крепости.

— Позволь мне пойти с тобой. Хотя мы схватили мятежников, но кто знает, как настроены жители деревни. Одинокий человек — легкая добыча.

От слов Алана у Жобера мороз пробежал по коже. Крестьян он не боялся, но ему мог угрожать совсем другой враг.

— Нет, я пойду один.

— Тогда надень доспехи.

Жобер с большой неохотой согласился, и они направились к конюшне. Он решил ехать верхом.

Алан шел рядом.

— Как у тебя дела с Вульфгет? — спросил Жобер.

Алан выругался.

— Ты посоветовал мне переспать с ней, но, черт побери, как это сделать в переполненном людьми зале? И Роб, эта самодовольная жаба, пялится на меня?!

— Ты бы пригласил ее прогуляться.

— Ее это не интересует. Она меня стесняется — и все из-за этого болвана! Они, видите ли, учат друг друга языкам. Знаешь, о чем они разговаривают? О природе! — Алан презрительно фыркнул.

В конюшне Жобер снял с крюка тяжелую кольчугу. Алан помог ее надеть.

— Значит, ты решил отказаться от нее?

— Еще чего не хватало! Она единственная женщина в Оксбери, к которой меня тянет. Знаю, что это звучит глупо, но когда она улыбается... — Он покачал головой. — Чувствуешь? Я, кажется, заговорил, как этот болван Роб.

Жобер чуть заметно усмехнулся, забавляясь терзаниями сурового, вечно всем недовольного Алана.

— Роб скоро поправится и уже не будет целыми днями находиться в компании Вульфгет. Ты сможешь возобновить ухаживания. Теперь, когда она немного знает наш язык, с ней будет легче объясниться.

— Но что я должен делать, когда мы останемся наедине? — растерянно спросил Алан. — О чем я буду с ней говорить?

— А чего тебе хочется?

— Мне хочется целовать ее, держать в своих объятиях... Но какую женщину заинтересуешь этим?

«Женщину, которой ты не безразличен, — подумал Жобер. — Женщину, которая любит тебя не за красивые слова или поступки, а за то, что ты такой, какой есть».

Больше о женщинах они не говорили. Жобер сел на коня и вскоре, выехав за ворота, уже спускался с холма в долину.

## Глава 22

Серые тучи нависли, угрожая дождем. Жобер вздрогнул от холода, пожалев, что не оделся потеплее. Он подъехал к реке, остановил коня и долго смотрел на воду, такую же серую и холодную, как небо. Неужели нет никакой возможности сохранить все, что было ему дорого? Неужели для того, чтобы выжить, ему нужно стать таким же, как Валуа, — беспощадным и жестоким, захватывающим землю и власть любой ценой? Нет, ему это не по нутру.

Жобер снова подумал о пленных саксах. Должен ли он казнить их? И братьев Эдивы — тоже?! Он не будет этого делать. Но что он тогда доложит королю?

И тут, словно сверкнула молния, ему в голову пришла блестящая мысль. Не нужно принимать решение! Пусть король сам решит их судьбу! Возможно, Вильгельм обойдется с ними жестоко. Но это будет решение короля, а не его, Жобера. Он вздохнул с облегчением.

Сумерки сгущались. Пора было возвращаться в крепость.

Устав от всего, Эдива задремала в кресле. Она уже решила, что не будет ни умолять, ни торговаться, если Жобер решит повесить Бьернвольда и Годрика. Ей придется смириться с этим. Но смерть Элнота пережить будет трудно. Она надеялась, что Жобер простит его.

Скрипнула дверь спальни, и Эдива проснулась. Она слышала, как Жобер разделся. Потом он улегся рядом с ней. И, придвинув ее к себе, поцеловал в шею. Удивленная таким проявлением нежности, Эдива прижалась к нему. Он нежно поцеловал ее в губы. Разве могла она остаться спокойной?

— Как я люблю тебя, Эдива... — шепнул он. — Знаешь, я понял, что мне делать.

Она затаила дыхание, боясь услышать что-то страшное.

— Отвезу пленных к Вильгельму. Он сам решит их судьбу. Я буду просить о снисхождении. Скажу Вильгельму, что, если твои братья присягнут мне, я их возьму к себе.

Она испытала такое облегчение! С приказанием короля она может согласиться. По крайней мере ей не придется ненавидеть Жобера.

— Не знаю, как поступит Вильгельм. Но, говорят, раньше он иногда принимал от саксов присягу на верность.

— Если бы так было и на этот раз!

— Но ты со мной не поедешь.

У нее заныло сердце при мысли о разлуке с Жобером.

— Я могла бы подождать в гостинице, — сказала она.

— Мне нужно, чтобы ты осталась здесь.

— Зачем?

— Для поддержания порядка в поместье. — Он нежно погладил ее по волосам. — Ты у меня отважная и сильная. Нужно защищать то, что достанется нашим детям.

Его рука скользнула по ее груди и задержалась на животе. Она поняла: он думает о том, что, возможно, его семя уже прорастает новой жизнью внутри ее тела.

Слезы навернулись ей на глаза. Он хочет, чтобы она родила ему ребенка. Больше всего на свете ей хотелось того же.

— Я не чувствую себя ни отважной, ни сильной, — сказала она. — Когда я думаю, что с тобой может что-то случиться...

— Тш-ш, — прервал он ее, прижав пальцы к ее губам. — Если бы я был беспечен, то не выжил бы ни в битве при Гастингсе, ни в дюжине других битв. Я буду осторожен, обещаю тебе.

Эдива вздохнула.

— Я буду молиться за тебя, — тихо сказала она.

Он прижал ее к себе.

— Ты думаешь, я рискну потерять то, что существует между нами? — Он прикоснулся к ее груди и прошептал: — Я уезжаю рано утром. Хочу, чтобы от этой ночи у меня остались самые приятные воспоминания.

— Я считаю, что это глупость! — раздраженно сказал Алан. — Почему бы тебе просто не повесить их?

Жобер отодвинул от себя тарелку с остатками сыра и хлеба, отхлебнул из кубка сидра.

— Если они присягнут в верности мне и Вильгельму, то я получу дополнительных воинов для защиты Оксбери.

— Неужели ты доверишься этим саксонским мерзавцам?

— У меня есть сомнения относительно старших братьев Эдивы, это правда. Но младший и другие пленные... Какая им польза продолжать борьбу со мной? Они понимают: если нарушат клятву — умрут.

— Но ведь ты — норманн. Они ненавидят тебя.

— Мои сыновья будут норманнами наполовину, и им будет проще.

— Сыновья?! — с изумлением воскликнул Алан. — Ты на это надеешься?

— Что за вопрос? Конечно, надеюсь!

Алан печально уставился в свою тарелку.

— Хотел бы я сказать то же самое. Я несколько раз оставался с Вульфгет наедине, но из этого ничего не вышло.

— На твоем месте я поговорил бы о Вульфгет с Эдивой.

— С Эдивой?!

— Вот именно. Она женщина и знает, что у Вульфгет на уме. Уверен, что, если ты попросишь, она тебе поможет.

— Да я скорее попрошу помощи у пройдохи Хеймо!

— Я только предложил. У тебя есть время все обдумать, пока меня здесь не будет.

— Значит, ты не берешь меня с собой в Лондон?

— Нет. Я попросил Эдиву защищать мои интересы в Оксбери. Она мало что понимает в военном деле, и нужно, чтобы рядом с ней был опытный военачальник.

— Вот еще! — возмущенно воскликнул Алан. — Чтобы я командовал воинами вместе с женщиной? Тем более с саксонкой?

— Уймись, Алан! Не ты ей нужен, а она тебе. Если возникнет угроза вооруженного нападения, только она сможет призвать крестьян и слуг на борьбу. Я повезу с собой пленных, а это связано с опасностью. Так что в Оксбери я смогу оставить только часть гарнизона. Боюсь, что без людей Эдивы тебе не удастся отразить нападение.

— Но зачем они будут сражаться против своих?.. — Алан совсем растерялся. — Значит, ты опасаешься не мятежников?

Жобер кивнул:

— Боюсь, что кто-то в крепости действует против меня. Как мог король узнать о набеге на поместье раньше меня?

Алан окинул зал подозрительным взглядом и, наклонившись к уху Жобера, спросил:

— Ты думаешь, что Валуа подкупил одного из наших людей?

— Не исключено. Или, возможно, он подкупил кого-нибудь из саксов.

— Именно поэтому мятежников следует повесить!

— Я хочу узнать правду до того, как они взойдут на эшафот. Когда они предстанут перед Вильгельмом, один из них, возможно, расскажет что-то о Валуа. Мне удастся доказать королю, что Валуа злой и подлый человек и ему нельзя верить.

— А если предателем окажется один из твоих людей?

— Значит, он рано или поздно начнет действовать и выдаст себя. А мы с тобой должны быть начеку.

— А если это женщина? — сердито спросил Алан.

Жобер, теряя терпение, поднялся на ноги:

— Я верю Эдиве безоговорочно. И тебе советую делать то же самое.

Эдива отвернулась. Ей было тяжело видеть, как увозят братьев. Она попыталась поговорить с каждым из них. Бьернвольд плюнул в ее сторону и заорал, что она опозорила их род. Годрик молча печально посмотрел на нее. Неожиданно ее окликнул священник и попросил пойти с ним в часовню.

— Сожалею, — сказал отец Рейболд. — Вам, конечно, известно, что ваши братья будут повешены... — Он тяжело вздохнул. — А может быть, и того хуже.

— Что может быть хуже смерти?

— Ах, миледи, что бы там ни говорил вам Бревриен, но король Вильгельм не отличается милосердием. Если он ваших братьев не повесит, то прикажет изувечить. Не кажется ли вам, что для них лучше умереть, чем жить с вырванным языком или отрубленными руками?

Эдива похолодела от ужаса.

— Зачем вы мне это говорите, если я ничем не могу им помочь?

Он похлопал ее по руке.

— Помочь им может только Всевышний, дитя мое. Однако есть способ восстановить справедливость.

Эдива настороженно молчала.

— Не думаю, что Бревриен получил Оксбери по Божьей воле. Он всего лишь младший сын небогатого землевладельца. Простой рыцарь. Король Вильгельм возвышает своих людей, наделяя их властью, но забывает о том, что они не рождены быть правителями. Я уверен, что король в конце концов поймет свою ошибку и отдаст Оксбери более достойному человеку.

— Зачем вы говорите мне все это? — повторила Эдива.

— Возможно, придет время, когда ваша помощь потребуется новому лорду. Хочу, чтобы вы знали: я не одобряю того, что вы спите с таким человеком, как Бревриен. Понимаю, у вас не было выбора. Но если вы будете действовать разумно, то сможете улучшить свое положение.

Эдива пристально смотрела на священника. Она всегда чувствовала, что он не любит ни ее, ни других саксов. Следовало бы выведать побольше о его намерениях.

На лице священника появилась гнусная ухмылка.

— Бревриен уехал в Лондон. К его возвращению все будет кончено. Оксбери уже не будет принадлежать ему.

Эдива постаралась остаться спокойной.

— Вы знаете человека, который захватит власть?

Священник замялся:

— Больше ничего не могу вам сказать. Я и без того многим рискую, предупредив вас.

— Удивлена, что вы это сделали, — не удержавшись, сказала Эдива.

Коварный священник пытался склонить ее к предательству Жобера.

— Я обдумаю ваши слова. — Эдива повернулась, чтобы уйти.

— Не забудьте о своих братьях! — напомнил ей священник.

Выйдя из часовни, Эдива сделала глубокий вдох, чтобы успокоиться. Совершенно очевидно, что Оксбери угрожает опасность. Жобер это подозревал, потому-то и оставил ее здесь. Так или иначе, ей следует приготовиться к худшему. Но она так мало знает об обороне крепости!

Придется поговорить с Аланом.

Рассказать ли Алану о разговоре со священником? Пожалуй, не стоит. Он не поверит ей. Или заподозрит, что она снова с кем-то в заговоре. Но не станет же он возражать против починки стены!

Форнея она увидела во дворе.

— Сэр Алан, можно поговорить с вами?

Он холодно взглянул на нее:

— Что вы хотите мне сказать?

— Перед отъездом лорд Бреврием предупредил о возможном нападении на Оксбери. Он доверяет не всем, кто живет в крепости.

Форней мрачно кивнул.

— Я не знаю, что предпринять, поэтому полагаюсь на ваш опыт. Мне кажется, что начать надо с починки крепостной стены.

— Нам потребуются лучники, чтобы защитить крепостную стену, — сказал Алан. — Есть такие среди ваших людей?

— Да. Многие крестьяне охотятся на дичь с помощью луков.

— Эти люди захотят подчиниться норманну? — спросил Форней, скривив губы.

Эдива распрямила плечи.

— Если я сама попрошу их помочь защитить крепость, они это сделают.

Форней снова пристально посмотрел на нее.

— В случае нападения мы можем не успеть послать гонца в деревню. Как нам известить ваших людей о нападении на крепость?

Эдива нахмурила брови, размышляя. Вдруг она вспомнила о часовне.

— В часовне есть колокол!

— Мы ударим в колокол, и крестьяне сами придут, так? — уже спокойным тоном произнес Алан.

— Да, — подтвердила Эдива. — Если с ними заранее договориться об этом.

# *Глава 23*

— Вот бедолаги, — сказал Жиль, указывая на пленных саксов, сгрудившихся в телеге.

— Уверен, им там гораздо теплее среди одеял и сена, чем нам здесь на ветру, — проворчал в ответ Хеймо и пошел к костру. Жиль принялся снимать с коня свои вещи.

Жобер бросил взгляд на пленных. Не упрекнет ли Вильгельм его в слабости, если он попросит о снисхождении к самому младшему из братьев Эдивы? Многое будет зависеть от того, сильно ли донимали его английские мятежники за последнее время и видит ли он в них серьезную угрозу.

И от того, поверит ли он лжи Валуа. Жобер настороженно оглянулся. Они остановились на ночлег в лесу. Высокие сосны и ели, казавшиеся днем надежным укрытием, с наступлением сумерек приобрели зловещую таинственность.

К Жоберу подошел оруженосец и спросил, где ставить палатку.

— Не надо палатки, — ответил Жобер.

Он подкрепился куском горячей оленины и несколькими глотками вина, потом устроился на земле недалеко от телеги и немедленно заснул.

Проснулся Жобер от крика. Он хотел подняться, но почувствовал у горла холод металла.

Предчувствие не обмануло его. Пленные каким-то образом перерезали веревки, и теперь один из них приставил нож к его горлу.

— Бревриен! Скорее к Бревриену! — закричал кто-то из рыцарей.

Мятежник оглянулся. Воспользовавшись этим, Жобер мгновенно откатился в сторону и вскочил на ноги. Сакс выругался и, метнув в него нож, бросился бежать. Жобер быстро выхватил кинжал и запустил его в пленного. Кинжал попал ему в спину. Сакс вскрикнул и упал лицом вниз на мокрые листья.

Он был еще жив и прерывисто дышал. Жобер перевернул его на спину. Он мучительно подыскивал саксонское слово, чтобы спросить, кто помог мятежникам, но не мог припомнить ни одного.

— Он мертв? — спросил подошедший сзади оруженосец Уилл.

— Еще жив.

К Жоберу подбежал Хеймо.

— Слава Богу! Мы уж подумали, что саксы тебя схватили.

— Где остальные? — спросил Жобер. — Почему не пришли мне на помощь?

— Должно быть, их чем-то усыпили. Они только сейчас начинают приходить в себя.

Кто-то снабдил пленных оружием и испортил вино. Кто?! От кого ждать опасности?

Жобер заметил в телеге Элнота и Уитана.

— Что за черт! — прошептал он.

К нему подошел Жиль и другие рыцари с факелами.

— Что произошло? Где саксы?

— Сбежали, — ответил Жобер. — Один пытался меня убить. Но теперь он сам мертв.

Все уставились на двух саксов, оставшихся в телеге. Элнот был испуган. Уитан смотрел на них усталыми глазами.

Жобер приблизился к телеге.

— Почему... не... бежать? — с трудом подбирая слова, спросил он по-саксонски и жестом показал в сторону леса.

Элнот что-то быстро проговорил, озадачив их всех. Уитан же медленно произнес: «Присягнуть тебе... Бревриен». Элнот кивнул, подтверждая его слова.

Значит, брат Эдивы и этот старик сдержали клятву служить ему и не убежали вместе с другими. А Элнот закричал и предупредил его об опасности.

— Спасибо, — сказал Жобер. — Я... принимаю... вашу клятву.

«Но примет ли клятву саксов в верности Вильгельм? — с тревогой подумал Жобер. — Что, если я буду просить о снисхождении для этих пленных, а король все-таки прикажет их повесить?»

И все же надо попытаться. Брат Эдивы спас ему жизнь. Он обязан отплатить ему тем же.

— Принеси вина, — приказал он Хеймо.

Рыцарь вернулся с флягой в руке. Жобер сделал вид, что пьет вино, потом изобразил, как будто засыпает.

— Кто? — спросил он по-саксонски. Не получив ответа, он жестом показал, как подливает что-то во флягу.

Оба пленных покачали головой, не сразу поняв, что он от них хочет. Он уже повернулся, чтобы отойти, но тут заговорил Уитан:

— Голда... Годрик... любовники.

Жобер взглянул на него, и старик, подтверждая свои слова, кивнул головой.

Жобер стиснул зубы. Значит, служанка помогла мятежникам. Одна или с сообщником?

Жобер бросил флягу на землю.

— Собирайтесь, мы едем, — сказал он своим людям.

— Сейчас? До рассвета еще несколько часов, — заворчал Хеймо.

— Вы предпочитаете остаться здесь и подождать, пока вернутся саксы и перебьют вас во сне?

Они продолжили путь по темному лесу. Жобер едва не задремал в седле. В голове у него шумело. А ведь он сделал всего пару глотков из фляги. Этой ночью он был на волосок от смерти. Внутренний голос подсказывал ему: «Будь предельно осторожен! В Оксбери — предатель». Но он мог и сейчас быть среди них.

— Миледи! — К Эдиве подбежал встревоженный Озберт. — В долине появились рыцари.

Кто они? Не это ли предвидел Жобер? Не потому ли он предупредил их, чтобы они готовились к обороне крепости?

Взбежав на сторожевую башню, она окинула взглядом долину. Вдоль реки двигался целый отряд нормандских рыцарей. Что же делать?

— Боже, — прошептала Эдива и повернулась к Озберту: — Ты знаешь, под чьими они флагами? Может, это союзники Бревриена?

— Нет, я никогда не видел их.

— Может, Алан знает?

Озберт пожал плечами.

— Позови его, — приказала Эдива. — Прежде чем принимать этих людей, я должна выяснить, как они связаны с лордом Бревриеном.

Озберт бросился вниз по лестнице, а Эдива продолжала рассматривать приближающихся всадников. Быть может, рыцари не имели намерения нападать на крепость? Они не обнажили оружие и ехали спокойно.

— Пейн! — крикнула Эдива. — Нужно немедленно ударить в колокол.

Рыцарь побежал исполнять приказание.

Эдива снова посмотрела в долину. Сердце у нее колотилось. Если Алан не узнает, чей это отряд, их не следует впускать в крепость.

Зазвонил колокол. Вскоре двор заполнился людьми. Эдива понимала, что ей надо поговорить с ними, но не знала, что сказать.

Через двор шел Алан — в кольчуге и со шлемом в руке.

— Ну, что случилось? — крикнул он ей снизу.

Она жестом предложила ему подняться по лестнице и самому посмотреть, что он и сделал, недовольно ворча.

— Кто это? — с тревогой в голосе спросила Эдива, когда Алан взглянул в сторону реки.

— Не знаю, кому принадлежит эта эмблема, но она нормандская.

— Как вы думаете, зачем они пожаловали?

Форней пожал плечами.

— Нам надо решить, впускать ли их в крепость.

— Почему бы и не впустить? — спросил Форней.

— Разве Жобер не предупреждал, что на нас могут напасть?

— Судя по всему, эти люди прибыли с добрыми намерениями.

— Возможно, это ловушка. Как только мы впустим их в крепость, они нападут на нас.

Форней подозрительно прищурился.

— Значит, вы считаете, что нам не следует впускать их?

— Да, — ответила Эдива, — по крайней мере до тех пор, пока не убедимся, что у них нет злого умысла.

Форней презрительно фыркнул.

— С меня достаточно! — заявил он и стал спускаться по лестнице.

— Не надо! — закричала Эдива, хватая его за рукав. — Не делайте этого! Прошу вас, не открывайте им ворота.

— Но у нас нет выбора. Если мы откажем этим людям в гостеприимстве, они пожалуются Вильгельму. От этого пострадает Бревриен.

Схватив стоявший у лестницы большой глиняный кувшин, Эдива ударила им спускавшегося Алана по голове. Рыцарь упал. Шлем, который он держал в руке, скатился со ступенек.

— Что случилось с сэром Аланом?! — воскликнул подбежавший Озберт.

— Он упал с лестницы и, кажется, ударился головой, — спокойно ответила Эдива. — Надо уложить его в постель.

— Сейчас?

— Да. У него рана на голове.

Озберт не стал возражать.

— Как скажете, миледи. Отойдите в сторону, я возьму его на руки.

Эдива молила Бога, чтобы Алан еще некоторое время пробыл без сознания.

Здоровяк Озберт взвалил его на плечо.

— Черт возьми, лучше бы на нем не было кольчуги, — проворчал он.

— Поторапливайтесь, — взмолилась Эдива.

Эдива пошла впереди, объясняя толпе, что сэр Алан упал с лестницы.

В доме она приказала Озберту поднять Форнея в спальню и тут же вернуться к воротам.

— Там ты нужнее. Я сама позабочусь о сэре Алане.

Озберт ушел. Алан, очнувшись, застонал и попросил пить. Эдива налила в кружку вина и добавила отвар мака и корня мандрагоры. Алан выпил вино и успокоился.

Отлично! Теперь надо вернуться к воротам и разобраться в том, что происходит.

На полпути Эдива вдруг поняла, что не может появиться на сторожевой башне и говорить с воинами. Норманны, как и большинство мужчин, считают войну и политику не женским делом. В отсутствие Жобера приказывать должен был Форней. Но он казался Эдиве ненадежным. Кому же она может доверять?

Она с облегчением вздохнула, увидев Роба.

— Роб! — крикнула она. — Ты мне нужен.

Он подошел к ней.

— Я хочу, чтобы ты стоял на сторожевой башне, — сказала ему Эдива. — Ты должен спросить у предводителя этих рыцарей, с какой целью они пожаловали.

У лестницы, ведущей на сторожевую башню, их встретил встревоженный Озберт.

— Лучники заняли свои места, как вы приказали, миледи. Но мне все-таки непонятно. Почему бы нам не впустить этих людей в крепость? Они такие же норманны, как и мы.

Роб тоже взглянул на нее.

— Он прав, миледи. Почему мы должны ожидать от них чего-то плохого?

— Да потому, что перед отъездом Бревриен предупредил, что на Оксбери могут напасть враги. А мы должны защищать его интересы.

— Наверняка он имел в виду, что угроза будет исходить от саксов, — сказал Роб.

— Ты уверен, что у Бревриена нет других врагов? — строго спросила она.

Роб пожал плечами.

— Возможно, вы оба правы и эти люди прибыли с мирными намерениями. Однако стоит в этом убедиться, прежде чем открыть ворота.

Роб поднялся по лестнице на башню. Эдива последовала за ним. Она спряталась за низкой стенкой возле амбразуры.

— Кто вы и зачем прибыли в Оксбери? — крикнул Роб предводителю воинов.

— Меня зовут Ральф де Боргез. Прибыл я от имени лорда Вильгельма, короля Английского и герцога Нормандского.

— Королевский посланник! — повернувшись к Эдиве, сказал Роб. — Несомненно, нам следует впустить их!

— Нет, нет, — ответила она тихо. — Спроси, есть ли у него документ, подтверждающий, что они явились от имени короля.

Роб выполнил приказание. В ответе рыцаря Эдива уловила дерзость.

— Разумеется, у меня есть такой документ. Впустите нас в крепость, и я покажу вам бумагу.

— Скажи ему, что сначала мы посмотрим документ, — шепнула Эдива.

Роб подчинился, хотя и находился в замешательстве.

— Милорд, — начал он, — здесь неспокойно, и мы должны проявлять осторожность. Если вы не возражаете, мы сначала проверим документ, а потом откроем ворота.

— Нет, меня это не устраивает! — крикнул рыцарь. — Король Вильгельм будет очень недоволен, узнав о вашем неповиновении. Он пожелает отобрать право на владение этой землей!

Роб бросил растерянный взгляд на Эдиву.

— Скажи, что ты вышлешь к нему человека, — потребовала она. — Если ему нечего скрывать, то он не должен отказываться.

Роб задумался на мгновение, потом сказал:

— Хотя я уверен, что вы говорите правду, Ральф де Боргез, — крикнул он вниз, — мне необходимо следовать указаниям, которые дал Бревриен! Я хочу сам выйти к вам.

— Как будет угодно, — заявил Боргез с явным презрением.

Роб стиснул зубы.

— Вы правы, миледи, — сказал он. — Что-то здесь не так. Меня настораживает грубость этого человека. Едва ли король направил бы к нам такого, как он.

— Ты намерен выехать из крепости ему навстречу? — удивилась Эдива.

— Да, другого выхода нет. Если он не предъявит бумагу, подписанную королем, мы будем знать, что Боргез нас обманывает.

— Но я боюсь за тебя, — сказала Эдива.

Она с симпатией относилась к Робу. Если с ним что-нибудь случится, она себе этого не простит.

— Я должен действовать, как положено рыцарю.

Эдива кивнула, напомнив себе, что этот человек — рыцарь, специально обученный тому, чтобы ежедневно смотреть в лицо смерти. Однако, когда Роб спустился по лестнице и жестом приказал стражникам раскрыть ворота, она испугалась. Как она оправдается перед Жобером, если с этим миловидным юношей что-нибудь случится?

Она передвинулась поближе к краю площадки, чтобы было удобнее наблюдать за тем, что происходит внизу. Когда она увидела множество вооруженных людей на дороге, ведущей к воротам крепости, ее охватило дурное предчувствие. В кольчугах, сверкающих, как рыбья чешуя, ощетинившаяся острыми пиками вооруженная рать норманнов показалась ей зловещим чудовищем, готовым напасть на Оксбери.

Она напомнила себе, что когда-то Жобер с его людьми казались ей такими же страшными, но ужас, от которого перехватывало дыхание, не проходил.

Приоткрыли ворота. Роб вышел и направился к прибывшим рыцарям. Ральф де Боргез спешился и пошел ему навстречу.

Эдива видела, как они приветствовали друг друга, потом Боргез жестом пригласил Роба следовать за ним к отряду. «Может быть, у этого человека действительно имеется документ, подписанный королем, и мои тревоги напрасны?» — подумала Эдива.

Вдруг Боргез крикнул:

— Схватить его!

Двое рыцарей развернули коней и зажали с двух сторон Роба. В считанные секунды остальные воины построились в боевой порядок.

Они собираются атаковать крепость! У Эдивы заколотилось сердце. Как ей быть без Алана и Роба? Пресвятая Богородица, ведь она совсем не знает, что нужно делать!

Она бросилась вниз по лестнице, надеясь, что Озберт ей поможет.

— Они схватили Роба и, судя по всему, намерены взять приступом ворота!

— Мерзавцы! — разозлился Озберт. — Клянусь, мы им выпустим кишки!

В нескольких шагах от дома упала стрела.

— Отведите детей в часовню! — крикнула Эдива. — Остальные пусть выкатывают бочки с водой и готовятся тушить пожар!

Лучники стреляли, стараясь не подпустить норманнов к воротам. А в крепость летели горящие стрелы. Одна попала в сено возле конюшни, и оно тотчас вспыхнуло. В других местах тоже возник пожар. Слуги и крестьяне принялись тушить огонь.

Трудно было сказать, сколько прошло времени. У Эдивы щипало глаза и саднило в горле от дыма. Долго ли они смогут продержаться?

Эдива остановилась, чтобы перевести дух, и потрогала кинжал, прикрепленный к ноге. Нет, она не сдастся! Она будет бороться за свою жизнь и за жизнь, зародившуюся в ее чреве. За ребенка Жобера.

У ворот ее встретил перепачканный сажей солдат.

— Они уходят! — возбужденно сообщил он.

— Все? — спросила она.

— Да, весь отряд.

Эдива взобралась на лестницу, чтобы убедиться в этом.

Действительно, неприятель, кажется, отступал. Однако Эдива не спешила праздновать победу. Она знала, что за первой атакой будет вторая.

## Глава 24

— Боже милосердный! — воскликнул Хеймо. — Бесполезно искать! Сомневаюсь, что самому королю удалось бы нынче найти комнату в Лондоне.

Жобер мрачно кивнул. Народу в Лондоне было, кажется, еще больше, чем прежде.

— Лучше уж вернуться к остальным и сказать, что придется встать лагерем за пределами городских стен.

— По крайней мере не нужно будет беспокоиться о пленных саксах, — бодрым голосом заметил Уилл.

Все сердито посмотрели на оруженосца. После мучительной ночи никому не хотелось снова спать на промерзшей земле.

— Если повезет, я уже сегодня встречусь с Вильгельмом, — сказал Жобер. — По правде говоря, я намерен сейчас же отправиться в Вестминстер и узнать, нельзя ли поговорить с королем до того, как он сядет ужинать.

— Кто поедет с вами? — спросил Хеймо.

«Если среди нас есть предатель, он воспользуется моим отсутствием и начнет действовать», — подумал Жобер.

— Со мной поедут Хеймо, Жиль и Фальк. Остальные будут ждать в лагере.

— Пленных держать связанными? — спросил Уилл.

— Да, — ответил Жобер.

В Вестминстере по-прежнему было много рыцарей. Жобер приуныл. Без помощи Жерара придется ждать аудиенции несколько дней.

Но тут Жобер узнал рыцаря, стоявшего на посту.

— Рад тебя видеть, Уоррен Тоскни! — приветствовал его Жобер. — Вижу, ты высоко поднялся. Личная охрана короля, не так ли?

— Привет, Бреврием! Да, я теперь на службе у короля. И признаюсь, это не самое плохое местечко. Кормят хорошо, а женщины здесь толстенькие и приветливые. — Рыцарь игриво подмигнул.

— Уверен, что на таком посту ты и власть имеешь коекакую.

— Ага, я тебя понимаю. Ты намерен воспользоваться нашим давним знакомством, чтобы попасть к королю?

— У меня к нему важное дело. Две недели назад Вильгельм приказал мне усмирить мятежных саксов в своем поместье. Я пришел сообщить ему, что выполнил приказ. Уверен, он будет рад узнать об этом.

— Это его обрадует. Ходят слухи, что на юго-западе страны назревает заварушка. До Пасхи весь двор будет здесь. Но как только наступит весна, король снова пойдет воевать. Черт бы побрал этих англичан! Почему они не хотят смириться со своим положением? Вот жители Лондона, например, подчинились. Почему же сопротивляются остальные?

— Саксы не могут смириться с тем, что потеряли свои земли. — Жобер улыбнулся. — Так ты поможешь мне?

— Конечно! — Уоррен хлопнул приятеля по плечу.

Перед апартаментами короля толпились рыцари, купцы, священники. Все ждали аудиенции. Жобер думал о том, что скажет королю. Неожиданно к нему подошел какой-то человек и попросил следовать за ним. Как видно, Уоррен сдержал слово.

Король ужинал, одновременно рассматривая разложенные перед ним бумаги.

— Ваше величество. — Жобер низко поклонился.

— Ты принес мне хорошие новости или плохие? — спросил Вильгельм.

— Хорошие, милорд. Мятежники, угрожавшие Оксбери, захвачены в плен. Среди них были мальчик и старик, которых я привез к вам, чтобы вы сами решили их судьбу. Поскольку эти двое помогли мне взять в плен остальных, я не решаюсь их повесить. Более того, если вы позволите, то я хотел бы дать им работу в своем поместье.

Глубоко посаженные глаза Вильгельма прищурились.

— Ты готов довериться людям, которые выступали против тебя?

— Говорят, вы поступали так же, милорд.

— Иногда это было опрометчиво с моей стороны.

— Милорд, люди, за которых я прошу, спасли мне жизнь, — продолжал объяснять Жобер.

— Расскажи об этом подробнее.

Забыв о своих сомнениях, Жобер выложил королю все начистоту.

— Я собирался привезти сюда всех пленных саксов, чтобы вы сами решили их судьбу. Ночью пленным удалось освободиться. Я проснулся, когда один из них приставил мне нож к горлу. Если бы саксонский юноша не отвлек его внимание, то меня бы уже не было в живых.

Вильгельм поднялся со стула.

— Что случилось с человеком, пытавшимся убить тебя?

— Он мертв, милорд.

— Там были и другие, кто пытался бежать?

— Да, милорд.

— Где они теперь?

— Я не знаю. Думаю, что они не будут больше меня беспокоить. Человек, которого убили, был их главарем.

Вильгельм подошел к Жоберу.

— Но они вполне могут примкнуть к мятежникам, действующим в каком-нибудь другом месте. Не могу сказать, что меня обрадовала эта новость, Бревриен. Я приказал тебе усмирить мятежников! А ты просто прогнал их из своих владений. Так почему я должен удовлетворить твои просьбы, если ты не выполняешь свои обязательства?

«Вот я и попался в ловушку, — подумал совсем приунывший Жобер. — Пытаясь спасти Элнота и Уитана, я сам впал в немилость».

Король подошел к столу, где были разложены документы, показывая этим, что Жобер может идти.

— Есть еще одно обстоятельство, милорд. — Жобер сделал глубокий вдох, прежде чем продолжить. Возможно, он рисковал потерять все, но это была его последняя надежда. — Я думаю, что кто-то помогал мятежникам.

Вильгельм склонил голову набок.

— У тебя есть подозрения? Кто бы это мог быть?

— Роберт де Валуа, милорд. Вы знаете, что он меня ненавидит. Он считает меня виновным в том, что его дочь решила уйти в монастырь. Я думаю, что Валуа нанял людей, чтобы следить за мной и по возможности вредить.

— У тебя есть доказательства?

— Да, милорд. Несколько недель назад мятежники проявили большую осведомленность о слабых местах в обороне крепости. Им, несомненно, кто-то помогал.

— Что еще?

— Я был ранен, когда мы подавляли мятеж в Глостершире. Меня ранили в плечо стрелой, выпущенной из арбалета. Кроме меня, никто не был ранен. И я узнал, что саксы вообще никогда не пользуются арбалетами. Я уверен, что стрелявший хотел убить именно меня.

— Это очень серьезное обвинение.

— Понимаю, милорд. Но, как вам известно, Валуа ненавидит меня достаточно сильно, чтобы желать мне смерти.

Вильгельм помедлил, барабаня пальцами по столу, потом взглянул на Жобера.

— Не стану говорить, что не верю тебе. Валуа способен на любую жестокость. Но доказательств у тебя мало. К тому же... — он многозначительно приподнял бровь, — Валуа обладает большим весом в Нормандии. Сейчас я не могу себе позволить обижать своих сторонников.

— Так что вы мне посоветуете, милорд? Чтобы я возвращался в Оксбери и ждал следующего покушения на свою жизнь, следующей попытки причинить ущерб моей собственности?

— Поступай как считаешь нужным, Бревриен.

Король уселся за стол, и Жобер понял, что аудиенция окончена.

— Так как мне быть с пленными саксами? — спросил он. — Каково будет ваше решение?

— Насколько я понимаю, тебе потребуется как можно больше преданных солдат, Бревриен. Если они поклянутся служить тебе верой и правдой, ты можешь оставить их у себя.

— А как насчет моей женитьбы на наследнице Оксбери?

— Я еще не решил, — сказал Вильгельм, даже не взглянув на него.

— Что вы об этом думаете, миледи? — спросил Озберт.

— Думаю, что они снова попытаются напасть.

Он кивнул:

— Меня удивляет, что они так быстро отступили. Можно подумать, что они хотели просто напугать нас, а не захватить крепость.

— Да, что-то здесь не так. Интересно, что они затевают?

Эдива вздохнула. В этот момент снизу ее окликнула крестьянка:

— Миледи, детей уже можно вывести из часовни? Если опасность миновала, — извиняющимся тоном добавила она.

— Да. Пусть их накормят. Кстати, где священник? Его не было с вами?

— Не могу сказать, — ответила женщина. — Мне кажется, он ушел из крепости. Прежде чем начали стрелять, я видела его возле потайного выхода из крепости.

Священника не было. Он исчез до того, как крепость подверглась нападению. Эдиве это показалось странным. Но отец Рейболд вообще был странным человеком. Ей вспомнилось, как он делал вид, что восхищается ею. Он говорил, что Жобер не способен держать в руках Оксбери, и намекал, что король Вильгельм направит сюда другого человека... Отец Рейболд предупреждал, что придет другой норманн и предъявит свои права на Оксбери. Что, если этим «другим» будет Боргез?

— Миледи, что нам делать дальше? — спросил Озберт.

Она повернулась к нему:

— Если бы нам удалось найти священника, то мы, возможно, получили бы ответы на многие вопросы.

— Каким образом?

— Не знаю. Но он покинул крепость еще до того, как пришел Боргез со своими людьми.

Озберт с озадаченным видом посмотрел на нее. Эдива не стала рассказывать ему о своих подозрениях, на это не было времени. Если отец Рейболд — лазутчик, то он едва ли вернется в крепость.

Эдива спустилась со сторожевой башни и поговорила с толпившимися во дворе людьми, чтобы успокоить их. Все надеялись на нее и ждали от нее мудрых решений, касающихся безопасности Оксбери. Ей хотелось крикнуть, что она совсем не разбирается в этом. Ей хотелось убежать. Или уединиться в часовне.

Закрыв за собой дверь, она с облегчением вздохнула. Здесь было тихо и никто ее не беспокоил. Свечи излучали мягкий свет. Пахло ладаном и пчелиным воском.

Она опустилась на колени, моля Бога послать ей силу и мужество. Она молилась за души отца и матери. За своих братьев. И за Жобера. Что, если она не доживет до встречи с ним, не увидит больше его прекрасных зеленых глаз, не поцелует улыбающихся губ?

Нет, она не имеет права так думать! Он просил ее позаботиться о безопасности Оксбери, и она сделает это.

Эдива поднялась с колен. Крики, раздавшиеся во дворе, заставили ее поспешить к двери. Она выбежала из часовни и увидела, как в ворота входят жители деревни, прижимая к себе узелки с пожитками, ведя за руки испуганных детишек.

Эдива попыталась успокоить их:

— Здесь вы будете в безопасности. Двадцать рыцарей смогут защитить нас.

К ней подошел Озберт:

— Мы нашли священника. Он лежал на обочине со стрелой в спине.

Эдива почувствовала прилив гнева.

— Мерзавцы! Как можно было убить священника! Уверена, что король Вильгельм этого не простит!

— Миледи, — печально прервал ее Озберт, — он был убит саксонской стрелой.

У Эдивы округлились глаза от удивления: жители Оксбери не осмелились бы на это.

Она хотела сказать об этом Озберту, но слова застряли у нее в горле: через двор к ним шел Алан Форней. Он немного прихрамывал, на его темных волосах поблескивали крупные снежинки.

— Значит, ты не возвращаешься вместе с нами? — спросил Хеймо, обращаясь к Жоберу, когда они выехали из Вестминстера.

Жобер покачал головой:

— Я еду в город. Мне надо кое с кем поговорить.

— Черт возьми, мне это не нравится, — проворчал Хеймо. — Ты хочешь, чтобы мы оставили тебя одного?

— Кто нападет на хорошо вооруженного нормандского рыцаря?

— Если ты не вернешься к рассвету, где тебя искать?

— Я еду в таверну возле гостиницы, в которой мы останавливались. Она называется «Черная лошадь».

— Понимаю, — ухмыльнулся Хеймо. — Передай от меня привет кудрявенькой служанке.

Разговор с королем привел Жобера в смятение. Ему было необходимо во что бы то ни стало найти доказательства вины Валуа. Иначе Вильгельм будет по-прежнему считать его слабым, а его право на владение Оксбери — и Эдивой — так и останется под вопросом.

В городе было все еще многолюдно, хотя и не так, как днем. Среди деревянных домов виднелись причудливые арки, древние колонны из камня — много веков назад их возвели римляне. Король Вильгельм тоже намеревался украсить Лондон, для чего строил башню возле самой реки на восточной окраине города, утверждая таким образом господство норманнов над Темзой. «Интересно, продержится ли башня Вильгельма хотя бы половину того срока, который выстояли римские сооружения?» — подумал Жобер.

Улицы стали у́же, и ему пришлось оставить коня в конюшне и продолжить путь пешком. Войдя в таверну, он принялся высматривать среди посетителей ярко-рыжую шевелюру Жерара. Его нигде не было. Может быть, приятель появится здесь позднее, после очередного любовного свидания?

Жобер заказал себе еды и вина. Ждал он долго. И, не дождавшись Жерара, снова пошел к конюшне.

Его шаги гулко отдавались на пустынной темной улице. Морозец пробирал его сквозь плащ. Вдруг он почувствовал, что кто-то идет за ним.

Жобер резко обернулся, и кинжал преследователя лишь слегка задел его шею. Убийца сразу скрылся.

Жобер был крайне удивлен: кто-то снова пытался его убить. Нужно поймать напавшего и заставить признаться, кто его нанял.

Жобер вышел на обсаженную деревьями улицу. Нигде не было ни души. Он прошел еще немного, и тут наемный убийца, прятавшийся на дереве, прыгнул прямо на него. Жобер скинул его с себя и откатился в сторону, а потом выхватил меч. Он взмахнул мечом, и его лезвие вонзилось в тело убийцы.

Опустившись на колени, Жобер приподнял голову своего преследователя. Тот был еще жив.

— Кто тебя послал? — спросил он. — Кто?

Человек издал булькающий звук. Жобер встряхнул его.

— Отвечай, сукин сын!

Человек закашлялся, сплюнул и пробормотал что-то по-саксонски. Жобер, осознав, что его не понимают, тоже заговорил по-саксонски.

— Кто? — повторил он.

— Валуа, — произнес наконец наемный убийца.

Жобер ликовал, но это продолжалось недолго. Поверит ли ему Вильгельм? Надо притащить этого человека к королю, чтобы тот услышал имя предателя собственными ушами.

Но на это нельзя было надеяться. Человек умрет раньше, чем Жобер дотащит его до конца улицы.

Он положил его на землю, и сакс, застонав, испустил дух.

Жобер добрался до конюшен и разбудил конюха. Сев на своего коня, он отправился в Вестминстер.

# *Глава 25*

— Что вы натворили?

Эдива сжалась под суровым взглядом Форнея. Весть о священнике потрясла ее. Теперь она уже не была так уверена в правильности своих решений. Боргез расскажет королю, что в Оксбери жители деревни убили нормандского священника.

К Форнею подбежал Озберт:

— Сэр Алан, слава Богу! Нам нужна помощь. Что нам делать? У нас осталось мало стрел.

— Нас атакуют? — удивился Форней.

— Да, — подтвердил Озберт. — Леди Эдива была права относительно Боргеза. Этому человеку нельзя верить. Они взяли в плен Роба, и еще неизвестно, что намерены с ним сделать.

— Роба взяли в плен?

— Да.

— Кто такой этот Боргез?

— Он главный у людей, схвативших Роба. — Озберт показал на крепостную стену. — В долине появился большой отряд рыцарей. Помнишь? Именно поэтому ты с леди Эдивой поднялся на сторожевую башню. А потом ты упал с лестницы и ударился головой.

Когда Озберт напомнил о падении с лестницы, Алан стиснул зубы. Эдива испугалась: сейчас Алан скажет, что произошло на самом деле. Но он лишь спросил Озберта:

— Сколько их?

— Не меньше сорока человек, да еще оруженосцы и слуги. Они могли без труда взять крепость. Но почему-то отступили.

— Они отступили?

Озберт кивнул:

— На время. Я уверен, что они вернутся. И притащат с собой осадные орудия. Наши стены превратятся в щепки, — печально добавил он.

— Я ничего не понимаю, — сказал Алан. — Эти люди объяснили, чего они хотят, или просто напали?

— Боргез утверждал, что у него есть документ, подписанный королем, — сказал Озберт. — Но показать его не пожелал. А когда Роб вышел к нему, его взяли в плен.

Алан тряхнул головой, пытаясь разобраться в том, что услышал. Он вспомнил о священнике.

— Пусть тело отца Рейболда положат в подземелье, — приказал он Озберту. — Похороним его, когда вернется Бреврием.

Озберт убежал. Эдива ждала, что теперь Алан примется за нее.

— Итак, вы оказались правы, — сказал он наконец. — Нас кто-то предал.

Эдива вздохнула с облегчением.

— Боргез намерен захватить власть в Оксбери? — спросила она.

— Этого я не знаю. По правде говоря, мне многое непонятно, — ответил Алан.

— Может быть, именно эту опасность имел в виду Бревриен, когда просил нас действовать сообща, если придется защищать Оксбери?

— Было бы лучше, если бы он рассказал обо всем подробнее. — Алан встретился взглядом с Эдивой.

— Трудно найти разумное решение, пока неизвестны намерения противника. — Эдива вздохнула. — Священник предупреждал меня об этом. Он пришел ко мне вскоре после отъезда Бревриена и заявил, что Жобер не способен управлять Оксбери и что сюда должен прийти другой норманн.

— Ну и дела! Почему вы раньше не сказали мне об этом?

— Я думала, ты мне не поверишь. Священник, мне кажется, не любил Бревриена.

— Может быть, он даже сам участвовал в этом заговоре.

— В таком случае почему они убили его?

— Случайно. Как сказал Озберт, нечего было священнику бродить за крепостной стеной.

— Возможно, он ходил на встречу с Боргезом.

— Вполне вероятно.

— Что нам делать теперь? — спросила Эдива.

— Готовиться к отражению нападения.

Она кивнула, ощущая свою беспомощность. Помедлив еще мгновение, она повернулась и пошла прочь.

— Миледи! — окликнул ее Алан.

Она испуганно повернулась.

— У вас тяжелая рука, — сказал он. Губы его раздвинулись в улыбке.

— Я была уверена, что ты, такой упрямый здоровяк, переживаешь и не такое.

— Да, миледи. Возможно, временами я бываю слишком упрям.

Неужели он извиняется? Эдива не верила своим ушам. Она подошла к нему и осмотрела рану.

— Мы тебя вылечим, — сказала она.

Вильгельм, нахмурив лоб, взглянул на рыцаря, вошедшего в его спальню. Он, вытянув ноги, сидел на стуле, а слуга снимал с него гетры. Без доспехов, одетый в простую льняную тунику, этот человек с усталыми глазами был совсем не похож на Завоевателя.

— Бревриен, что у тебя на этот раз? — резко спросил король.

— Милорд, на моем плаще кровь наемного убийцы. Я, как видите, жив. А он мертв. Прежде чем умереть, этот человек назвал мне имя лорда, который нанял его. Это Валуа.

Король приподнял брови. Жобер ждал. Он успел насчитать десять ударов сердца, прежде чем король приказал слуге удалиться.

— Значит, его имя сорвалось с губ умирающего человека, — сказал он и ворчливо добавил: — Этого недостаточно.

— Но, милорд... — возразил Жобер.

Вильгельм жестом приказал ему замолчать.

— Я не сказал, что не верю тебе. Уверен, что Валуа действует против тебя.

Жобер вздохнул:

— Вы предъявите ему обвинение?

— Я направлю ему письмо, из которого будет ясно, что хозяин Оксбери пользуется моим покровительством.

— Ваше величество, этот человек трижды пытался убить меня!

Король потер рукой подбородок.

— Я не сказал, что он останется безнаказанным. Он нарушил данное мне слово. Я предупредил всех своих баронов, что не позволю им враждовать друг с другом здесь, в Англии. Как сказано в Священном Писании, всему свое время. Для Валуа время возвращать долги еще не настало.

Жобер молчал. Решение короля привело его в отчаяние, однако он видел, что спорить бесполезно.

Он поднял глаза и увидел, что король с чуть заметной усмешкой пристально смотрит на него.

— Может быть, разрешение жениться на наследнице Оксбери успокоит тебя?

Жобер низко поклонился.

— Вы меня осчастливили, и я отплачу вам преданностью до конца своих дней! А если Эдива родит мне сына, то, клянусь, назову его Вильгельмом в честь самого щедрого и храброго из людей.

Король подошел и обнял его.

— В таком случае поспеши в Оксбери и женись на своей красавице.

Прощаясь, Жобер просил короля посетить Оксбери, если ему случится быть в тех местах.

Выйдя из Вестминстера, Жобер остановился и взглянул на небо. Тяжелые низкие тучи по-прежнему закрывали звезды, а воздух был холодный и влажный.

Жобер пустил коня рысью. Теперь, договорившись обо всем с Вильгельмом, он хотел поскорее добраться до Оксбери. Вернувшись в лагерь, он приказал своим людям собираться в путь.

Эдива села и вытянула затекшие ноги. Она провела ночь на жесткой скамье в общем зале. Многие рыцари уже проснулись.

Женщины готовили на огне еду и кормили детей. Эдива подошла к ним и распорядилась накормить всех, кто был в крепости.

— И вам следовало бы поесть, миледи. Вы бледны, — сказала кухарка.

Эдива опустилась на стул. Несмотря на уже привычный приступ тошноты и головокружение, она ощутила радость. Она была теперь почти уверена в том, что беременна.

Кухарка подошла к ней с кружкой горячего бульона.

— Выпейте-ка. Это восстановит силы, да и ребеночку пойдет на пользу.

Эдива встретилась с ней взглядом.

— Почему ты думаешь, что у меня будет ребенок?

Кухарка удивилась:

— Я сразу узнаю, когда женщина беременна, как вы сейчас.

Эдива отхлебнула бульон, потом сделала еще глоток. Тошнота прошла, и она вздохнула с облегчением.

— Я рада за вас, миледи. Вы родите лорду Бревриену сына, который сможет защитить Оксбери от любого, кто на него посягнет. Вы оба смелые и сильные. Вы очень подходите друг другу, и нам всем от этого будет хорошо.

Эдива вдруг ощутила тревогу. Хорошо бы и ей иметь такую уверенность в будущем. А что, если Жобер, вернувшись, найдет вместо Оксбери пепелище и развалины? И она даже не успеет сказать ему, что ждет ребенка!

— Выпейте все, — строго сказала кухарка. — Вы будете мучиться по утрам до тех пор, пока не научитесь хорошо завтракать.

Эдива выпила бульон и поднялась. Некогда предаваться мрачным мыслям, ей еще столько нужно сделать!

Она направилась к колодцу, чтобы посмотреть, достаточно ли в нем воды. Неожиданно зазвонил колокол, и она бросилась к воротам.

На сторожевой башне Эдива увидела Озберта и Алана.

— Что случилось? — крикнула она снизу. — Они подтащили осадные орудия?

Озберт покачал головой:

-- Нет, похоже, они хотят вступить в переговоры.

Эдива поднялась на башню и выглянула на дорогу. Действительно, у противника, судя по всему, были мирные намерения.

— А что, если это хитрость? — спросила она.

— Нам не помешает послушать, что они скажут, — ответил Алан. — Может быть, произошла ошибка и они вчера не собирались нападать на нас?

Эдива и Озберт были уверены в обратном.

— Остановитесь и изложите свои намерения! — крикнул Алан.

Эдива видела, как Боргез жестом приказал своим людям остановиться и выехал вперед один.

— Кто вы такой? — спросил Боргез, обращаясь к Алану.

— Я Алан Форней, начальник гарнизона крепости, принадлежащей Бревриену.

— Сэр Алан, — заискивающим тоном произнес Боргез, — мы будем рады обсудить вопрос с вами. Боюсь, что вчера наши действия были неправильно истолкованы. Мы вернулись сегодня в надежде мирно поговорить.

— Чего вы хотите? — спросил Алан.

— У нас есть послание от короля. Если вы позволите нам войти в крепость, мы его вам предъявим.

Алан презрительно фыркнул.

— Я хочу увидеть королевскую печать, прежде чем прикажу открыть ворота.

— Но это невозможно, — вкрадчивым тоном сказал Боргез, — однако, может быть, нам удастся достичь согласия по другому вопросу. У нас в заложниках один из ваших рыцарей. Мы готовы обменять его на леди Эдиву.

— Ишь чего захотел, — пробормотал Алан себе под нос и уже громче спросил: — Зачем вам леди Эдива?

— Король приказал привезти ее к нему. Он готов удовлетворить претензии ее отца графа Леовайна на земельную собственность в других графствах.

Алан бросил озадаченный взгляд на Эдиву:

— Вам что-нибудь известно об этом?

Она покачала головой:

— Действительно, мой отец предъявлял права на другие земли. Но я полагаю, что они уже заняты, как и Оксбери.

— Однако все же возможно, что Боргез говорит правду? — спросил Алан.

— Я не знаю.

— Да глупости это! — возмутился Озберт. — Мы не можем обменять леди на Роба, какие бы небылицы ни плел этот человек.

— Не будем принимать поспешных решений, — сказала Эдива. — Я, например, вижу положительную сторону в таком обмене. Когда вернется Роб, у вас будет еще один рыцарь для защиты Оксбери. А мне Боргез едва ли причинит вред.

— Мне это не нравится, — заявил Алан, сжимая рукоять меча. Лицо у него было мрачнее, чем темно-серое зимнее небо. — Я думаю, что Боргез намерен использовать вас, чтобы заманить Бревриена в западню.

— Я готова рискнуть, — сказала Эдива. — По крайней мере это отвлечет их силы от Оксбери. Вы сами говорили, что при сложившихся обстоятельствах нам не одолеть такое войско. Не лучше ли сделать то, что они хотят, и тем самым спасти Оксбери?

— Значит, вы поедете с ними добровольно? — спросил Алан.

Эдива кивнула:

— Для того чтобы спасти Оксбери от разрушения, я готова на все.

Алан пристально посмотрел на нее, словно обдумывая ситуацию. Озберт был явно расстроен.

Эдива старалась не показать, что ей страшно. Она подумала о ребенке. Что, если Боргез ее изнасилует и она потеряет ребенка? Или он использует ее, чтобы заманить Бревриена в ловушку?

— Я готова, — повторила Эдива.

Алан снова пристально посмотрел на нее и сказал:

— Ладно. Будь по-вашему.

Эдива ехала верхом на белой кобыле. Выглядела она великолепно. Ей хотелось предстать перед напавшим на крепость коварным Боргезом настоящей леди. Тогда он не посмеет плохо обращаться с ней.

Эдива искупалась и вымыла волосы, потом переоделась в платье из шелка бронзового цвета, поверх которого надела роскошный плащ, подбитый мехом. Для нее оседлали превосходную лошадь. И она выехала к чужеземцам как королева.

«Королева, которая от страха может свалиться с лошади лицом в мокрый снег», — усмехнулась про себя Эдива.

Ей навстречу Боргез вывел коня, на котором сидел Роб.

Эдива натянула поводья, и кобыла, вздрогнув, остановилась. Боргез остановил коня рядом и учтиво поклонился. Выпустив из рук поводья коня Роба, он ухватился за уздечку ее кобылы. Юный рыцарь встретился с ней взглядом и тихо сказал:

— Да поможет вам Бог, миледи.

Боргез повел ее кобылу к застывшим в ожидании нормандским рыцарям. Они были похожи на безликую массу чудовищ из ее кошмарных снов. Доспехи делали их еще более страшными.

Они ехали по долине вдоль берега реки. Воины почти не разговаривали. Дул ледяной ветер. Эдива уже успела промерзнуть до костей. Куда ее везут в такую непогоду?

Отряд миновал березовую рощу. Ветви деревьев серебрились от инея. На поле за рощей был разбит лагерь — дюжина кожаных палаток. Эдива почувствовала облегчение: значит, они переждут здесь снежную бурю. А к этому времени и Жобер, возможно, вернется из Лондона.

Ей помогли слезть с лошади и отвели в самую большую палатку. Там горели угли в жаровне. Эдива увидела несколько сундуков и постель, покрытую меховым одеялом.

В палатку вошел Боргез. За ним появился еще один человек.

Боргез был коренаст и некрасив. Он снял шлем, под которым обнаружились темные волосы, поредевшие на макушке. Погрев над жаровней замерзшие руки, он уставился на Эдиву. Потом приказал ей снять плащ.

У Эдивы заколотилось сердце, но она подчинилась его приказанию.

Боргез внимательно осмотрел ее лицо, шею, скользнул взглядом по телу.

— Не в моем вкусе, — заявил мужчина, стоявший за спиной Боргеза. — Но груди заслуживают внимания. Давай-ка разглядим их получше.

Услышав это, Эдива выхватила кинжал, спрятанный в рукаве. Лезвие сверкнуло в свете факела.

— Ого! — воскликнул наглец. — Похоже, ты получил больше, чем хотел.

— Заткнись, Анри, — сказал Боргез. — Это дело и без того щепетильное. Не хватает еще, чтобы она нажаловалась королю на плохое обращение.

— Но ты собираешься жениться на ней, Боргез. Почему бы тебе не проверить качество своей собственности? — не унимался Анри.

— Черт побери! Ты, видно, ни о чем другом и думать не можешь! Даже если Бревриен мертв, даже если я буду утверждать, что саксы напали на нас, а рыцари Бревриена палец о палец не ударили, чтобы помочь нам, мне еще нужно убедить короля, что я имею право на Оксбери. Нужно заручиться поддержкой этой женщины.

— Поддержкой? От женщины можно без труда добиться поддержки. Дай мне провести с ней ночь. Клянусь, она сама будет потом умолять короля позволить ей выйти за тебя замуж.

— Черта с два! — крикнула Эдива, не в силах больше молчать. — Уж лучше убей меня сейчас же, потому что я никогда не соглашусь выйти за тебя замуж!

Оба рыцаря изумленно уставились на нее.

— Ну и ну! Настоящая мегера! — сказал тот, которого звали Анри.

— Заткнись! — рявкнул Боргез. — Вот уж не предполагал, что она так хорошо знает наш язык.

Эдива переложила кинжал из одной руки в другую, и луч света, отразившись от лезвия, скользнул по потолку палатки.

— Я слышала каждое ваше слово, — в ярости прошипела она, — и знаю, что вы убили Жобера. А теперь вам пришел конец.

— Господи, она ведь не шутит! — пробормотал Анри.

Боргез устало вздохнул:

— Я предупреждал Валуа, что это безумная затея. Черт возьми, я даже не хочу Оксбери, если это связано с такими неприятностями! У меня достаточно земли и в Нормандии.

— Но ты знаешь Валуа: он тебе этого никогда не простит, — возразил Анри. — Представь, что произойдет, если ты откажешься!

Боргез снова вздохнул.

— Миледи, — сказал он, — я не убивал Бревриена, поверьте мне. И вам я тоже зла не желаю.

— Если не вы, то кто его убил?

— Валуа нанял человека, приказав ему убить Бревриена в Лондоне.

Жобер мертв. Эдива онемела от горя.

— Я отношусь к вам со всем почтением, леди Эдива, — сказал Боргез. — Но вы наследница Оксбери, и, чтобы получить на него законное право, я должен на вас жениться.

## Глава 26

— Все выглядит вполне мирно, — сказал Жобер, окидывая взглядом заснеженную долину и дальний холм, где стояла крепость.

— А мы чуть лошадей не загнали, — проворчал Хеймо. — Я говорил тебе, что не надо спешить. Ну приедешь ты днем раньше или днем позже... У тебя впереди целая жизнь со своей ненаглядной.

— Я думал, что Оксбери в опасности, потому и торопился. — Жобер покачнулся, едва удержавшись в седле от усталости. — Господи, я, кажется, мог бы проспать целую неделю.

— Тогда давай теперь поспешим. — Хеймо тронулся с места.

Путь из Лондона был настоящим адом. Из-за снегопада они дважды теряли дорогу, а чтобы уберечься от холода, останавливались, разводили костер и грелись.

Снегопад наконец прекратился, и они оказались в волшебном мире белого безмолвия. Появилось солнце, и заснеженная долина засверкала в его лучах.

Уезжая в Лондон, Жобер был уверен, что Валуа пошлет кого-нибудь, чтобы захватить Оксбери. А его самого убить по дороге. Такой мерзавец! Но, слава Богу, он жив, да и с имением, похоже, ничего не случилось.

Их увидели со сторожевой башни. Ворота распахнулись, и они въехали в крепость. Во дворе было подозрительно тихо. Странно. Жобер ожидал бурной встречи. А где же Эдива?

Алан стоял с мрачным лицом. Жобер сразу понял, что что-то случилось.

— Где Эдива?

Стоявший рядом Роб взглянул на Алана.

— Боргез повез ее к королю, — сообщил Алан. — По крайней мере так он объяснил свое появление здесь.

У Жобера все похолодело внутри. Он в гневе обрушился на своих верных рыцарей:

— Как вы могли позволить кому-то увезти ее?! Я приказывал вам обоим беречь ее — и что же?! Я возвращаюсь и узнаю, что Эдиву увезли. А вы даже не можете точно сказать, куда именно!

— Она уехала добровольно, — спокойно произнес Алан. — Возможно, ее соблазнило сообщение Боргеза, что король может вернуть ей земли в других графствах Англии.

Жобер уставился на Алана, с трудом постигая смысл его слов. Он обратился к Робу:

— Ты полагаешь, что леди Эдива...

Роб взглянул на Алана и покачал головой:

— Я думаю, она поехала с Боргезом, чтобы спасти Оксбери.

— Спасти Оксбери? От чего?

Алан начал было говорить, но Роб перебил его:

— Помолчи. Надо рассказать все с самого начала. — Он повернулся к Жоберу: — Можно подумать, что Боргез пришел в крепость и Эдива сбежала с ним. Но это совсем не так. На самом деле именно она не разрешила нам впускать его в крепость. Это она убеждала нас, что они пришли с недобрыми намерениями и пытаются нас обмануть. Когда я вышел из крепости, чтобы поговорить с ними, они взяли меня в заложники. Обращались со мной неплохо. Но я чувствовал, что они что-то затевают. К тому же они обстреляли крепость горящими стрелами. Они не довели атаку до конца и вскоре отступили. На следующий день они привезли меня назад и предложили обменять на леди Эдиву. Я считал, что отпускать ее — полное безумие. Однако она хотела отвлечь их внимание от Оксбери и, конечно, рассчитывала на то, что ты скоро вернешься.

— Как бы не так! — воскликнул Алан. — Мне, например, показалось, что ей не терпелось уехать с той самой минуты, как она услышала, что является наследницей еще какой-то собственности!

Жобер едва сдержал гнев.

— Кто такой Боргез? — спросил он. — И какие еще другие земли принадлежат Эдиве?

— Нам это неизвестно, — сказал Роб. — Боргез утверждал, что имеет при себе послание короля. Эдива настояла на том, чтобы он предъявил этот документ. Боргез отказался. А потом взял меня в заложники. На следующий день они вернулись к крепости. Еще Боргез сказал, что король Вильгельм не признает прав Эдивы на эту собственность, если она не явится к нему лично.

— И вы отдали ему Эдиву? — Жобер почувствовал, как его снова охватил гнев. — Он не показал вам послание короля! Вы даже не знаете, кто он такой, а позволили ему увезти ее?

— Но она сама хотела поехать, — сказал Алан.

— Я же приказал вам беречь ее! — Жобер помолчал, потом спросил: — Сколько времени прошло с тех пор, как они уехали? Они направились прямо в Лондон?

— Их лагерь разбит в конце долины, — сказал Роб. — Я послал одного деревенского мальчишку следить за ними. Возвратившись, он сообщил, что они собираются заночевать в лагере. На следующее утро, когда мальчишка снова отправился следить за ними, лагеря на месте не оказалось. Они ушли еще до рассвета. И направились они не в Лондон, а в Вингестер.

Жобер в отчаянии ударил сжатым кулаком по ладони другой руки.

— Как вы могли? Вы позволили им увезти мою женщину, мою будущую жену! — Он круто повернулся к Алану: — Король дал согласие на мою женитьбу на Эдиве! Если бы вы ее не отпустили, то мы сейчас стояли бы перед отцом Рейболдом!

Роб смущенно кашлянул, прежде чем ответить:

— К сожалению, отец Рейболд мертв. Никто из нас не знает, почему и как это произошло. Он был убит — стрела попала в спину. Эдива думает, что отец Рейболд был каким-то образом связан с Боргезом. И что они сами убили его.

Жобер давно подозревал, что Валуа заслал лазутчика в Оксбери. Священник как нельзя лучше подходил для этой роли — ведь он мог уходить и приходить, когда ему заблагорассудится.

— Прикажите приготовить побольше еды, — распорядился Жобер. — Часть мы возьмем с собой. Через час выезжаем.

Хеймо сделал шаг вперед.

— Но тебе надо бы отдохнуть, прежде чем снова садиться на коня.

Жобер покачал головой:

— Я не смогу отдыхать, пока Эдиве угрожает опасность. Я должен ехать за ней.

Отряд Боргеза двигался медленно. По глубокому снегу телеги с багажом и слугами еле ползли.

Жобер со своими людьми почти нагнал их. Довольно скоро они добрались до Винчестера и остановились на постоялом дворе, чтобы дать коням передышку и поесть горячей пищи. Хозяин сообщил им, что Боргез был здесь. Недавно отряд отправился в ближайший монастырь. Расспрашивали, где можно найти священника. Хозяин посоветовал им ехать в монастырь Уэруолл.

— Священника?! — воскликнул Хеймо. — Зачем им понадобился священник?

— Чтобы обвенчать нормандского лорда и леди, которая путешествует с ним.

Жобер отодвинул миску.

— Она может выйти замуж за другого только под угрозой смерти. А если ее принудят, то брак будет считаться недействительным.

Все молчали. Потом Хеймо сказал:

— Если они были здесь недавно, то церемония, возможно, еще не началась.

Жобер вскочил на ноги.

— Едем! Монастырь находится всего в двух милях отсюда.

Вскоре разгоряченные кони топтались у монастырских ворот. Привратник отказался впустить всадников. Но, получив от Жобера несколько монет, сделал исключение для него и Роба. При условии, что рыцари оставят за воротами все оружие.

Жоберу хотелось бежать к церкви. Что, если он опоздал? Что, если Эдива уже связана брачными узами с другим?

Но ему приходилось сдерживать себя и замедлять шаги, следуя за семенящим монахом. Наконец он распахнул дверь, и они вошли внутрь. Зажженные свечи освещали церковь неярким светом. У алтаря стояли мужчина и женщина.

Жобер узнал ее не только по фигуре, но и по золотистым волосам, и по платью из шелка бронзового цвета. Он решительно пошел вперед.

— Остановись, священник! — крикнул Жобер. — Эта женщина не может выйти замуж за этого мужчину. Вильгельм, король Англии и герцог Нормандии, отдал ее мне!

Стоявшие у алтаря оглянулись одновременно. Какое-то время в церкви стояла полная тишина. Потом Эдива бросилась к Жоберу:

— Слава Богу, ты жив!

Оказавшись в его объятиях, она чуть не лишилась чувств от переполнившего ее счастья.

— Эдива, любовь моя... — шептал Жобер, прижавшись губами к ее волосам. — Это правда, король разрешил мне жениться на тебе. Давай сделаем это немедленно, пока кто-нибудь еще не помешал нам.

Рыцарь от алтаря шел к ним. Хотя у Жобера не было оружия, он не собирался отдавать Эдиву. Он будет бороться за нее до последнего дыхания.

— Вы — Бревриен? — Рыцарь остановился в нескольких шагах от Жобера.

— Да. Я — Жобер де Бревриен.

— Бог свидетель, я не хотел вам зла, — начал оправдываться рыцарь. — Валуа заставил меня ввязаться в эту историю. Он уверял, что никаких сложностей не будет. С вами, мол, произойдет несчастный случай в Лондоне. А мне нужно будет просто предъявить права на вашу собственность. — Он помедлил, потом продолжил совсем унылым тоном: — Он мой сюзерен, мой господин. Разве мог я ему отказать?

— И вас совсем не мучила совесть, что он намерен убить меня? — холодно спросил Жобер.

— Он сказал, что у него имеются веские основания для этого. Сказал, что вы обесчестили его дочь, а потом бросили. — Боргез развел руками. — Отец может так сильно любить свою дочь, что готов жестоко отомстить ее обидчику.

— Валуа вовсе не любящий отец, мстящий за дочь. Позвольте рассказать вам правду, Боргез. Мои отношения с Дамарис де Валуа были чисты и невинны. Она ушла в монастырь, потому что сочла это своим подлинным призванием, а не потому, что была опозорена. Если я и виноват в чем-нибудь, так только в том, что разоблачил Валуа как жадного, лживого мерзавца, каким он и является. И ярость его вызвана тем, что ему не удалось еще больше разбогатеть. Ведь он рассчитывал выгодно выдать Дамарис замуж!

Боргез помолчал некоторое время, обдумывая его слова, потом, потирая лысеющую макушку, сказал:

— Прошу прощения, Бревриен. Я этого не знал.

— Разумеется, не знал! — раздался грубый насмешливый голос. — Этот болван был всего лишь пешкой в игре милорда Валуа. Неужели ты, Боргез, думаешь, что сэр Валуа позволил бы тебе спокойно жить с саксонской наследницей? Черта с два! Тебя должны были уничтожить, как только Валуа убедит короля в том, что ни одному саксу, тем более саксонке, нельзя доверять. Валуа намеревался сам завладеть этими землями, а наследницу отправить в монастырь. — Взгляд узких черных глаз мужчины скользнул по Эдиве. — А я считаю, что в другом месте от такой пташки было бы больше пользы. Я, пожалуй, сделал бы из нее лондонскую потаскушку.

Жобер почувствовал, как напряглось в его руках тело Эдивы. Она узнала этого человека. Боргез называл его Анри.

— Позволь мне упасть, — быстро прошептала она.

Эдива рухнула на пол. Жобер крикнул, чтобы принесли воды, и опустился рядом с ней на колени. Она незаметно вложила ему в руку кинжал, прошептав: «Будь осторожен».

Жобер подхватил ее на руки и понес к двери. На полпути он почувствовал, что к его спине приставили нож, и услышал:

— Я сам возьму эту женщину, Бревриен.

Жобер медленно повернулся и увидел ухмыляющуюся физиономию черноглазого мужчины с ножом в руке.

Жобер осторожно поставил Эдиву на ноги, но не выпустил ее из объятий. В одной руке он держал кинжал.

— А теперь отдай-ка мне женщину!

Жоберу хотелось броситься на подлеца и воткнуть кинжал ему в горло. Но он сдержал себя. Нет, этого мерзавца надо застать врасплох.

— Это ты убил священника, — неожиданно сказал Бреврием, будто только сейчас догадался об этом. — Все-таки это сделали не саксы, а ты!

— Конечно. Я с радостью прикончил этого ничтожного отца Рейболда...

Кинжал Жобера вонзился в шею мерзавца. Тот вскрикнул и повалился на пол. Эдива попятилась. А Жобер глубоко вздохнул: все было кончено.

— Возмутительно! — воскликнул священник, подходя к ним. — Просто возмутительно! Даже если этот человек — отъявленный злодей, это еще не повод, чтобы убивать его в церкви! Сомневаюсь, что ваша бессмертная душа не пострадает от такого тяжкого прегрешения!

— Постараюсь как-нибудь договориться со Всевышним, — сказал Жобер. — Мне кажется, что Господь более милосерден, чем люди, которые так и норовят перерезать мне горло.

Эдива обняла его и шепнула:

— Не серди священника, дорогой. Ему еще предстоит обвенчать нас.

Жоберу и Боргезу пришлось долго уговаривать, а Эдиве даже умолять священника, прежде чем он согласился совершить обряд бракосочетания.

Когда церемония закончилась, Жобер и Эдива, обменявшись легким поцелуем, разошлись каждый на свою половину для гостей — женскую и мужскую.

Жобер уселся за стол в трапезной, где мужчинам подали простую монастырскую еду. Хеймо пытался утешить Жобера, сочувствовал, что ему придется провести по-холостяцки первую брачную ночь. Все смеялись.

Жобер взглянул на Алана, самодовольно улыбаясь.

— Ну, что я говорил? Женщина может быть верной и преданной, как и мужчина.

— Не обижайся на меня, — сказал Алан. — Наверное, обстоятельства моей жизни заставляют меня сомневаться во всех женщинах.

— Знаем мы твои обстоятельства! — воскликнул Хеймо и хлопнул Алана по спине. — Терзаешься муками ревности, пока белокурая Вульфгет раздаривает всем улыбки.

— Вульфгет? — удивился Роб. — Я и не знал, что тебе она нравится. Ты всегда с таким мрачным видом говоришь с ней.

— Как мне не быть мрачным? Этой бессердечной кокетке доставляет удовольствие мучить меня!

— Вульфгет — бессердечная?! — воскликнул Роб и даже вскочил на ноги. — Не могу слышать о ней такое! Она самая добрая, самая терпеливая из девушек.

— Конечно. Ты притворялся, будто страдаешь от ран, чтобы заставить ее суетиться вокруг тебя!

— Рана в живот — не шутка! Я мог умереть!

— Уж лучше бы ты умер, болван! Тогда бы Вульфгет наконец заметила меня!

— Черт возьми, вы похожи на двух псов, подравшихся из-за лакомой кости! — вмешался в разговор Жобер. —

Если вы ссоритесь из-за этой девчонки, то, клянусь, она вам обоим не достанется. Выдам ее замуж за того, кто не живет в Оксбери. Как это вам понравится?

Оба рыцаря сразу же взяли себя в руки.

— Я не хотел задеть тебя, Алан, — сказал Роб. — Вульфгет мне нравится. Но у меня и в мыслях не было жениться на ней. Если ты хочешь добиться благосклонности Вульфгет, я не буду стоять у тебя на пути. Но позволь дать совет: если ухаживаешь за девушкой, не надо ходить вокруг нее с унылым и мрачным видом. Лучше постарайся быть веселым и любезным.

— Я пытаюсь. Но когда вижу ее с тобой, все приятные слова исчезают.

— Ты еще не говорил об этом с Эдивой? — спросил Жобер. — Думаю, она сможет тебе помочь.

— Как мне просить об этом Эдиву, если я наговорил о ней столько гадостей? — спросил Алан.

— У Эдивы доброе сердце. Она понимает, что ты не хотел ей зла, — улыбнулся Жобер.

Когда мужчины закончили трапезу, их провели через заснеженный двор в приготовленные для них покои. Жобер лег на жесткую койку и сразу провалился в сон.

## Глава 27

Утром Жобер поблагодарил священника и направился к монастырским воротам, где его ждали рыцари вместе с Эдивой. Жобер поцеловал ее в щеку и быстро отстранился.

Ему предстояло путешествие верхом на одном коне с ней, и он совсем не хотел заранее разжигать свое воображение!

Жобер помог Эдиве сесть на коня, потом взобрался сам. Покинув монастырь, они выехали на заснеженную дорогу. Он услышал, как она вздохнула.

— Ты устала, любовь моя? — спросил он.

— Нет, мне сейчас хорошо. За последние дни я совсем измучилась. Каково было думать, что тебя нет в живых?!

Он наклонился к ее уху и тихо сказал:

— Мне ли не знать этого? Мысль о том, что я потерял тебя, приводила меня в такой ужас, что мне не хотелось жить дальше.

Она ласково погладила его по щеке.

— Теперь, когда мы одержали победу над всеми врагами, никто у тебя не отберет Оксбери, пока жив король Вильгельм.

Жобер помрачнел:

— Я не успокоюсь до тех пор, пока Валуа не понесет наказание. Во всех наших бедах повинен он.

— Но мои братья тоже во многом виноваты.

— Думаю, они давно прекратили бы сопротивление, если бы не получали указаний и денег от отца Рейболда.

— Неужели священник использовал их, чтобы помочь Валуа отобрать у тебя Оксбери?

— Именно так. Мне кажется, это он убедил их напасть на крепость, пока мы были в Лондоне.

— А потом священник и Голда предали их?

Жобер кивнул:

— Отец Рейболд хотел, чтобы мятежников взяли в плен. И чтобы я повесил их. А ты, конечно, не простила бы мне этого.

— Но у него ничего не вышло.

— Да. И тогда он помог им бежать, чтобы они убили меня по пути в Лондон.

Эдива отстранилась от Жобера и взглянула ему в лицо.

— Я этого не знала! Хеймо сказал мне, что Элнот в безопасности, а Годрик и Бьернвольд сбежали. Но я не знала, что кто-то из них покушался на твою жизнь.

— Да, Элнот в безопасности, а Годрик и его товарищи бежали. Но Бьернвольд... — Жобер запнулся. А вдруг, когда Эдива узнает, что он убил ее брата, исчезнет теплота и нежность их отношений? — Бьернвольд пытался перерезать мне горло. Не сомневаюсь, что он делал это по наущению отца Рейболда.

Эдива молчала.

— Мне удалось вырваться из его рук, но я не мог позволить ему скрыться. Я... я выхватил кинжал и убил его.

Эдива продолжала молчать. Жобер совсем приуныл. Не мог же он признаться ей, что метнул кинжал в Бьернвольда, когда тот убегал.

Наконец Эдива тихо сказала:

— Бьернвольд мой брат. Но мое сердце принадлежит тебе, а не ему.

Жобер крепко прижал ее к своей груди. Помолчав, она заговорила снова:

— Отец Рейболд поплатился за свое предательство. А как же Голда? Она тоже предала... Я понимаю, тебе трудно решать... ведь она была твоей любовницей...

Жобер удивленно посмотрел на Эдиву:

— Моей любовницей? О чем ты?!

— Я видела вас вместе однажды утром, — с укором произнесла Эдива. — Голда сама сказала мне, что спит с тобой. Она много чего порассказала!

Жобер, не удержавшись, рассмеялся.

— Эдива, ты так доверчива! Я уже говорил тебе, что женщины, подобные Голде, меня не привлекают. Да и зачем бы мне было связываться с ней, когда рядом была ты?

— Ну, тогда ты меня еще не мог заполучить.

Жобер почувствовал, как напряглось ее тело.

— Любовь моя, — сказал он, уткнувшись лицом в ее шелковистые волосы. — Не знаю, что было бы со мной, если бы ты продолжала относиться ко мне холодно. Я чуть с ума не сошел от желания.

— Удивительно, что ты не взял меня силой. Большинство ваших мужчин не церемонятся с саксонками.

— Я был воспитан по-другому, Эдива. Меня учили относиться к женщинам уважительно.

— Даже к таким злым мегерам, как я?

Он рассмеялся и поцеловал ее в щеку.

— Именно страстность твоей натуры делает тебя такой восхитительной!

Он прижал ее к себе, наслаждаясь тем, что она рядом. Его жена.

— Скоро ты родишь мне сына. Такого же красивого, как ты сама, — мечтательно произнес Жобер.

— Откуда ты знаешь, что я рожу тебе сына?

— Ты обязана это сделать. Иначе я не смогу сдержать данное королю обещание — назвать своего первенца в его честь. Было бы странно назвать дочь Вильгельмом.

Эдива рассмеялась:

— Мы выберем самые лучшие имена для своих детей — мальчиков и девочек.

Ему очень нравилось разговаривать с женой, мечтать о будущем. Всю дорогу до Оксбери они обсуждали, что необходимо изменить в крепости, каким должен быть их новый замок...

— Леди Эдива... Я должен попросить у вас прощения.

Эдива с трудом сдержала улыбку. Она догадывалась, что Алан долго обдумывал, с чего начать разговор.

— Ты прощен, Алан, — ответила она.

Он бросил на нее удивленный взгляд:

— Я наделал много ошибок.

— Как и все мы.

— Но я... я плохо обращался с вами.

— Возможно. Но теперь я тебя простила. Больше не о чем говорить.

— Есть о чем! Я хочу попросить вас об одолжении.

Губы Эдивы дрогнули в улыбке. Она догадалась, о чем хочет просить ее Алан.

— Видите ли... я неравнодушен к одной девушке, но боюсь, что она об этом не догадывается. Я хотел бы, чтобы вы посоветовали, как мне поступить.

Эдива задумалась. Если бы она хотела отомстить Форнею за все причиненные ей неприятности, то теперь он сам давал ей превосходную возможность сделать это. Но нет, она не хотела ему зла. Отчаяние звучало в его голосе, и это тронуло ее сердце.

— Хорошо, Алан. Я советую тебе сказать этой девушке о своих чувствах.

— И все?

— Она не умеет читать мысли. Как же ей узнать о твоих чувствах, если ты ей об этом не скажешь?

— Но я думал... то есть... я не могу...

— Ей будет приятно твое признание, — сказала Эдива, улыбнувшись. — Уж я-то знаю!

— Правда? — У Алана от радости загорелись глаза. — Вы думаете, что я ей небезразличен?

— Конечно.

— Я сделаю, как вы советуете, леди Эдива! — воскликнул Алан. — Мне не раз приходилось убеждаться в вашей правоте.

Жобер усмехнулся:

— Да, Леовайн из Оксбери вырастил неглупую дочь.

Эдива ощутила прилив нежности к мужу. Как ей повезло, что ее «завоевал» этот норманн! Каждый день она будет без устали благодарить Всевышнего за то, что послал ей ее обожаемого Жобера!

Эдива зажигала в спальне свечи. Ей хотелось, чтобы в первую ночь по возвращении в Оксбери все были чудесно! Деревянная лохань была до краев полна горячей воды, благоухающей душистыми травами. На маленьком столике стояли кубки с вином и блюдо с медовыми коврижками. От углей в двух жаровнях распространялось тепло.

Эдива села на край кровати и принялась расплетать косы. У нее даже руки дрожали от сладостного предвкушения. Скоро придет Жобер, и они будут наслаждаться любовью. Какое счастье, что она вышла за него замуж! Она стала женой этого гордого нормандского рыцаря. А ведь когда-то считала его своим злейшим врагом. Теперь он был ей дороже жизни.

Дверь спальни открылась. Жобер, широко улыбаясь, шагнул к ней.

— Ах ты, моя саксонская соблазнительница! — сказал он. — Как красиво ты здесь все устроила. Как чудесно пахнет горячая вода.

Жобер принялся стаскивать с себя одежду. У Эдивы при виде его обнаженных плеч и мускулистой груди заколотилось сердце. Ей вспомнилось, как она увидела его обнаженным впервые. Уже тогда она страстно желала этого мужчину, этого зеленоглазого гордого воина.

Жобер, раздевшись, улыбнулся ей.

— Теперь твоя очередь, — сказал он.

Эдива быстро сняла с себя широкое платье. Кроме платья, на ней ничего не было.

У Жобера дух захватило. Он протянул руку и нежно провел пальцами по ее груди.

— Какая ты невероятно красивая!

— Красивее, чем женщины в Лондоне? — поддразнила она. — Красивее, чем нормандские леди из Кана?

Он ответил ей страстным поцелуем. Потом пробормотал охрипшим голосом:

— Забирайся в воду.

— Ты хочешь искупать меня?

Эдива залезла в лохань. Жобер склонился над ней и принялся намыливать ее шею, плечи, груди... Ей было приятно чувствовать прикосновение его сильных пальцев к своей нежной коже. Соски напряглись до боли. Она представила себе, как они наполняются молоком для его ребенка.

Потом Жобер попросил Эдиву встать и стал намыливать живот, бедра, ягодицы, ноги...

Она расставила ноги, с нетерпением ожидая, когда он прикоснется к самому нежному месту.

Он окатил ее из ведра водой и, завернув в простыню, вынул из лохани.

— Пожалуй, я искупаюсь потом.

— Ну уж нет! Залезай, пока вода горячая.

Он подчинился. Она намылила его широкие плечи, сильную грудь. Потом ее руки скользнули вниз по животу вдоль стрелки волос, остановившись всего в дюйме от самой возбужденной части его тела.

Не обращая внимания на его страдания, она принялась мыть ему спину.

Он чуть слышно застонал и схватил ее за руку.

— Сжалься, Эдива! Побыстрее окати меня водой. Хватит с меня этих адских мучений!

Эдива засмеялась и окатила Жобера чистой водой из ведра.

— Ложись на кровать, — сказал он.

Льняные простыни приятно холодили ее влажную кожу. Сладко пахло ароматными травами — лавандой и мятой, которые она специально положила под простыни. Жобер тоже взобрался на кровать и склонился над ней. Эдива широко раздвинула бедра и улыбнулась ему.

— Ты надеешься, что я немедленно отзовусь на твое приглашение? — сказал он. — Как бы не так. У меня другие намерения. Моему взору открылось такое великолепие, что я хочу не спеша насладиться всем, что вижу.

Он покрыл поцелуями ее все еще влажные плечи. Эдива умоляюще выгнулась ему навстречу. Но он медленно обвел языком груди и втянул губами напрягшийся сосок. Она затрепетала всем телом и судорожно глотнула воздух.

Он неторопливо лизнул другой сосок, и она вскрикнула.

— Ты теперь моя жена. — Кончиками пальцев он нежно погладил ее груди. — Что бы я ни проделывал с тобой, этого нечего стыдиться. — Он улыбнулся. — Теперь я могу делать с тобой все, что угодно.

— Сделай, прошу тебя. Сделай это сейчас же!

— Имей терпение. У нас вся ночь впереди.

Его губы скользнули ниже. Эдива закрыла глаза, вцепившись в простыню. Она почувствовала его горячее дыхание на животе и, вспыхнув от смущения, широко раздвинула ноги, умоляя сжалиться над ней.

Губы его скользнули еще ниже, язык прикоснулся к сокровенному месту. Горячие волны наслаждения прокатились по всему телу, унося ее все выше и выше...

Жобер встал и направился к сундуку, стоявшему в углу комнаты.

— У меня для тебя подарок, я купил его в Глостере. — Он протянул ей золотую брошь с жемчугом.

— Она прекрасна, — сказала Эдива и смущенно взглянула на Жобера. — И у меня есть для тебя подарок. Но пока я ношу его под своим сердцем.

Глаза у него округлились от изумления.

— Ты хочешь сказать?..

— Ты сам заметил, что у меня немного изменилось тело. Это твой малыш изменил его. Тебе еще предстоит терпеть меня, когда у меня живот округлится.

Он наклонился и взял в ладони ее лицо.

— Для меня ты всегда будешь самой прекрасной, моя нежная, моя любимая Эдива.

## *Эпилог*

— Они прибыли! — крикнул Пейн со сторожевой башни. — На другом конце долины уже виднеется королевский штандарт!

Эдива тихо охнула и помчалась к дому. У нее было столько забот! Хватит ли места, чтобы с удобствами устроить на ночлег королевскую свиту? Достаточно ли корма для коней?

К ней подошел Жобер. На нем была зеленая туника, которую она сшила для него прошлой зимой. Грудь украшала вышитая эмблема: лежащий золотой лев.

— Мне все кажется, что мы что-нибудь забыли.

— Все будет хорошо! — Он, наклонившись, поцеловал ее. — Ты две недели готовилась к приему. Теперь беги и переоденься. Я выеду за ворота, чтобы встретить гостей.

Эдива кивнула и убежала. Прошлым летом был выстроен новый замок — большой, каменный. Лучшие комнаты уже приготовлены для короля. Эдива поднялась в свою спальню и переоделась. Надела темно-синее платье, расшитое серебром.

Она накинула на голову тончайшую вуаль, укрепив ее на голове с помощью золотого обруча, украшенного жемчугом.

Решено было накрыть столы на лужайке у реки.

На вертелах жарили бычков. Несли форель, жаренную в масле, свежеиспеченный хлеб, сладкие кремы и свежие сыры, яблоки, запеченные с медом и корицей...

Выйдя из зала, Эдива столкнулась с Вульфгет.

— Простите, я отвернулась на одну минуту, а он уже залез рукой в пирог.

Эдива посмотрела на белокурого малыша, которого держала на руках Вульфгет. Его ангельское личико и ручонки были испачканы черничным джемом.

— Ох, Вульфгет, что мне с тобой делать?

— Мама, — радостно сказал малыш и, улыбаясь, потянулся к ней.

— Дайте-ка его мне, — сказала Эдельма. — Я еще не переоделась. Успею умыть ангелочка перед встречей с его тезкой.

Вульфгет передала ей малыша.

Вильгельм весело помахал маме ручкой через плечо Эдельмы. Эдива почувствовала прилив нежности. Через месяц ему исполнится два года. Она уже почти перестала кормить его грудью, да и необходимости в этом не было, потому что летом сколько угодно коровьего молока. К тому же она надеялась, что снова забеременеет. Может быть, на этот раз родится девочка.

— Как ты себя чувствуешь? — спросила она у Вульфгет, заметив, что та потирает рукой поясницу.

— Тяжело ходить стало. И от жары страдаю. Но Эдельма сказала, что ребенок уже опустился, значит, скоро родится.

Обе женщины внимательно посмотрели на округлившийся живот Вульфгет.

— Ты боишься? — спросила Эдива, вспомнив, как волновалась сама перед родами.

— Не очень. Но вот Алан с ума сходит от страха. — Вульфгет рассмеялась. — Он такой серьезный, тревожится по каждому пустяку.

— Он в тебе души не чает. Я так рада, что вы с ним наконец поженились.

Вульфгет усмехнулась:

— Я думала, что этот дурень никогда не решится сделать мне предложение.

Эдива кивнула. Она была довольна. Жобер дал Алану небольшой земельный надел. Алан и Вульфгет теперь жили там в своем доме и лишь время от времени приходили в

Оксбери. Эдива любила упрямого рыцаря и радовалась, что он нашел свое счастье с нежной Вульфгет.

По новому деревянному мосту, перекинутому через ров, зацокали копыта. Эдива направилась к воротам. Она решила не бежать навстречу, а с достоинством встретить гостей у ворот, как подобает хозяйке поместья.

Королевская кавалькада въехала в ворота, и Эдива увидела своего Жобера рядом с королем. Оба спешились и подошли к ней. Эдива присела, приветствуя высокого гостя.

Король подошел и поднял ее.

— Леди Эдива, вы все такая же красавица, — сказал он. — Вижу, вы до сих пор находите время для вышивания. — Он показал на сложный рисунок отделки ее платья. — Моя Матильда все еще не оставила мысли лично познакомиться с вашим мастерством... но об этом поговорим позже.

Произнеся эти загадочные слова, король повернулся к Жоберу и начал обсуждать с ним усовершенствования, произведенные в Оксбери. Был не только построен замок, но и деревянная крепостная стена заменена каменной, а ров вокруг крепости углублен. Деревянный мост через ров можно было в случае нападения поднимать.

— Все великолепно! — сказал Вильгельм. — Хотел бы я, чтобы по всей стране строилось больше подобных замков и было больше таких крепких землевладельцев, которые защищали бы мои интересы. Вот на юго-западе, например, уже два года неспокойно. А в Нортумбрии, как мне недавно сообщили, появились мятежники. В чем твой секрет, Бревриен? Судя по всему, саксы приняли тебя как своего. Как это тебе удалось настолько усмирить их?

Жобер усмехнулся и посмотрел на Эдиву.

— Не я их усмирил, а они меня. По правде говоря, я старался убедить их, что им выгоднее поддерживать меня, чем бороться со мной. Я горжусь тем, что в моем гарнизоне служит полдюжины саксонских воинов, которые присягнули мне и теперь защищают Оксбери. Один из них — младший брат Эдивы. Он способный юноша и, надеюсь, со временем получит рыцарское звание и присягнет вам на верность, милорд.

Жобер встретился взглядом с Эдивой. Они недавно обсуждали вопрос о том, что Элноту следует пойти на королевскую службу. Они решили, что сейчас еще слишком рано об этом говорить, но в будущем Жобер сам отвезет Элнота к Вильгельму.

— Я доволен тем, что ты здесь успел сделать, Бреврнен, — сказал король. — Но сейчас мне потребуется помощь твоей супруги. Я хотел бы переодеться, прежде чем мы сядем за стол.

— Охотно, ваше величество, — сказала Эдива. — Позвольте, я провожу вас. Я приказала нагреть воды, чтобы вы могли вымыться с дороги.

— Звучит заманчиво, — сказал король. — Я с большим удовольствием смою с себя дорожную английскую пыль.

— Я буду счастлива искупать вас, — сказала она, когда они поднимались вверх по лестнице.

— В этом нет необходимости, — сказал король. — Мне поможет мой оружсносец. Я знаю, что по традиции эту обязанность выполняет хозяйка дома. Но не хочу вызвать ревность у моей супруги, если она узнает, что я оставался наедине с такой красавицей, как вы.

Вильгельм подмигнул ей. Эдива чуть не фыркнула. Она не ожидала, что король может быть так галантен. Но ведь как бы он ни был набожен, как бы ни был верен своей супруге, он все равно остается мужчиной!

* * *

Эдива сидела рядом с Жобером во главе стола, накрытого под березами, и думала, что даже погода благоприятствует им. Солнце ярко сияло на безоблачном голубом небе. Можно надеяться, что рыцари и почетные гости с женами, сидевшие за столом, не промокнут под дождем. Да и жителям деревни, рассевшимся на земле вокруг, не придется бежать со всех ног, если разразится гроза.

На праздник собрались все жители Оксбери и близлежащих селений — от грудных младенцев до стариков. Даже старая Хельвенна была здесь. Она сидела, прислонившись спиной к стволу старого дуба, и жаловалась на жизнь каждому, кто пожелал бы ее слушать.

Вскоре после того, как Эдива велела Голде жить с Хельвенной, к Жоберу пришел Хеймо и попросил разрешения жениться на этой служанке. Он клялся, что сможет держать ее в ежовых рукавицах. Ведь, став его женой, она не будет приставать к другим мужчинам. Властный характер этого рыцаря сумел изменить Голду до неузнаваемости. Забыв о своих проказах, она стала тихой и даже послушной, хорошей женой и матерью.

Эдива перестала слушать, о чем говорили Жобер и король. Вдруг до нее донеслось знакомое имя.

— На этот раз Роберт потерял всякую осторожность, — говорил король. — Когда он осмелился, воспользовавшись моим отъездом в Нормандию, захватить замок своего соседа, я был вынужден наказать его. Я отобрал у него Валашель и Мордо. Он, конечно, был очень недоволен, но я не потерплю нарушения моих приказов.

— А как насчет его собственности в Англии? — спросил Жобер.

— Я позволил ему сохранить два небольших надела в Харфордшире. Но сомневаюсь, что он захочет хотя бы взглянуть на них. Англия его не интересует. Несомненно, он сохраняет за собой земельную собственность только ради внука.

— Внука? — удивился Жобер. — Я думал, что Дамарис ушла в монастырь!

Король помолчал.

— Похоже, что она уже ждала ребенка, когда ушла в монастырь. Мальчик родился вскоре после того, как она там поселилась. — Вильгельм нахмурился. — Я думал, что ты об этом знаешь.

— Клянусь, не я отец этого ребенка! Мы с Дамарис всего-то один раз поцеловались много лет назад.

— Я тебе верю, Бревриен.

Жобер взглянул на Эдиву. Она увидела смятение на его лице.

— Довольно об этом, — сказал король. — Я хочу тебе предложить одну сделку. Вернее, не тебе, а твоей супруге.

Эдива и Жобер настороженно взглянули на короля.

— Я приказал составить реестр земель, отобранных у саксонских лордов, поддерживавших короля Гарольда, — сказал Вильгельм. — Там встретилось имя Леовайна, как владельца земельной собственности в Беркшире, Букингемшире, а также в Уилтшире. Сначала я думал, что эти земли были у него отобраны, потому что он сражался против меня при Гастингсе. Но потом я узнал, что Леовайн погиб в битве при Стамфорд-Бридже*. Я счел это смягчающим обстоятельством и намерен оставить эти земли в руках потомков Леовайна.

* Битва при Стамфорд-Бридже произошла в 1066 г. и закончилась победой короля Гарольда II над вторгшимися в Англию войсками короля Норвегии Харальда Хардероде.

У Эдивы даже дух захватило. Король возвращал ей ее наследство! Однако она достаточно хорошо знала короля и догадывалась, что это делается не просто из великодушия. Королю что-то от нее надо. Но что?

— Разумеется, — добавил король, неторопливо отхлебнув еще вина, — за это я ожидаю от вас кое-каких услуг. — Король остановил взгляд на вышивке, украшавшей тунику Жобера. — Вы искусная вышивальщица, леди Эдива. Я уже не раз говорил об этом и уверен, что королева тоже высоко оценит вашу работу. — Он заглянул ей в глаза. — Я бы очень хотел, чтобы вы отправились к Матильде в Руан и обучили ее фрейлин этому искусству.

— В Руан? — шепотом повторила Эдива.

— Это не так уж далеко. И я не собираюсь разлучать вас с вашей семьей. С вами поедут Жобер и ваш сынишка.

— Надолго? — спросил Жобер.

— На несколько месяцев. А если вам понравится, то вы можете приехать еще раз.

Вот это сделка так сделка!

Жобер с явным облегчением улыбнулся и поднял кубок:

— Ваше величество, предлагаю выпить за прекрасную Эдиву и ее умелые пальчики.

Король улыбнулся и, тоже подняв кубок, чокнулся с Жобером.

— Может быть, теперь, когда тебе так благоволит сам король, мне не следует просить тебя о подобных услугах? — поддразнил Эдиву Жобер, когда она, стоя на коленях, помогала ему расстегнуть гетры. — Нельзя, наверное, чтобы твои драгоценные ручки занимались столь грубой работой.

— Вы несете вздор, милорд. Первейшая и самая важная обязанность жены — ублажать своего мужа.

— Ты меня ублажаешь. Трудно выразить словами, как ты меня ублажаешь. — Он поднял ее с колен и приник к ее губам в долгом поцелуе, радостно ощущая, как нарастает у обоих страстное нетерпение.

— Может быть, до отъезда в Руан мы успеем зачать еще одного ребенка? — сказал Жобер, тяжело дыша.

— Конечно, милорд, — ответила Эдива и обвила руками его сильную шею.

По вопросам оптовой покупки книг
издательства АСТ обращаться по адресу:
*Звездный бульвар, дом 21, 7-й этаж*
*Тел. 215-43-38, 215-01-01, 215-55-13*

Книги издательства АСТ можно заказать по адресу:
***107140, Москва, а/я 140*, АСТ – "Книги по почте"**



Литературно-художественное издание

О'Делл Тара

**Прекрасная саксонка**

Художественный редактор О.Н. Адаскина
Компьютерный дизайн: Ю.Ю. Герцева
Технический редактор Т.В. Сафаришвили
Младший редактор А.С. Рычкова

Общероссийский классификатор продукции
ОК-005-93, том 2; 953000 — книги, брошюры

Гигиеническое заключение
№ 77.99.02.953.Д.008286.12.02 от 09.12.2002 г.

ООО «Издательство АСТ»
368560, Республика Дагестан, Каякентский район,
с. Новокаякент, ул. Новая, д. 20
Наши электронные адреса:
WWW.AST.RU
E-mail: astpub@aha.ru

Отпечатано с готовых диапозитивов
на ФГУПП ордена Трудового Красного Знамени
«Детская книга» МПТР РФ.
127018, Москва, Сущевский вал, 49.